F. W. Grimme

Schwänke und Gedichte in sauerländischer Mundart

F. W. Grimme

Schwänke und Gedichte in sauerländischer Mundart

ISBN/EAN: 9783743650152

Hergestellt in Europa, USA, Kanada, Australien, Japan

Cover: Foto ©Andreas Hilbeck / pixelio.de

Weitere Bücher finden Sie auf **www.hansebooks.com**

Dr. J. W. Grimme.

Schwänke und Gedichte

in

sauerländischer Mundart.

Von

F. W. Grimme.

Neunte Auflage.

Mit Porträt.

Mit einer Einleitung über die Eigenthümlichkeiten des
sauerländischen Dialektes und einem Glossar.

Paderborn.
Druck und Verlag von Ferdinand Schöningh.
1894.
Zweigniederlassungen: Münster, Osnabrück u. Mainz.

Vorbemerkungen über die wichtigsten Eigenthümlichkeiten der sauerländischen Mundart.

Wir legen dem Publikum die neunte durchgesehene Auflage der „Sprickeln un Spöne" und der „Spargitzen" vor, die, zuerst getrennt erschienen, von der zweiten Auflage an unter vorstehendem Titel vereinigt wurden. Um einem größeren Leserkreise das Verständniß zu erleichtern, haben wir uns veranlaßt gefunden, etwas näher auf die Unterschiede des sauerländischen „Platt" und des Hochdeutschen einzugehen.

Der sauerländische Zweig der westfälischen Mundart unterscheidet sich von den verwandten hauptsächlich durch die Fülle der Vokale und die geringere Ausscheidung der Konsonanten, durch schärfere Deklination und Konjugation, durch richtigere Sonderung der Kasus und durch einen Reichthum an alten Wortstämmen, die sich anderwärts, besonders auch im Hochdeutschen, nicht mehr vorfinden. In seinem inneren Wesen liegt etwas Kräftiges, Resolutes, Naives; vorzugsweise für den Schwank geeignet, schließt er dabei doch die Darstellung des Weichen, Gemüthvollen, ja Wehmüthigen, gar nicht aus. Ein weiteres Verbreiten über seinen Charakter erlaubt hier der Raum nicht, wir beschränken uns auf die Darlegung seiner sprachlichen Eigenthümlichkeiten.

I. Hinsichtlich der Lautverschiedenheiten Folgendes:

1. Die einfachen Vokale a, e, i und u stimmen, wenn sie kurz gesprochen werden, im Hoch- und Plattdeutschen meist überein, z. B. packen, kennen, Schild, Mutter. Doch wird in einigen Gegenden das kurze a vor lt oder ld, auch vor ll (wenn dieses aus lt oder ld entstanden ist), in o verwandelt, z. B. tolt, olt, Wold, hollen, bolle (bald). Das kurze o des Hochdeutschen wird bald u, bald ua, z. B. kummen, fruamm (kommen, fromm).

Gedehnt gesprochen, geht das a des Hochdeutschen meist über in o, z. B. prohlen (prahlen); e in i, äi, iä, z. B. Niwel, Kläi, Siägen (Nebel, Klee, Segen), selten in ai, z. B. Schnai, bai (Schnee, wer); i in ai, z. B. Braif, Daif (Brief, Dieb);

1*

o in au und ui, z. B. Kraune, luawen (Krone, loben); u in
au, z. B. raupen (rufen). — i in der Endung iren in Fremd=
wörtern wird äi, z. B. prowäiern, spazäiern (probiren, spazie=
ren); die Endung ie in Hauptwörtern wird ḡi oder igge, z. B.
Kampanoi, Kampanigge (Campagnie). — Ueber e ist noch zu
merken, daß es, gleichviel ob gedehnt oder kurz, jene Verände=
rung in iä am liebsten zu Anfang eines Wortes annimmt:
z. B. iäwen, iätten, Jädelmann (eben, essen, Edelmann).

2. Die abgeleiteten und Doppelvokale erleiden
folgende Veränderungen: ö geht meist über in oi, z. B. schoine
(schön), seltener in ü, z B. Künig, gewühnlik (König, gewöhn=
lich); ü in ai (richtiger aü) und üä, z. B. bedraiwet, Düähr,
füär (betrübt, Thür, für und vor); auch wohl in oi, z B.
foiern (führen und fahren), roiern (rühren). — Das ä des
Hochdeutschen bleibt meist, wird aber dunkler (dem a näher)
ausgesprochen. — au wird iu (in einigen Gegenden eu), z. B.
briusen, Kriut (brausen, Kraut); — äu wird oi (richtiger oü)
und ui, z. B. droimen (droümen), Bruie, Bruime = träumen,
Bräute, Bräutigam. — ai bleibt unverändert, z. B. Kaiser;
— ei wird ai, äi, ḡi, z. B. raisen, Säil, Blḡi (reisen, Seil,
Blei); — eu wird ai (richtiger aü) und ui, z. B. Fraide,
Fuier, duier, Schuier (auch verkürzt in Für, dür, Schüre) =
Freude, Feuer, theuer, Scheune, — — au bleibt oft auch un=
verändert (doch in einigen Gegenden heller ausgesprochen, so
daß man ä u, sogar fast e u hört), z. B. laupen, laupen
(laufen, laufen). — Man merke noch, daß einige Doppel= oder
durch h gedehnte Vokale verkürzt werden, dafür aber gg ein=
geschaltet wird, z. B. hoggen (hauen), buggen (bauen), schriggen
(schreien), friggen (freien), fröggen (freuen), höggen (heuen),
Heu machen), dräggen (drehen), säggen (säen), glöggen (glühen),
wie auch die Endung ei in Hauptwörtern in igge (ḡi) ver=
wandelt wird, z. B. Prohlerigge (Prahlerei).

Von allem Angeführten giebt es natürlich Ausnahmen;
namentlich behält manches, hiervon abweichend, ganz die hoch=
deutsche Sprechart.

3. Die Konsonanten wechseln vielfach, aber stets nach
den Regeln der Verwandtschaft; f wird p; pf wird p; b wird
w und f; t wird d; z wird t; tz wird tt; z. B. Ape, phipen,
Niwel, Whif, daip, Tunge, Katte (Affe, pfeifen, Nebel, Weib,
tief, Zunge, Katze). — ff und ß wird oft t, z. B. Kietel
(Kessel), Nieteln (Nesseln), rhiten (reißen); sch wird sk, z. B.
Menske (Mensch), Fläisk (Fleisch). Letzteres Wort, und einige

andere, die mit **sch** endigen, werden oft auch nur mit **s** ge=
sprochen, z. B. Fiß, Diß = Fisk, Disk = Fisch, Tisch. In
allen Fragewörtern, die im Hochdeutschen mit **w** anfangen, hat
das sauerländische Platt ein **b**, z. B. bai (wer), bat (was),
bo (wo), bannebr (wann), biämme, biänne (wem, wen), bille
(welche), brümme (warum). — Das Hochdeutsche **tt** wird **bb**,
und dieses noch dazu meistens wie **rr** gesprochen, z. B. Bebbe,
Berre (Bett); ik habbe,. (oder) ik harr' (ich hatte). Ebenso
wenn **dat** (daß) und **bat** (was) vor einem Worte steht, das
mit einem Vokal beginnt, so hört man meist **rr**, z. B. darr
ik (daß ich); barr ik seggen woll (was ich sagen wollte). —
Ebenso bisweilen im Zeitwort, z. B. **dat wäir ik** für **dat
wäit ik** = das weiß ich. — **b** hinter **l** und **n** wird oft dem
l und **n** assimilirt, z. B. gedüllig (geduldig), Güllen (Gulden),
Kinner (Kinder), funnen (gefunden); doch in einzelnen Gegenden
bleibt **nd**, auch wird **ng** gehört, z. B. imme Lande, fingen
(finden). — Das Hochdeutsche **ng** (z. B. Schlange, schlingen)
bleibt im Plattdeutschen, läßt aber das **g** nicht so deutlich
hören. — **chs** wird oft **ss** (ß), z. B. Osse, Büsse, Waß (Ochs,
Büchse, Wachs). — **r** wird nach **f**, **d**, **t** im Anfange eines
Wortes zuweilen ausgestoßen, z. B. Fuask (Frosch), diäsken
(dreschen), Diäspen (Trespe). — **g** in der Mitte fällt zuweilen
aus, z. B. schlohn (schlagen), ebenso **t**, z. B. rhien (reiten).

Was das Lesen betrifft, so muß man sich besonders zu
gewöhnen suchen an die im Hochdeutschen nicht vorkommenden
Doppelvokale **ua, ui, iu, oi, äi, iä, üä, oü**, und merken, auf
welchem der beiden Buchstaben der Ton liegt, was wir hier

durch Accente andeuten: $\widehat{ua}'$, $\widehat{u'i}$, $\widehat{i'u}$, $\widehat{o'i}$, $\widehat{ä'i}$, $\widehat{iä}'$, $\widehat{üä}'$, $\widehat{o'ü}$,
z. B. flua'ggen, Tu'igs, Hi'us, Bo'ime, wä'ik, Siä'gen, Düä'hr,
dro'imen (dro'ümen) = geflogen, Zeug, Haus, Bäume, weich,
Segen, Thür, träumen. Zu merken ist noch der Laut **yi**.
In demselben muß sowohl **e** als **i** deutlich gehört, aber beide
Buchstaben scharf als **eine** Silbe gesprochen werden; dem hoch=
deutschen **ei** zwar ähnlich, aber viel heller als dieses. Nachdem
wir früher die Schreibart **ey** gebraucht, haben wir bereits in
der fünften Auflage dafür durchweg **yi** gesetzt, theils weil von
Unkundigen dennoch meist **ei** gelesen wurde, theils weil sich die
Schreibart **yi** bereits in alten Urkunden vorfindet. Will also
der Leser den richtigen sauerländischen Ton erzielen, so bitte

ich ihn, überall **yi** wie $\widehat{e-i}$ zu lesen, habe aber auch nichts
dagegen, wenn der Münsterländer dafür sein helles **i**, der

Soester und der Bewohner des Haarstranges sein ui oder öü liest.

II. Hinsichtlich der Wortformenlehre.

In der Deklination geht s in w über, z. B. dat Lyif, des Lyiwes — Daif, des Daiwes. — th wirft zuweilen das t aus, z. B. Roth (Rath), des Rohes. Der Plural hat meist die nämlichen Endungen wie das Hochdeutsche; nimmt er aber keine neue Endsilbe an, so hängt er dafür gewöhnlich s an, z. B. Fenster, Plur. Fensters; Miäcken (Mädchen), Plur. Miäckens. — Die häufigsten Umlaute im Plural und in der Verkleinerungsform sind folgende: u in ü, ua in üä, au in aü (meist heller, ai, gesprochen, darum auch so geschrieben), auch in oi; o in ä, o in ö; unregelmäßiger ist die häufige Verwandlung von lang a in iä (oft mit Verdoppelung des Konsonanten). Beispiele: Bugel, Bügel; Kuarf (Korb), Küärwe; Bauk, Baüker (Baiker) = Buch; Faut (Fuß), Faitken; Jaust (Jost), Joistken; Kauert (Kurt, Conrad), Koierken; Hand, Hänne; Flocke, Flöcksken; — Tahn (Zahn), Tiänne; Fahm (Faden), Fiämme, Fiämmeken; Glas, Gliäser, Gliäsken. — Kommt die Verkleinerungssilbe ken hinter k zu stehen, so wird entweder l oder s eingeschoben, z. B. Bauk (Buch), Baikelken, Baiksken; Miäcken, Miäckelken, Miäcksken.

Der Artikel ist bald schwächer, z. B. de Mann, des Mannes, dem M., den M.; de Frugge (Frau), der Frugge; det Kind (auch mit Weglassung des d: et Kind, et Horen), des Kindes — bald stärker, dem Pronomen demonstr. näher stehend, dai Mann, diäß Mannes, diäm, diän; dai Frugge, diär Fr.; dat (dät) Kind, diäß, diäm — sowie auch einige kleine Partikeln starke und schwache Form haben, z. B. aut und ot = auch; joh, jo, jä = ja.

Die Präposition wird mit dem Artikel noch viel öfter als im Hochdeutschen zusammengezogen; z. B. vam, vamme = von dem; nom, nome = nach dem; nor = nach der; non = nach den; iuter Schaule = aus der Schule; inter, rinter Schaule (für: in die Schule); inner Schaule (in der Sch.); füärm Hiuse (vor dem Hause).

Das Fürwort düse (dieser) hat außer den regelmäßigen noch synkopierte Formen: düs (düses) Mannes, düm (düsem) Manne; dün (düsen) Mann; dür (dieser) Männer, dün (düsen) Männern; — dür (dieser) Frugge; dür, dün (düser, düsen) Frugges; — das Neutrum im Nominat. Singular immer düt, z. B. düt Kind (dieses Kind). — — 'me, 'ne, sind Ver=

türzungen aus i ä m m e (ihm), i ä n n e (ihn, ihnen), aber auch aus e i n e m, e i n e n, wogegen me = m a n iſt. — Der Dativ des Reflexivums lautet im Singular des Maskulins bald ſik, bald ſhi (dem mhi und bhi entſprechend), im Plural dagegen und im Singular des Feminins nur ſik. So z. B. hai hiät ſik wäihbohn — oder: hai hiät ſhi wäihbohn. Aber nur: ſai hiät ſik wäihbohn — und: dai Luie het ſik wäihbohn. — Daneben aber exiſtiert für Dativ und Accuſativ des Feminins im Singular, ſowie für beide Kaſus im Plural (das Maskulin mit einbegriffen) die auffallende, philologiſch höchſt intereſſante Form iärk. So z. B. de Frugge hiöt iärk wäihbohn — de Frugge hiät iärk verbrannt; dai Jungens het iärk Zigarren kofft, het iärk ſchlagen. Es ſcheint übrigens dieſes iärk mehr und mehr zu verſchwinden und dem ſik das Feld zu räumen. — Für m h i n e m, d h i n e m ſagt man auch m h i m e, d h i m e, z. B. mhime Vattern = meinem Vater. — Der Dativ mhi, dhi, und der Accuſativ mik, dik werden, wenigſtens im obern Theile des Sauerlandes, ſtets regelmäßig aus einander ge= halten, während im Münſterlande m i, d i als Dativ und Accuſativ zugleich dienen muß. Das hochdeutſche d u wird bald lang (diu), bald kurz (de) geſprochen, letzteres aber nur hinter Konjunktionen; und in der Frage wird meiſt nur e angehängt; z. B. diu kümmeſt; wann de kümmeſt; kümmeſte? — h a i (er) wird in der Frageſtellung und nach Konjunktionen meiſt in e verkürzt, ſai in ſe; z. B. kümmete? (kommt er?) harre? (hatte er?) wanne (wenn er), aſe (als er) = aſe hai; datte (daß er); hiät ſe? (hat ſie?), het ſe? (haben ſie?), wann ſe (wenn ſie).

Hochintereſſant iſt, daß für das hochdeutſche Wörtchen da (womit ich jemanden etwas zureiche) das ſauerländiſche einen S i n g u l a r und P l u r a l unterſcheidet: bä, und bott. So z. B. bä, Junge, iet bün Appel! — aber: bott, Jungens, beilt ug düſe Appeln! — Ebenſo heißt es bott, wenn ich eine Einzelperſon mit dem Reſpekts=Plural anrede, z. B. bott, Heer Paſtauer, niämmet ug! — Daraus iſt erſichtlich, daß hierin gewiſſermaßen ein verbaler Imperativ liegt — franzöſiſch tiens, tenez; der Philologe denkt dabei ſofort an das homeriſche Κύκλωψ, τῆ, πίε οἶνον (Odyſſ. IX, 347) und erinnert ſich, daß dieſes τῆ auch einen Plural τῆτε hatte.

Die Konjugation der Zeitwörter anlangend, ſo hat das Mittelwort (Participium), wenn es mit haben, ſein und w e r d e n verbunden iſt, kein Augment (d. h. die

Vorsilbe ge); in den übrigen Fällen, besonders wenn es Adjektiv geworden, behält es das Augment; z. B. de Bugel hiät sungen, wert sangen, is sangen; metgefangen, metgebangen; gestuallen Gutt bigget nit. — Statt der regelmäßigen Endung de im Imperfectum hört man meistens re, z. B. il klagere (ich klagte), für: il klagede — diu klagerest, hai klagere, vhi (hi, sai) klagern. — Bei der starken Konjugation des Imperfelts findet sehr oft in der 2. Person Singularis und im ganzen Pluralis ein Umlaut statt, so daß die Form wie ein Konjunktiv lautet, z. B. il kam, diu kemest, hai kam, vhi (hi, sai) kemen; il gloffte (glaubte), diu glöfftest: il saggte, diu säggtest. Doch sagt man in einigen Gegenden auch regelmäßig: il kam, diu kamest, vhi kamen u. s. w. — Im Präsens Indikativ findet zuweilen, von der 2. Person im Singular an, eine Synkope (Ausstoßung) statt; z. B. il blhiwe, diu blist, hai blitt, vhi (hi, sai) blitt; il giewe (gebe), diu gist, hai gitt, vhi (hi, sai) giätt; il hewwe (habe), bai hiät, vhi het; il krhige, diu krist, vhi kritt; il rhie (reite), diu rist. — Zu merken ist noch, daß, wenn das Fürwort hinter dem Zeitworte steht, letzteres häufig eine Verkürzung erleidet. So heißt es z. B. hi wietet (ihr wißt), in der Umkehr aber wiet' hi (wißt ihr). Dann aber tritt nie die eben erwähnte Synkope ein; z. B. hi kritt (ihr kriegt = erhaltet) heißt in der Umkehr krhig' hi (kriegt ihr).

Die Umlautungen der sogenannten unregelmäßigen Konjugation möge man aus folgenden Beispielen ersehen.

Infinitiv.	— Imperfekt.	— Particip.	— Imperativ.
hallen	— hellt	— hallen	— halt = halten.
brengen	— brachte	— bracht	— brenk = bringen.
giewen	— gaffte	— gafft	— gief = geben.
gohn	— genk	— gohn	— goh = gehen.
kummen	— kam	— kummen	— kumm = kommen.
taupen	— koffte	— kofft	— kaup = kaufen.
flaigen	— flaug	— fluaggen	— fluig = fliegen.
(baien	— baut	— buahn	— buit = bieten.)
laien	— lette	— lett	— lait = leiten.
blhiwen	— bläif	— bliewen	— blhif = bleiben.
niämmen	— nahm	— nuammen	— niem = nehmen.
gloiwen	— gloffte	— glofft	— gloif = glauben.
(roiern	— rorrte	— rorrt	— roiere = rühren.)
drücken	— bruchte	— brucht	— drück = drücken.
plücken	— pluchte	— plucht	— plück = plücken.

Flaiten in der Bedeutung fließen hat: flaut, fluatten, fluit — in der Bedeutung flöten: flotte, flott, flait. — Das Imperf. von mötten, maiten (müssen) hat unregelmäßig: il mochte, was zugleich Imperf. zu mügen (mögen) ist. — Die 2. Perf. Sing. im Präf. Indic. lautet bei den aufgeführ= ten Zeitwörtern: diu hälleſt, brengeſt, giſt, gäiſt, kümmeſt, koipeſt, fluigeſt, büſt, leſt, bliſt (blyiweſt), niemeſt, gloiweſt, roierſt (rörrſt), drückeſt, plückeſt, flüſt (= du fließeſt), flöſt (= du flöteſt), moſt (maſt) = du mußt.

III. In ſyntaktiſcher Hinſicht iſt die Eigenthümlichkeit zu merken, daß der Nominativ eines Maskulinums, mit dem Artikel ein verbunden, immer die Form des Accuſa= tivs hat; z. B. ennen (oder 'ne) gurren Frönd is Geld werth; hai is 'ne gurren Menſken. — Sodann die häufige Ab= trennung der Präpoſition; z. B. hai woll do (oder: der) gar nix van mieten = er wollte gar nichts davon wiſſen; ik ſin der nit byi wiäſt = ich bin nicht dabei geweſen. Da das ſauerländiſche Platt bisher in die Schriftſprache noch nicht eingeführt war, ſo iſt ſelbſtredend der Periodenbau noch nicht ſo entwickelt und bequem, wie im Hochdeutſchen; nament= lich meidet man, wo es nur eben thunlich iſt, Relativ= und Konjunktionalſätze und macht Hauptſätze daraus, erſtere mit Demonſtrativen, letztere mit entſprechenden Adverbien; mehrern Konjunktionen fügt man überdies noch gern dat (daß) bei, z. B. whilen oder whilank dat = weil; biuwuall dat = wiewohl; indiäm dat = indem u. ſ. w.

Schlußbemerkung. In den verſchiedenen Gegenden des Sauerlandes variirt die Ausſprache, namentlich der Diph= thonge, auf vielfache Weiſe, und zwar meiſtens nach den ein= zelnen Kirchſpielen. Um daher keine Verwirrungen in die Sache zu bringen, ſo iſt in vorliegendem Buche, mit ſehr wenigen Ausnahmen, ganz ſpeciell die Ausſprache, wie ſie im obern Ruhrthale (dem ſogenannten Strunzerthale) herrſchend iſt, feſt= gehalten worden.

Wörter und Beziehungen, die nicht für allgemein verſtänd= lich gehalten wurden, finden ſich im Anhange erklärt; und zwar haben wir dieſem Anhang, um ihn den Leſern möglichſt bequem zu machen, nunmehr die Form eines alphabetiſch geordneten Gloſſars gegeben; die Ziffern, womit in den einzelnen Stücken auf die betreffenden Erklärungen hingewieſen ward, haben wir gleichwohl aus guten Gründen belaſſen, dem Gloſſar jedoch einen über dieſe früheren Erklärungen weit hinausgehenden Umfang gegeben.

Erster Theil.

Sprickeln un Spöne.

Ingank.

Wat kann't helpen, wamme luiget? Dann segget
de Luie, me wör en Windbuil, — oh, unb bat is aisk![1]).
Diärümme well ik fortens[2]) Farwe bekennen unb seggen
ug: ik hewwe bat absunders graute Weltglücke un Pla=
säier hat, bat ik ter Welt gebuaren sin imme Strunzer=
bal[3]), un nirgens anbers. Strunzerbal!! geluawet
syi byin Name! Friwelmauth un Spyit[4]) tworens hiät
biän Namen erbacht, boise Nowers het 'ne us oppen
Puckel schriewen un vertellet van us, byi böhen in
Guabbes Welt nix anders ase Strunzen un Prohlen.
Awer, Strunzerbal, et blitt berbyi: geluawet syi byin
Name! Ik segge ug: bat is en Eckslen! ich gloiwe,
bo hiät in allen Thien bet Parabyiß stohn, un be Ruhr
hiät tau biän väier Flüten hoort. Op der Landkorte
is es tworens ments en klein Striekslen; aber bat schatt
bat? benn wann't ümmer op be Grötte ankeme, bann
könn be Kauh 'ne Hasen fangen; unb ·gloiwet ments
bryiste: von Meskede bit no Niestselle ropper, bo
sinb be Kieserlinge Zucker; un op düm kleinen Pläcksen
Eere, ober boch noge berbyi, het be mäisten Luie rümme=
trampelt, bo myin Baisken van vertellet. Do soll yi
mol Keerels saihn! Doch ik well nix in süäriut verrohn
— yi sollt myi frisken Arrwetyit behallen; ik well ug
laiwer im Anfank en Stücksen süärslaiten (jä, ik sin
'ne iutgelohrte Flaßfinke unb heww' et Flaiten lohrt no
der Vugelüärgel), un iut biäm anmaibigen Stücksen soll

yi ug riuterhören, biu wunder=wunderschoine dar't in
myime Strunzerdal is — — awer de Schelm folget
dernoh.

Luafgefank oppet Strunzerdal.

Vat aller Ehr' un Luawes vull,
Diäß Ehre well it mehren —
It luawe myi myin Strunzerdal,
Dai Kraun' op Guaddes Eeren.

Saih' yi de Ruhr, dai graine Ruhr
Vam Biärge runner fpringen,
Wual in de Grund, dai fryie Grund[1)]
Met Riusken und met Klingen?

Saih' yi dai Biärg' ob beider Syit
Vit in de Wolken räiken,
In iärem grainen Summerstoot,
Met himelhaugen Äiken?

Saih' yi dai fchwarten Leggen nit,
Vo ments de Schiuwiut[2)] neftet?
Diän haugen Thraun, bo fik alltyit
De Himmel oppe reftet?

Un latt ug op der Höchte nit
De Kaulebuarn[3)] taum Drunke?
Hör' yi nit ryifen Sprink an Sprink
Byi jedem Stäin un Strunke?

Un hör' yi no dem Springe nit
Den Räihbock runner auken,
Den Räihbock, diäm des Jäggers Blyi
Is fchlagen in de Flanken?

Hyi briännt de Büssen üwerall
Op Hiärteböck' und Räihe,
Un lustig knaller't op der Palz
Des Muargens halber twäie.

Doch sind die Leggen byi te richt,
De Biärge byi te hauge,
Wual in der grainen Wiesegrund
Is auf Vermak genauge.

Do riuskert van der Wiesenschlacht[4]) —
De Ruhr dai blenket helle,
Un düär det klore Water schütt
De silwerblanke Frälle[5]).

Dotau do schällert allersyits
En Singen un Gekroßel[6]),
Wual iut dem Busk de Nachtegall,
Wual iut der Schlucht de Droßel.

Un frauhe Luie stemmet in
Taum grainen Vugelsange;
Se gruißet ug met Sank un Klank
Op jedem Patt und Gange.

Sai bait ug fröntlik Dagestyit,
Un giew' yi ug der Kunde,
Dann saihl' yi wual un häimisk ug
Foort in der äisten Stunde.

Glyik sin yi Frönd un Zächkumpier
Byim lustigen Geloge;
Und mait' yi endlik söbber gohn,
Det Schäien gäit ug noge.

Myi felber find de Stroten niu
Ganz anders füärgeschriewen:
Doch alltyit is myin Hiärt' un Sinn
Im Strunzerdal verbliewen,

　　Un bo it goh' un bo it ftoh',
Well it fyin' Ehr' vermehren:
It luawe myi myin Strunzerdal,
Düt Himelryik op Eeren.

Schelmenlaid oppet Strunzerdal.

Niu faih' it wual, dat yi de Steerne runzet,
Un fegget, it' härr' gewaltig ſtrunzet[1]) —
Nu jo, nu gutt! bai kann wat bergigen?
Dat heww' it von Häime jo mebbekriegen;
Un bat me van Häim' un innen Blooren[2]) kritt,
Dat wert me fyiner Lebstage nit quitt.
Un frißt van der Liäwer te ſtrunzen un prohlen,
Is ümmer nau biätter, afe foilen un drolen[3]).
Un wann yi us alles nit gloiwen wellt,
Yi konner't jo maken, bie 't ug gefällt.
Nit wohr? wann de Jägger tem beſten giet,
Hai dreepe fäß Hafen in äinem Schüt.
Dat kamme jo hören gebüllig an,
Un niemet fik dann bet Syine bervan.
Un miärket ug dat: vyi bekenner't fryi,
Dat Strunzen byi us in der Maude fyi;
Un iut dem Strunzerdal hiärteftammen,
Dat hevve us ümmer taur Ehre nuammen,
De Bryilsken[4]) bai gäfften nau biufend Dukoten,
Wöll'n vyi fai met in de Ryige loten.
Näi, gatt myi doch met diän Bryilsken berbenne —
It well ug ganz andre Keerels nennen.

Im ganzen buitsken Vatterland
Do is be Meskeber Wind bekannt;
In Meskede wägget sau scharpen Wind,
Dat be Kappen oppem Koppe nit sieker sind;
Un söll et jebesmol Riänen⁵) giewen,
Wann sik be Meskeber Wind erhiewet,
Dann könn sik be ganze Welt verkriupen,
Dann möchten nau Ratten und Muise versiupen.
Den Meskedern konn vyi't nit awespriäcken:
Vyi mottet sai tau dem Strunzerdal riäcken.
De Velmeber maket auk bloen Dunst,
Awer met enner ganz andern Kunst:
Do rauket und maket se „Krülltaback"
Van saitem Gerük un syinem Geschmack;
Ik begryipe nit, biu se 'ne ferrig stellt
Füär brüttain Pännige pruißisk Geld.
Dann Austwig hiät sik in der Schlucht verstiäcken
Un fröget: draff ik der mit auk tau riäcken?
Ments dryiste, ments hiär! Wind mak' yi jo buach,
Denn alltyit blöset do 'n wahnen Tuag.
De Nuttlarsken, oh! dai gatt haug' oppen Bäinen
Un prohlt — me denke — met Schiewerstäinen.
Sai het sik met Bestwig den Bahnhuaf dellt;
Niu raupet sai beibe: „Us hört de Welt!"
Dann awer is Bigge, dat kleine Berlyin,
Dat dröffte wual Strunzer=Häime syin.
Doch säggt' ik van diän de ganze Geschichte,
Ik gloiwe, se priustern myi rintem Gesichte;
Do lätt sik apart en Lai'ken van singen,
Datt soll yi dann auk in düm Baiksken sinnen.
No, bai ments dat nigge Schütten=Telt suiht,
Dai wäit sau soortens, bat do füär'n Geluit.
De Aulwersken⁶) hört no Bigge ter Kiärken,
Dorümm' is van iänne en Glyikes te miärken.

Un van der Pijerbah, aje taum Tuatt,
Do flaitet jai jelwer op Bigge wuatt.
Biu maket't be Asker?⁷) — 'ne krittlige Froge!
Do kumm' ik jo lichte myi jelwer te noge;
Doch wann ik myi jelwer ok jchrögg'le⁸) be Hoor',
Jk well boch bekennen oprichtig un wohr.
Dai blaijen hauge vom Thauern runner,
Selfs bo je nau keinen habben (o Wunner!);
Niu het je 'ne richtigen Thauern kriegen:
Niu blöjet der keine Trumpette mehr gigen.
Wann de Asker Jungens nau liätt in der Waigen,
Dann konnt jai all jtrunzen, jlunkern un laigen,
Un kritt jai dat äijte Paar Stieweln an,
Dann konnt je't aje Goliath, dai graute Mann.
Un bai ment hyi in düt Baiksken kucket,
Weert jeggen: „je laiget aje gedrucket."
Niu kem' ik wual an dai Wyimerker⁹) Heeren,
Do wäit ik 'ne Sprük van, diän hört je nit geren;
No, ik jegge nix, boch wiet' yi genaug,
Wann yi ments hört: je verkoppelt der auk.
De Flaigen jtiäcket — Abjüs! ik mott gohn
Und blyiwe nit eger, bit Niejtjelle¹⁰) jtohn.
Dai drägget un drägget an jedem Woort,
Se kuiert nit, nä, je jinger't joort;
Dat lutt jau jüärnehm, dat gloiwet kein Mensfe,
Akroot aje wann de Rabbyiners benjket.
Se jchwenket de Aarmens un jchmaifet Zigarren,
Un wann j'ok ments jind van Tuffelnblaaren;
Un batt me jüs draff 'ne „Handelsmann" nennen,
Dat lätt jik hyi joort „Heer Kaupmann" jchennen.
Sai baut det Strunzerbai würdig bejchliuten,
Un alles Andere blyiwet derbiuten.¹¹)
Tem haugen Winterbiärg well't nit ropp,
Do hört ja ok alle Herrlikeit opp.

Un iäwenjau dai Mieweker Wifker,[12]
Dai lote vyi auk nit mehr bertüfker. —
Niu laiwe Luie! niu wiete Beschäid,
Biu wyit dat Prachen un Strunzen gäit;
Niu stemmet ok in met froihlichem Schall:
„Et liäwe dat strunzige Strunzerdal!"

- - - - - -

Odam.

Et lutt lügenhaft, et is aber wohr: Odam van
Affinkhusen und syin Kumpier, de schwarte Schauster, spielten an drei Ennen teglyike den Faftoowend.

Äinsmols kemen de jungen Burßen van Wullmerkhusen: „Odam! batt giewe vyi ug, wann yi us
dai drei Dage Musyik maket?" — „„Twäi gemeine
Daler un fryi Gebränke!"" — „Gutt! et sall en Woort
iyin!"

Kium wören sai wiäg, do kemen Afgesandte van
der Elpe. Antwort: „Twäi Berlyiner Daler un fryien
Zäch!" — „„Gut! ingeschlagen!""

Dat durte nit sau lange, as ik hyi dervan küre,
do kam ene Deputaziaune van der Balme. Antwort:
„Twäi Kraundaler, und des Middages Trachtemäute met
Surmaus un 'me halwen Sugekopp! Dat yi uns natt
hallet, verstäit sik van selwer." — „„Gutt! vyi verlotet
us drop.""

De Faftoowend kam. Afe de Haumisse iut was,
do haalte Odam de Viglyine van der Wand und räij
de Stryike met Kalfunnige, de schwarte Schauster nahm
de alle Rauthenne, den Baß, oppen Puckel, sai laiten
sik byi Berndyine den halwen Dort[1] füllen, gäfften
sik oppen Patt, blaisen unnerwiägens mol op iärem
Schoppen un durtelden Faitken füär Faitken bit no
Wullmerkhusen in Schlächters Stuawe. Sai döhen

en paar Strieke, do woorte ganz Wullmerkhusen wieplig,
un nit lange, do wären Männer und Burßen, Fruggens,
Juffern un Schlätters[2]) te Gange und sprüngen, bat
giefte bat hiäfte. Odam raip jauenthant[3]) dertüsker:
„Heißa Fastoowend: Kinner, luftig!" un afe alles buifter
ran Melm was, do ftotte hai fyinen Kumpier met dem
Faute an, dai ftak den vullen Schoppen in be Holster,.
fai ftricken ümmer fachter, ümmer fachter, antleßte ganz
pigane, un — haibi! fprüngen fe tem uappenen Fenfter
riut un gengen kilohrum[4]) no der Elpe. —

Odam raip inter Düär rin: „Heißa! die Mufi=
kanten find da! Kinners, int Gefchirr! if fin büär Wull=
merkhufen kummen, do was be Fastoowend all vüllig
imme Gange!" Niu worte ftricken no der Schwierigkeit;
be Burßen kemen in iärem Sundags=Nummedagskierel,
be Miäckens habben fik oppkraffet oppet allerfyinfte, fe
fprüngen iäre Mäifte und Befte, Schotts, Hackenfchotts,
Berlyinsk un Minnewäi, imme Takte und butter dem
Takte. Un afe me füär Springen und Jiuchen fyn äigen
Woort nit mehr hoorte, vielweniger de Mufyik, do gaffte
Odam dem Schaufter en Auge, un — Abjüs Elpe! dai
Beiden fprüngen tem Fenfter riut un kemen no der
Balme, afe be Köfter lutte.

„Kinners, niu hallet ug dran!" raip Odam; „et
is myi wat late wooren; if fin düär Wullmerkhufen un
Elpe kummen, do banzern fe all, dat be Kierels dam=
peden." — Do genk et awer, hiäfte mik nit gefain, de
Väine gefchlagen, de Kierels gefluaggen, de Schnuffdaiker
gefchwenket, un manneger Drüttainer woorte klein fchlagen;
denn dai Anländer[5]) Buren het wat intebrocken. Füär
be Mufikanten woorte gehörig fuarget, bat fe nit be
droige im Munde woorten, und bes Mibbags kriegen fai
iäre richtigen Trachtemänten. Dinstag Owend ümme
tain Uhr kloppede be Schaufter met der Stryike oppen

Baß, un Ddam raip: „Kinners! lotet us doch nit ganz
in be Faste rin spittakeln!" Sai striefen iäre twäi Kraun=
balers in, wiskeben sik ben Munb un gengen terügge no
ber Elpe. Do was nau alles te Gange, un kein Menske
habbe miärket, bat be Musikantenbisk lieg was; bai
Beiden schlieken sik häimlik rin, spielten äis ganz sachte,
bann ümmer häbber, antleßte nau en paar büstige
Strieke — bo was et iute, un Ddam raip: „Kinners!
nyi mottet Fierowenb maken, be Quinte is myi buasten,
unb be Faste is angohn!" Met iären twäi Berlyiners
in ber Taske gengen sai no Wullmerkhusen. Se hoorten
all van seer, bat bo te baun was; be Wullmerker häbben
banzet bit Austern, awer bai Beiben wören wier hinner
ben Disk kruappen, sengen ganz sachte an te strijiken un
stemmeben bann iut Lyimeskräften ben Häimebryiwer [6])
an; bann stäig Ddam op be Bank un raip: „Kinners,
Kinners! et is us Askermibbewiäcken woren, ohne bat
nyi et in Achte nuammen het! hört oppe, un versünbiget
ug nit! giät us bai twäi gemeine Daler, bai nyi ehrlik
verbaint het, un bann got met no Assinkhusen [7]) un
haalt ug be Aske!" —

Ddam. Nr. 2.

Ddam harr biär Luilinge [1]) nau mehr unner ber
Müske. In ber schlackergen Tyit, van Hilgenbreikünige
bit Lechtmisse, was hai antleste gewühnlik krünklik un
bümpeßk up ber Buast — me hett bat gißunbers be
Grippe — un ase hai all byi Johren was, bo peck et
iänne altens scharp an; hai haustede un kröchebe, bat
syiner Äiwe [2]) bange worte; un sai kuackebe 'me Flieren=
thäi un kräig 'ne in be Lakens un lait 'ne schwäiten,
bat et bampebe. Dat halb awer alles nit; en ganz

anber Mibbelken bat boh viel biättere Denſte. „Franz!
bannehr hevve Faſtoowend?" — „„Baar! tin Sundag
in acht Dagen."" — „Sau? ſind vyi all ſau wyit in
der Tyit?" — Un ſuih! van Stunb 'an woorte iämme
biätter. „No, Obam? biu is et?" — „„Et is myi
wat lichter op der Buaſt."" Den andern Dag het et:
„De Hauſte lüäſet ſik"; den ſolgenden Dag: „Ik gerohe
nau mol"; den väierden Dag: „De Pyipe ſchmecket
wier"; den ſyiſten: „Äiwe, blyiſ myi met dem Flieren=
thäi wiäg"; den ſäßten: „Wellt be Jungens auk wat
maken op Faſtoowend?" den ſiwenden: „Het ſe all 'ne
Danzeſchyin? bat hiät Berndyine füär Muſyik beſtallt?
den Plugge ober be Brauker?" — Un wann dann
lüttke Faſtoowend was, dann wogebe ſik Obam mol wier
op ben Holtpaß un boh, aſe wann hai Braken höggte.
Den Fryibag machte hai ſyin Faſtoowendspyipken innen
Stand; den Sunnoowend hett' et: „Bergiet myi be
Schau nit te ſchmiären, Äiwe! ſe ſollt wual hart wooren
ſyin!" — „„Awer, Obam! biu weſt boch wual nit
nom Faſtoowende gohn? biu biſt jo krank!"" — „Et
fehlt myi nix mehr! dat kannſte boch wual hören! ik
hauſte jo boch nit mehr! Ik mott boch mol tauſaihn,
oſ be Faſtoowend nau liäwet, oſ be Jungens iäre Saken
örntlik maket." Un Faſtoowendsſundag, bo aat hai
ments half ſatt, ſchmäit be Gowel bohenne, haalte ſik
en Küälleken op be Pyipe, ben Krückenſtock in be Hanb,
un machte ſik ümme be Ecke, un Äiwe konn hinner 'me
rinn ſaihn. Imme Wäiertshiuſe reip 'me alles entgiegen:
„Jömmer Obam! van ben Doben auferſtanden?" —
„„Gewiß, Jungens! gewiß! bai kann dann op Faſt=
oowend krank ſyin? Gubben Dag, Kaiſper! Tag, Michel!
Tag, Hännes! Tag, Kunrob!"" un ſau ber Ryige noh,
un bat was 'ne Willkumm, aſe wann be laiwe Heer
vamme Himel kummen wör. „Kinner! is be Beſper nau

nit iut?" — „„Sau glyik, Obam! se sind amme Mag=
nificat."" — „No, Plugge, dann sank an te stryiken!
wann dann die Luie vamme Kiärkhuawe runner kumet,
dann hört se glyik, batter te daune is!" — Ase niu be
Baß unb be Biglyine genk, dat was be leßte Medezyin
süär Obam: joh, bo bachte hai mehr an Kranksyin?
Hai stont mibben imme Kringe, den halwen Ort in ber
Hand, schlaug ben Musikanten met syime Stocke ben
Takt, drank un sank un jiuchebe, helt be Fastoowends=
priäcke un machte syine Spargißen, un Äiwe kräig 'ne
nit te saihn bit Askermibbewiäcken.

Sau genk et jebes Johr. En paarmol was hai
iimme Lechtmisse sau krank, bat Äiwe söchtebe: „O
Heer! bütmol gäit hai us brop!" Doch iäre Schwyiger=
suhn troistebe sai met ben Woorben: „Mömme, nit
bange! wann Fastoowenb in't Land kümmet, is use
Baar wier gesund; Fastoowenb, dann gäit use Baar iut
ben Wiäcken." — Un et brap jebesmol in. —

De schwarte Schauster.

Ban biäm andern Musikanten, bai op Fastoowenb
ben Baß sträik, vamme schwarten Schauster laite sik
auk nau viel vertellen. Awer wiete, wann 'ne Kauh ot
ments äinmol bölket, dann hört me boch glyik, bar't
'ne Kauh is; un sau konn yi biäm Musje Schauster
syine Tulänten an büm inzigen Döneken hören, bat ik
tem Besten giewen well.

En Musikante hiät alltyit Duast, un sau worte
byim schwarten Schauster kein Drüttainer waarme. „Ik
wäit nit", saggte, „ik mott en Luack in ber Büßentaske
heiwen, bat myi be Stuiwers ümmer berbüär runner=
glitt!" Awer op äinmol — Kinners! mehr Glücke ase

Verstand — hai iärwebe van 'ner allen Moihne ganze twintig Daler. „Jömmer hintau!" saggte, „do sin it en Kapitoliste woren, un wäit nit, biu!" Den anbern Dag kame in't Wäiertshius, un Obam raip: „No, schwarte Junge, biu gäir't?" — „„Schlecht, Obam!"" — „Jös, brümme dann?" — „„Ach, Obam! ryike te syin is 'ne Ploge!"" — „O näi, Jausep, nau lange nit." — „„Obam! it segg' et byi: et is wohr! me hiät keine rüg=gelke Stunne mehr. Diu wäist, it hewwe gistern 'ne Haupen Gelb in't Hius kriegen. Un bat heww' it bervan? Suarge, nix ase Suarge. Suih, it hewwe bün Nacht kein Auge tau bohn. Ümmer bacht' it: Niu kummet se! niu kummet be Spitzbiuwen un wellt et byi afstiällen un maket bik baut imme Bebbe. Wann ments en Flauh priustere, senk it all an te biwern. Bat boh it in myiner Nauth? It stont op, nahm be Gräipe oppen Puckel un sin be ganze Nacht bermet runb ümm' et Hius rümmelaupen. ümmer op be Daiwes=Jagb. — Näi, bat Dinges sall ophören, unb it well wier myinen richtigen Schloop hewwen. Obam, bat meinste? It well't Gelb versiupen, un biu helpest myi!"" „Geren!" sagte Obam; „un it blyiwe berbyi, bat it alltyit segge: biu bist 'n gescheibten Keerel."

De Heer un syin Knecht.

Kauert[1] was be Heer, un Koierken[2] was be Knecht. Kauert kummanbäierbe nit viel, unb Koierken paräierbe nit viel; benn sai machten te viel Kumpanigge byim Schnapsglase, un be Schnaps, bat wiet yi alle, mäket Heer un Knecht glyik. Des Owends habben sai gewühnlik beibe be Kraune vull, un buselben bann sau schlackerbäinig op iäre Schlopkabuisten, bat sik be Aine iiwer ben Anbern schüppebe. An ber äinen Wanb habbe

Kauert sin Külter³), un an der andern Koierken. Niu
krawwelden sai sik äines Owends auk mol inime schoin=
sten Schrüf⁴) in iäre Bedde un fengen an te schnuarken,
ase wann be Sagemühle genge. Ümmen Thit raip
Kauert: „Koierken!" — „„Heer! battann?"" — „Koier=
ken! mni bücht, et trekket op der Kamer." — „„Heer!
dat bücht mni auk,"" un sai schlaipen söbber.

Nit lange, do raip Kauert: „Koierken!" — „„Heer!
battann?"" — „Koierken! mni bücht, dat Fenster stäit
uappen." — „„Heer, et bücht mni auk!"" Koierken
bläif leggen, un sai schlaipen söbber."

Nit lange bernoh do hett' et wier: „Koierken!" —
„„Heer! battann?"" — „Koierken! mni bücht, et wör
wuall gutt, wann dat Fenster tau wör." — „„Heer,
et bücht mni auk."" Koierken awer bläif ruhig leggen
un rüppelde un roierde sik nit: un sai schlaipen söbber.

Endlik raip Kauert: „Koierken! mak dat Fenster
tau!" Für saume Kommando kräig Koierken den
Frochten, sochte sine Bäine iut dem Strauh, stont op
un machte dat Fenster tau. Hai krawwelde an der
Wand rümme un kraup wier in't Bedde; of hai in't
richtige kam, wäit ik nit; un sai schnuarkeden wier no
Nauten.

Awer nit lange, do senk Kauert ganz angesthaft an
te raupen: „Koierken! Koierken!" — „„Heer, o Heer!
battann?"" — „Koierken! et lict en Keerel in mnime
Bedde!" — „„Heer! in dem mninen auk!"" — „Ik
schmnite den mninen beriut!" — „„Un ik ben mninen
auk!"" — Un jeder senk an, sik met snime Keerel te
frasseln, un dat gasfte en Sparteln imme Bedde, dat
de Lakens rieten un det Strauh rümme slaug. Op
äinmol gasft' et 'ne Knall, dat be Bühn⁶) biujede, un
Kauert raip: „Oh! Koierken! oh! Koierken!" — „„Heer!
o Heer! bat is?"" — „Oh! Koierken! mnin Keerel hiät

mik iut bem Bebbe schmieten!" — „„Heer! un if hewwe
ben myinen riuter schmieten!"" —

Ase be Sunne all hauge stont un be Ziegenhäier
blais, bo kam be Kleinknecht op be Kamer un woll ben
Heeren wecken, un verwünberbe sik in ben Daut, bat
Kauert sü är bem Bebbe laggte, un Koierken berinne,
un bat bet anbere Bebbe lieg was; un bai beiben
riewen sik be Augen un be Blesse, un verwünberben
sik auk, un konnen gar nit begrypen, biu bat taugohn
was. Ik gloiwe awer, bai myi anbächtig tauhoort
hiät, bai kann't sik an ben syif Fingern astellen.

....

Schausternuppen.

Schausterhännes was 'ne rechten Twiäßbraken
un habbe se siustebicke ächter ben Ohren. Hai aarbebe
äinsmol byi usem Nower un süggelbe un kloppebe; bo
kam Mausken unb srogebe no Hittkesfellen. Mausken
kürte geren, un stont un stont, un hellt bem Schauster
bet Woort, unb soh 'me nyipe[1]) op be Finger. Dat
was bem Schauster balle läib; hai bachte: „wachte!"
un op äinmol taug hai ben Droht lenger, ase noibig
was, un gaffte bem Mausken ennen gehörigen Ruff met
bem Jällebuagen in be Rimwen. „Mester, hinnere ik
ju?" — „„Näi, Mausken, blyif ment stille stohn!""
— Dai Diskurs genk söbber, un be Schauster aarbebe
ganz ernsthaft brop luaß. Ilwer en wennig krimwelde
et bem Schauster wier in ben Fingern, hai taug un
taug amme Drohe, un op äinmol habbe Mausken wier
ennen in ber Syit sitten, dai was nit van Strauh.
„Mester, ik hinnere ju, ik well berbenne gohn." —
„„Näi, Mausken! süs säggte ik et byi; biu hinnerst mik
gar nit; blyif ment stille stohn!"" — De Schauster

machte en ganz unschüllig Gesichte, taug ben Droht nau=
mol büär ben Piäck un süggelbe söbber, un Mausken
bläif amme brolen. Awer, ehr hai't sik versoh, kräig
hai ennen in be Syit, bat be Rimwen knappeben un be
Augen sik verbräggeben; hai machte sik iut ber Wiäge
un käik sik schaif ümme: „Mester! ik mag ju hinnern
ober nit, ik goh berbenne."

Hammichel.

De Magister genk met syinem Suhne Wilhelm
imme Goren spazäieren, un syin Pyipken schmachte 'me
gutt. Do kam Hammichel buawer bem Tiune büär be
Twiete ¹) ropper, un be Magister raip 'me tau: „Muar=
gen, Hammichel!" un Hammichel amsebe ²): „„Muargen,
Heer Magister!"" De Magister, bai geren, ober ok nit
geren fruiset (biu m'et niemet), raip söbber: „Ham=
michel! et is kalt van Muargen!" Un Hammichel am=
sebe: „„Wual, wual, Heer Magister! et is hellest kalt
van Muargen; et is örntlik fräit; me könn be Hansken
verbriägen,"" un räif sik be Hänne, ase wann't imme
Harremond ³) wör.

Un Hammichel genk söbber; un ase buar Nowers
Stalle was, bo raip 'me Franz, bai be Kögge in=
spannebe, tau: „Muargen, Hammichel!" — „„Muargen,
Franz!"" — „No, Hammichel, söll't wual en Plaigen
giewen? et is schoin Wiär van Dage!" — „„Joh,
Franz! bo hiäste recht; et hiät sik en Bittken oppeklört;
et is ganz nette van Dage.""

Un Hammichel genk söbber. Unner Nowers Hiuse
was Selmes ⁴), bai hoggte Braken unb plogebe sik,
bar't 'me waarme woorte. Hai harr' ben Diskurs hort,
un wyil 'ne be Schelm stak, bo raipe: „Muargen, Ham=

michel! Hammichel, bat is et häit! jau häit is et den
ganzen Sumer nau nit wiäst." Un Hammichel amsede:
„„Joh, Selmes, do hiäste recht! et is griusam waarme:
me söll jau den Kierel iuttrecken;"" un hai nahm de
Kappe af un wiskede sik iiwer de Steerne, ase wann't
'me, Guatt wäit, biu, waarme wör. — Ase hai wiäg
was, fenk Selmes harre an te lachen, un dai Beiden
imme Goren lachern all lengest; un Selmes raip dem
Wilhelm tau: „No, Paa?[5]) bat meinste? da i Meniſe
kann düär de Welt kummen!"

Wind.

Et liet en Duarp im Strunzerdal,
It draff et jau nit nennen;
Doch bai düt äine Stücksken hört,
Dai weert et foortens kennen.

Se maket geren Windjuchhäi
Un konnt jau füärnehm spriäcken,
Un het doch vak' im Schappe nix
Te byiten un te briäcken.

Des Middags iätt' sai Plundermilk;
Dann stoht sai in den Düären
Un pruckelt sik de Tiänne iut
Met Sprickeln un met Fiären.

Sau maket sai't — un brümme dann?
Dat sai den Luien wyiset,
Et wören graute Floosken Fläisk
An iärem Dist verspyiset.

De Meskeder Hiserbah.

Te Meskede was am achttainden Christmond, drei Dage füär Sente Thommes, en graut Buggäi; kein Menske sollte mehr Wäihdage, kein Podogro und keine Lhidören. Denn bat sik det Hiärte verlanget habbe met Angen un Bangen un Schmiärten, endlik was't met Guaddes Hülpe do, un Klein=Parhis was blär 'ne langen, langen langen Yiserstrank mit Graut=Parhis in Verbinnunge satt; un bai des Muargens froih in Christoffels Hiuse Kaffe drunken un 'ne Meskeder Krengel derbhi giätten harr, konn nau biänselstigen Owend in der franzoisisken Hauptstaat im Grand-Hôtel oder im Restaurant international sitten un sik en Bifffstück van Ratten= oder Katten= släiß brohn loten. De äiste Lokkemathiwe nemlik, met Wintergrain un Dannenbüisken bekroint, was ankummen, un ganz Meskede was oppen Bahnhuaff un käik sik dai frümeden Heerens an, dai van Arensperg ropper keemen; van der Kliuse biuseden de Kattenköppe, de Klocken lütten, de Meskeder Musikanten blaisen Tusch, un jidwedem Meskeder schlaug det Hiärte bit annen Hals, füär Stolt un füär Plasäier. „Niu sin vyi dicke derbüär!" raip alles, bat raupen konn; „us is hulpen! Parhis, Berlhin un Meskede sind niu de inzigen Stiäe, bo de Welt nau no froget, un büse drei sind niu anäin schwett met Yisern un Stohl, tau Schutz un Trutz in Äiwigkeit, Amen." Krickels Berend dichtere 'n nigge Laid op de Melodai: „Kenn ghi 'ne nit, kenn ghi 'ne nit? kenn ghi den lahmen Schuhiber nit?" und dat nigge Laid lutte alsau biu folget:

„Kenn ghi se nit, kenn ghi se nit?
Kenn ghi dai nigge Weltstadt nit?
Niu weert dai Mesker Wind bekannt
Düär alle Welt, düär alles Land.
Kennt ghi se nit?"
            Da Capo sau vake ase biu west.

— 30 —

Un no büm Laie het se byim Fästball Galopp danzet,
bat m' ok „Berlyinsk" nennt, un sind sluaggen bit
uuner'n Bühn. Un mächtig achelt het se un piffet ber=
byi (— me hett dat op Haubuitsk „Festessen", wyilank
sik Jibwederäine sau sasle frietet, as'en Taierpohl —),
un bai Achyile senk nit te Mibbage an, as' et süs imme
Surlanne Maube was, näi, Owends te väier Uhren,
grab' as' in Paryis; un se het Austern un Schniägels
derbyi schluwwert un sau schwart Tuig runnerschluacken,
bat de Bure nit kennt, bat de Meskeder awerst Caviar
nennet. Un byi büm Fastesriätten het se Reden hallen
sau lank ase Wieseboime; absunders hiät gesallen, bat
sau'n klein Dink van Schryiwer saggt hiät, dai oppen
Diß styigen mochte, bat me 'ne saihn konn. „Niu
hallet, sachche, alle Potentoten, be Kaiier von Duitsland
Distryik un Rußland, be Turk un be Franzause iäre
Gesandten in Meskede, un Meskede syine Gesandten byi
allen Potentoten; un in Meskede iätte byi niu alle
Dage Berlyiner Pannekauken friß, de Berlyiner awer
in Berlyin Ortmann'ske Krengels friß taum Kassäi; un
use Döchter kemmet un wasket sik des Nummebags un
gott des Owends te Paryis oppen Ball. Diärümme syisat
hauge Paryis, Berlyin un Meskede! hauge!! hauge!!!"
Ments äine Säile gafft' et blän Tag imme ganzen
Dinges, dai trurig was. Dat was en alt, gutt Möm=
meken — dat stont manker diän anderen oppem Bahn=
huawe, ase be gekroinde Lokkematyiwe ankam un van
Lohr bit Meskede in äime Pyipen bläif. Do doh dat
Mömmeken 'ne daipen Söcht un saggte: „Dat is niu
alles recht wuall un nette! awer bai Keerel, bai bat
Flaiten baun matt, bai bött myi läid imme Hiärten!
me söll meinen, bai behölle keine Krümel Ohm mehr
in der Buast! bai mott mehr „Wind" hewwen, ase byi
andern Meskeder alltehaupe!"

Andern Dages kam en ander alt Mömmeken no'm
Bahnhuawe un harr 'ne Napp vull Sültemaus met' me
netten Enneken Mettwuast unner der Schüärte und saggte
bestellig tau'm Stations=Vorsteher: „Hören Sai mol:
hört Sai hyi dertau?" — „„Ja wohl, Frau!"" —
„Jk hewwe myi seggen loten, do met diäm Dinges do
— — na, biu hett m' et doch?" — „„Meinen Sie
den Telegraphen, Frau?"" — „Jo wuall! ganz recht!
o, Sai konnt sau'n schnurrigen Namen biätter behallen,
ase ik alle Menske. Doch bat ik seggen woll: met diäm
Dinges, säggten se, könn me alles, bat me mens wöll,
bit an't Enne der Welt schicken, und sau imme Schnupp
wör't do. Niu heww' ik van Middage Sültemaus un
Mettwuast kuacket; ach, biu laiwer Guatt! bat aat use
Hansfränzken jümmer sau geren! Dai arme Junge stäit
jitzund nau ümmer in Frankryich; un bat sau Saldoten
rores te iätten kryiget, och Guatt, bat wäit me wuall!
Niu dacht' ik, bün Middag söll dat laiwe Kind doch
mol wat örntlikes in de Riwwen hewwen. Hyi is de
Napp! Niu maken Sai aber fixe, dat hai't kritt, ehr't
kalt weert! süs gäit de beste·Amethyit derban!" — De
Stationsvorsteher bewäis iär in enner langen Rede, bat
dat nit genge; met dem Telegraphen könn me ments
Nohricht un Bestellunge surtschicken. „Jä, Jä!" saggte
sai, „hyi is myine Bestellunge: 'ne Napp met Sülte=
maus un 'ne Gruß derbyi!" — Hai versochte naumol
iär alles klor te maken, un dräggede iär antleste den
Rüggen tau und genk. Do worte use Mömmeken sau
gistig ase 'ne Spinne, spiggede iut un saggte: „Ent=
weder dai Keerel is en Gruawerjohn un gönn emme
armen Saldoten nit mol dat bitken Trachtemänte —
oder dai ganze Prohl, diän de Meskeder met iärer
Yiserbah het, is sluär de Katte! Hansfränzken, wenn
diu äist mol wier terhäime bist!"

Dat Briutexamen.

Bat us be alle Jochmen vertallte: —
„Af' it myi myine Margraite friggebe — jöjoh
un jöjoh, biu genk et myi bo! — bo woort' et emme
nau fur, wamme 'ne Frugge hewwen woll; bo wören
helleßk gelohrte Thien, un bai keinen Kopp af' en
Önmer bicke habbe, un keine Konbuiten berinn, af' en
Affekote, un kam no ufem fäll'gen Paftauer Künig=
huaff un woll't Briutexamen maken — jä be biufenb
Schwerrenaut! bat kräig hai en Reppermänte! „Marfch,
geht nach Haus, lernt ben Katechismus unb kommt im
Bierteljahr wieber!" Un bann mochten fik bai Beiben
wier op iäre väier Ächterbacken fetten un lehren afe be
Schaulblagen. — Alfau, biu et myi genk:
Allerbings, bat is wohr, it was in ber Schaule kein=
mol füäroppe wiäft, afe van unnen getallt, un myinen
Namen mohle it nou huitigen Dages met brei Kruizen;
awer bat wiete boch alltehaupe, gau fin it myin Liäwe=
bage wiäft, un myine Frogen imme kleinen Batz¹)
konn it fau fcharmante oppfeggen, bat it all met fäßtain
Jahren bet Nachtmohl kräig; frylik, en paar anbere
nafewyife Jungens kriegen't all met väiertain; awer it
gloiwe iimmer, whylen it fau gelohrt was, woll mik ufe
Magifter afe Zierroth nou en paar Johr lenger in ber
Schaule behallen. Alfau gutt — it kam iut ber Schaule,
un was all 'ne fturgewaffenen Bengel, un laip balle
met — verftohe, it marßäierbe bes Owens met ben
anbern Schnurrejungens iiwer be Stroote, un hauftebe
füär Margraitken fyime Fenfterken. Et burte nit lange,
bo kam it in't Geröchte, un af' it brei Paar Schauh
afflaupen habbe, bo gafft' et Hanbfchlag. It nahm iätt,
verftohe, iätt, an be Hanb unb genk nom Paftauern.
Hai gaffte us be Hanb un was ganz fröntlik, un it

¹)

dachte all: et gäit gutt — am Enne awer flickede hai
sau niäwenbyi dertüsker: „Nicht wahr? den Katechismus
könnt ihr ja gut auffagen? lernt nur fleißig nach, in
vierzehn Tagen will ich euch eraminiren, das wird dann
schon gehen." Jä jä, dat meinte hai, is awer krassede
myi unnerwiägens, ase byi häimegengen, mangest unner
der Müske. Terhäime kräig ik myi myinen flubbergen
Baß byi den Ohren — allerdinges, verstohe, ik mochte
äis lange faiken, in Disk un Kuffer, unner der Trappen
un op der Affe²), det leßte fand hai fik oppem Balken
manker alt Yifern un Geräppel — un niu dermet oppen
Häithaup gelaggt, un gelohrt un gelohrt, Froge un
Antwort, Hauptftück un Kapitel, dat uie Hiärrguatt
wäit un batte nit wäit, fau dat de Luie nit anders
glofften, ase ik wör amme Priäcken un wöll nau ftubäiern
lehren up gäislik. Afe bai vertain Dage rümme wören,
krimwelde et myi imme Koppe füär Gelohrtheit, un et
genk der myi en Spittakel inne rümme, afe 'ne Schlapper=
mühle, un ik begräip, dat wual en Menske füär liuter
Whisheit unwyis weeren könn. Ik faggte: „Kumm,
Graitken!" un byi wiäg, un nom Paftauern. Hai gaffte
us de Hand, fatte us twäi Staile un fenk an:

„Sag mal, Jochmen! wie heißt dein Namens=
patron?"

Ik bedachte mik nit lange: „„Hai hette Jochmen
Hawerftoppel un bainte byim fäll'gen Kriufenhölter afe
Grautknecht."" — De Paftauer taug de Steerne krius:
„Nein, Jochmen! das war dein Pathe; verfteh mik
recht, du follft mir deinen Patron fagen." — „„Mein'
yi dann villichte den allen Spiggewitt, dai met eeren
Tuig³) handelt? dai hett auk Jochmen."" Do woorte
blißig un faggte: „Stockfisch! den h. Joachim mein' ich,
den Mann der h. Anna, zu dem du alle Morgen beten
folltest." — „„Jä, Heer, diän mein' ik jo gerade; hewwᵉ

if diän dann nit jaggt? dann herrw' if mif verfürt;
awer Stockfisk giet et biu us äis op Askermiddewiäcken." "
Hai taug 'ne Damp iut syiner Pyipe un frogede wibber:
„Nun gut, so sag mir mal die zwölf Apostel des
Herrn!"

„„Heer! twiälwe dat is viel! lotet ug handeln!
syid mol met säffen tefriän."" — „Nun denn, so sag
sie!" — „„Twäi stott hyi in der Kiärke oppem Altor,
twäi te Brunscappel, un te Bigge weert se auk wual
twäi hewwen — mäket säffe."" — „Schafskopf! da muß
einem doch die Geduld reißen! Nun, so sag mir noch
die sechs Stücke⁴), die zum Heile nöthig sind." —
It gräip wier resoliut tau un saggte: „„En Butter=
stücke⁵), en Schmaltstücke, un wann de Immen den Häit
gutt kriegen het, of en Hunigstücke! mehr giet et awer
byi us te Lande nit."" — „Ich aber weiß noch ein
viertes!" raip hai un spranf op — „ein Stück Holz,
womit ich dich zum Haus hinaus jage!" un sau pecf
hai 'ne Knüppel und woll myi oppen Bast — if awer
nit lange gewachtet, un ter Düär riut, dat giste dat
hiäste, ase de Isel, diäm de Jungens en Schlag Schwamm
unnern Steert laggt het. Byi der Linne oppem Kiäerk=
huawe wachtede if op Margraitken, dat fam un wiskede
sif de Augen mit der Schüärte un vertallte, de laiwe
Heer häbbe füär Bausheit den Pyipenkopp terbruacken
un ächter myi rin raupen: „Vor der Faste keine Hoch=
zeit mehr; nach Oftern auch keine Eil! nach Pfingsten
kommt mal wieder!" — En Glücke, dat vyi nit 'ne
Stunde leeter häime kemen, et häbbe Spittafel imme
ganzen Kiäspel gafft: denn Nowers Hankristöffelken un
de kriuse Franzwilm kemen us all in der Hiusdüär in
de Maite⁶), met rauen Plettern⁷) ümme de Kappe, un
de Pistolle in der Hand, und wollen de ganze Frönbstop
taur Hochtyit bibben; if raip 'ne tau: „Jungens, dat

Pulver op ugger Panne is natt wooren; lootet et nau
droigen bit Pinksten!" —
        Bat awer niu? Owäih myin Bäin! ik mochte
mit wier met myinen slubbergen Batz gutsrönt hallen
und hewwe derbyi schwett, ase imme Backuawen; awer
bat et batte, dat was keinen Batzen werth; amme letzten
genk myi Alles krius düäräin, ase wann de Schellergiäste
imme Potte kuacket, Froge und Antwort, Alles düäräin;
in myiner Rooslerigge[8]) laip ik no Margraitken un raip:
„Graitken, help! süs krijg' ik bit myin Liäwen nit!"
Un richtig, iät kam hiär — verstohe, iät was gelohrt
un konn jede Priäcke terhiäme nohvertellen — iät kam
hiär un üwerlohrte un üwerhorte mik; iät saggte de
Froge, un ik saggte de Antwort. Do kräig dai Sake
Fuck[9]) un ik kapäierde myine Lexe[10]) iut dem Quaste,
und ik saggte mangest süär Graitken: „Pinksten Briut=
examen maken?! Pinksten in der Haumisse priäcken,
Christenlehre hallen, Alles bräch' ik serrig." Pinksten
kam, un dat Examen kam, un de Pastauer, dai myi
Anfangs en Gesichte ase Surdäig tau machte, worte
ümmer netter un fröntliker; kam Froge, kam Antwort,
un dat genk äinen ümmen andern, ase wann de Wal=
beggers diäsket, un ant letzte saggte hai: „Das war
brav; kein Stockfisch mehr, kein Schafskopf mehr, son=
dern ein ordentlicher Christ; wo hast du das her?" —
„„Oh, Heer Pastauer! bat ik nit wäit, dat wäit
Graitken."" — „Das dacht' ich mir gleich, und dafür
soll i h r das ganze Examen erlassen sein. Dinstag
Morgen will ich euch kopuliren." — „„Dann, Heer
Pastauer, sind hyi twäi Kraunbaler süär dat Tehaupe=
giewen, un ennen Drüttainer[11]) extro süär diän Pyipen=
kopp, diän yi in der Wiäcke süär Sente Meerten ter=
bruacken het; ik well uggen Schaden nit verlanget syin.""

Verlaiwet Tuig.

1. Dat froihliche Froihjohr.

De Vügelkes het niu tesammen sik sungen,
Niu singet se, springet se, het se sik laif;
Viel Blaimekes sind an der Bicke[1]) entsprungen
Unb waigelt un spaigelt im Water sik daip;
Un myi hiät bet Froihjohr en Blaimeken bracht,
Dat myi in be Augen, in't Hiärte rin lach't.

Van Blaimekes wual is be Wiesegrund helle:
Doch awer myin Hiärte is heller vielmol;
Viel Singen wual klingelt in Biärg un in Delle[2]):
Myin Hiärte mehr klingelt af' alles temol,
Un alles, whil't Froihjohr myi'n Blaimeken bracht,
Dat myi in be Augen, in't Hiärte rin lach't.

Det Singen der Vügelkes, dat burt nit ümmer,
De Blaimekes weert imme Hiärweste krank;
Doch Laiwe, doch Trügge verblögget jo nümmer,
Un äiwig sall klingeln myin helle Gesank:
„Et hiät myi bet Froihjohr en Blaimeken bracht,
Dat myi in be Augen, in't Hiärte rin lach't."

2. De schoine Jagd.

Hör' yi ben Jägger nit blosen im Holte?
Un saih' yi bai Juffer, saih' yi bai stolte?
O Juffer, schoine Juffer, sau stolt un sau fryi!
De Jägger schütt Wilwert, un bin bist derbyi.

Do buawen do riusket de Jagd in den Büsken;
De Jägger giet Fuier un knallet dertüsken;
Dann schällert syin Horen: „Trarah un Juchhäi!
Do stiärtet, do legget im Dampe det Räih!"

Dem Jägger syin Auge schütt Flammen un Blitze,
Dogigen kann Nümmes de Miäckens beschützen;
Nit lange, dann schällert syin Horen: „Juchhäi!
Lebändig is fangen det stolteste Räih!"

3. Säinsucht.

Jo ik well no dyi,
Jo ik mott no dyi,
   Laiwe Miäcksken!
Schäien doh sau läie,
Söchten is sau bitter,
Jomer dött sau wäihe,
   Laiwe Miäcksken!

Jo ik well no dyi,
Jo ik mott no dyi,
   Laiwe Miäcksken!
Midden imme Schnaie
Blögget raue Rausen,
Wann ik wier dik saihe,
   Laiwe Miäcksken!

Jo ik well no dyi,
Jo ik mott no dyi,
   Laiwe Miäcksken!
Wann't ok Fuier spigget,
Wann de Himel knappet,
Wann et Bränne schnigget,
   Laiwe Miäcksken!

4. Afschäid.

Wuall op der bräien Wiägebräit
Bläif ik bedraiwet stohn,
Lait myine fuchten Augen
Wuall ümm' un ümme gohn.

Do konn ik nit erkennen mehr
Myin gurre, laiwe Kind;
Ik foh ment iäre Daiksken
Nau wäggen bitär den Wind.

Niu was fai wiäg, det Duarp was wiäg —
Ik macht' als ümmer Halt —
Do foh ik ments den Thauern
Nau kyiken üwern Wald.

De Thauern wiäg, un Alles wiäg,
Un was myi nix mehr kund —
Do hort' ik doch de Klocken
Nau genten iut der Grund.

Met Guabdes=Heeren=Klockenklank,
Wual met diäm hellen Schall,
Gruiß' ik tem leßten Mole
Dik iiwer Biärg un Dal.

Met Guabdes=Heeren=Klockenklank
Saft biu befuallen fyin
In Guabdes=Heeren Hänne —
Abjüs! un denke myin!

5. De Schwalen.

Niu troppet sik de Schwalen,
Et is wual an der Tyit;
Sai singet froih am Muargen:
„Adjüs, vyi maitet wyit!"

Doch myi is Gryinens=Moote.
Yi Schwalen frank un fryi,
O könn' ik met ug flaigen,
Bo ik terhäime syi!

Et is jo doch myin Häime
Nit, bo myin Huisken stäit —
Et is jo doch alläine,
Bo ik myin Glücke wäit.

Yi Schwalen op der Reise!
Un wan yi Sai bo saiht,
Vertellet iär, vertellet,
Dat ik sai gruißen lait.

De fruamme Mann.

Et was mol 'ne Mann — ik well 'ne Kasper
doipen — dai wuste de ganze Bibel van biuten, un
was Kauersänger und saat imme Lätter, un machte det
gröttefte Kruize in der Kiärken, un konn sau kräftig
biän, und wann Prossiaune was, dann sank hai süär
und stemmede den Rausenkranz an. Hai harr' all drei
Fruggens daut; un bat doh bai Duiker? hai woll ot
de väierde hewwen. Hai versprak sik met eme ganz

jungen, quellen Miäckſken, un genk nom Paſtauern, be=
kannt unner dem Namen Gehannes van der Ruhr,
dat was ſau 'ne rechten Duitſken.

„„Muargen, Heer Paſtauer!"

„„Suih! — Muargen, Kaſper! bat brengeſt diu
dann Gubbes?""

„Heer Paſtauer! wann ŋi ſau gutt wören un raipen
mik Sundag van der Kanzel."

„„Bat, Kaſper? hör' ik recht? van der Kanzel
raupen?""

„Joh, Heer Paſtauer!"

„„Kaſper! ümme Guabbeswillen! biu alle Keerel,
biu alle Stengel, biu weſt nau mol friggen?""

„Joh, Heer Paſtauer!"

„„Näi, Keerel, hör mol, me ſoll dik ſau niämmen
un ſtülpen dik ter Trappen runner! Goh dik doch
hinner den Uawen ſitten un kuck düär de Splieten un
loot dik Graußvaar heiten! Niem den Myrrhengarten
in de Hand, un denk an den himmelsken Bruitigam,
dat is dŋi biätter!""

„Heer Paſtauer! Sai mottet nit ſpotten! Sai
mottet nit meinen, ik wör' aſ'en ander Menſke! et is
mŋi nit ümme dat Friggen[1]) te daun: ik woll ſau
geren naumol dat Sakramänte empfangen."

Kaſper na der Hochtŋit.

Un Kaſper friggede tem väierden Mole. No acht
Dagen laip iäme de Paſtauer innen Wiäg. „No, Kaſper,
biu gäit et?" — „„Gutt, Heer Paſtauer, gutt!"" —
No vertain Dagen frogede de Paſtauer wier. „„Oh
— gutt, Heer Paſtauer!"" — Über en Tŋit lank
woorte dat „Oh" lenger un lenger: „„Oh — et gäit

jau, af' et gäit."" — Un no fäß Wiäcken kam Kasper
met eme galmergen Gesichte int Wäiertshius: „Bern=
dyine! gif myi 'n halwen Dort! if hewwe mik ärgert."
— „„Kasper! et is nit gutt, wamme innen Ärger
drinket."" — „Döt niz! gif myi 'n halwen Dort!"
— Un hai käif ganz eerensthaft int Glas, buckede met
dem Koppe in be Hand, kläggede¹) sik tewyilen hinner
dem Ohre un faggte kein Woort.

Acht Dage berno kam hai wier un foh ganz ver=
nattert iut. „Jömmer Kasper, hiäste be Giällfucht?"
— „„Joh, be Galle föll emme üwerlaupen! Gif myi
'ne halwen Dort, Berndyine! if hewwe mik ärgert üwer
be Frugge."" Un niu fenk hai an iuttepacken. „Sau'n
Däier? is dat fau 'ne fruammen Mann wuall werth?
If dachte doch, myine Rentlifeit un Plege te hewwen!
joh, niu fucket emme be Aarm iut ber Mogge, un be Feeße
iut ber Huafe²). Sau'n Fraumenß? fuacket fik 'ne
Styiwen³), drei Würp op be Schoole, un Kasper mott
bet Prütt⁴) fiupen. Sau'n Wyiwesmenfke? wizet fik
alle Dowend be Schauh, unb Kasper kritt fe Sundages
nau nit mol gefchmiärt. Sau'n Dyier? ietet Stiuten⁵)
un Krengels un fchmiärt fik Butter beropp, un Kasper
kann an den harten Kuasten gnappen. Sau 'ne Häze?
trachtäiert be Jungens met Speck un Eggern, un Kasper
kann fik be Schallen befaihn. O Welt, o Welt, o Welt!
Awer dat fall anders weeren, ober if well nit mehr
Kasper heiten. Suih, Berndyine! et fall anders gohn,
fau gewiß, af' if düt Schnäpsken brinke! dofüär waffet
nau hiäfeln imme Baukholte!"" — Met biän Woorden
fchmäit hai iynen Grosken oppen Disk, peck be Kappe
un vergaat bet Abjüs, un iüwer be Stroote föchtebe hai
in fyinen gryifen Boort: „O weifer Sirach, bat hiäft
diu Recht!"

No en paar Dagen saat hai unner 'ne Buske, un twäi Burßen het 'ne belurt, biu hai harre füär sik henn saggte: „O biu laiwer Guatt! bat sin ik te Mote kummen met diäm Däier! — Enne sau te schlohn! met emme Braken ase myin Aarme dicke! O myin aarme Puckel! — Wann't enne dann nit sau krassebe, dat Krassehund! — Ik wöll geren no der Asker, no der Biggesken, un no der Brunskäppelsken Prossiaune Bittfohrt gohn, wann ik dat Ungehür wier quyit weeren könn; joh, op myinen blauten Knaien wöll ik tem Friggeber Biärge⁶) ropper rusken. O weiser Sirach! O myin aarme Puckel!"

Kuart beropp begignebe iäme de Pastauer. „No, Kasper? biu gäit et?" — „„O, Heer Pastauer! häbb' yi mik domols nuammen un ter Trappen runner stülpet, as' ik van Wierfriggen kürte! dann häbb' ik doch myine Knuacken op ehrlike Wyise terbruacken! niu schlätt se myi dat Däier entwäi. Heer Pastauer! biu sall ik et maken?"" — „Jä, Kasper, dat is byine Sake; biu hiäst byi iunbrocket, du most ok iutfriätten."

Klanetten-Jürgen.

Klanettenjürgen harr' dat Ämtken, Hochtyien un Kinnerdoipen imme Duarpe in Ryime te setten, un de Köster machte 'me de Wyise dertau. Dat was dann vake sau rührend, dat de Hunde opper Stroote an te joilen fengen. Niu woll hai awwer ok selwer mol Hochtyit hewwen un byi diär Geliägenheit syin Mesterstücke imme Dichten affleggen. Drei Dage an der Ryige genk hai oppen Balken und laggte sik oppet Hai, helt den Kopp in de Hand un de Ohren styif annen Kopp un dichtebe, dat de Hoore dampeden. Endlik was et serrig: hai sprank tem Balken runner, dat hai binoh

met der Lebber ftüärtet wör, un wiäg, un nom Köfter,
afe wann hai op elwen Täiwen genge. „Heer Köfter!
niu heww' it us awer ente, fau ent' is imme ganzen
Amt Bryilen nau nit junk wooren; fyib fau gutt un
fettet myi 'ne Wyife dertau! awwer luftig, luftig! fau
ungefehr afe Heer Schmitt ober schöner grüner
Juffernkranz." — „„No, Jürgen, dann loot mol
hören!"" — Un Jürgen schmäit fit in be Buaft un
fenk an:

Hiroth — Niggenoth [1])!
Friggen is be befte Roth [2]).
Niggen Rock un niggen Haut,
Nigge Schauh un niggen Mauth.

Hiroth — Niggenoth!
Friggen is be befte Roth.
Müll un Grüs un Spinnewiäwen,
Alles wert bo iuteftäget.

Hiroth — Niggenoth!
Friggen is be befte Roth
Käm' ok füs nix Nigges tau,
Giet et boch 'ne nigge Frau.

Hiroth — Niggenoth!
Friggen is be befte Roth.
Haal bai allen Düppens [3]) hiär,
Loot fe biufen füär be Dtiähr!

Hiroth — Niggenoth!
Friggen is be befte Roth.
Wann it myi myin Graitken frigge,
Weert be ganze Keerel nigge.

„No, Heer Köster, is dat nit wat Mores? dat
segge botau? sin it nit en Schannyi[5])?" — „„Jä,
Jürgen! dat Stücksken is nette; awer, 't gefällt myi
doch nit; un söll it 'ne Wyise drop maken, dann söll
sai gohn ase: O Traurigkeit, o Herzeleid."" —
„Heer Köster!!" — „„Jä, Jürgen, biu kyikest mit an?
Besuih mit mol: de Kopp is sau witt, ase 'ne Diuwe,
un süär der Blesse heww' it Schrumpeln üwer Schrum=
peln. Friggen, un nigge weeren? och Guatt·hintau!
et hiät sik wat! Myine Marizibill[5]) — it will sai
nit schlecht maken, un sai is ok de üwelste nit — awer,
Keerel, dat kannste myi gloiwen, härr' it se nit, it
nehme se nit. Flüär nigge Schauh un niggen
Mauth sett alle Dage nigge Mauth, dann hiäste
en wohr Woort saggt, un it well't byi op Nauten set=
ten."" — „Näi, Heer Köster, sau mein' it et awer nit!"
— „„It kann't myi denken. Och, Jürgen, dat sall't
byi nau kummen! Diu meinst gitzunders, dat wör liuter
Zucker; awer et sall byi ok nau mol schmecken ase Kien=
rauk un Schmiärsäipe; un et kümmet nau mol 'ne Tyit,
do knurreste met Kasper innen Boort: „o weiser Sirach!"
No, sall it setten nigge Nauth?"" — „Näi, Heer
Köster, niggen Mauth! un do blyiwer't byi." —
„„Jürgen! dann goh no'me Andern un lott byi 'ne
Wyise setten!"" — „Auk gutt! dann bau' it et selwer,
un lire un tirelire sau lange op myiner Klanette, bit it
ene serrig hewwe, un wann it et singen sall no Prinz
Eugen der edle Ritter. Adjüs, Heer Köster!
gruißet myi uge Marizibill!" —

De Köster nurte[6]) hinner 'me rinn: „Dat sall't
byi nau kummen!" Un Jürgen machte üwer de Stroote
'n Ryim oppen Köster:

Düse alle Spartelbraken
Sall mik nit bedraiwet maken.
Lot 'ne nurren, bat hai well —
Graitken is keine Marizibell.
Wann if myi myin Graitken frigge,
Weert de ganze Keerel nigge.

Bai friggen well.

„Hannes! bo biste wiäst?"
„„Imme Walle.""
„Bat hiäste bo bohn?"
„„Holt kost.""
„Bat weste domet maken?"
„„O — nau'n Spann an myin Hius setten —
ik well hirothen.""

De hilligen drei Künige[1]).

De hill'gen drei Künige met iärem Steern,
Se giät sik op be Stöcker un saiket ben Heern;
Et schnigget unb schlackert, et fruiset unb knappet,
Byi krempet de Täiwen, de Tiänne bai klappert.

---

[1] Die Sitte, die h. drei Könige dramatisch darzustellen,
hat sich noch in mehreren Gegenden Westfalens, namentlich im
obern Sauerlande erhalten. Drei Bursche vereinigen sich zu
diesem Zwecke, verkleiden sich, setzen sich Papierkronen auf, der
Kasper schwärzt sich das Gesicht, der Melchior ist blank, und
der Balthasar ordinär; an einem Stocke tragen sie einen höl-
zernen drehbaren Stern. So ziehen sie auf den Dörfern umher
unb singen in jedem Hause ihren (meist selbst verfertigten) Spruch,
der gewöhnlich halb religiös, halb komisch klingt, ungefähr in
der Weise des nachstehenden Gedichtes; danach nehmen sie ein
Almosen in Empfang.

Loot schniggen, loot schlackern! et bait us nix,
Byi singet un hallet us dapper un fix;
De laiwe Heer well Alles belaunen
Met Glück un Siägen un himelsken Kraunen.

Doch, laiwe Luie, bat kyik' yi sau späih?
Grundehrlik dat sin vyi jo alle brei;
Drümm well vyi ug usen Namen seggen,
Dann werre vyi, dat yi Reipäck sollt hewwen.

Ik, Kasper, ik häwwe känn Pläcksken witt,
Den schoinen Juffern gefall ik nit;
Doch wann yi mik wellt byi der Nacht behyiken,
Dann loot' ik ackroot as' uges Glyiken.

Ik, Künig Melcher, sin witt un syin,
Sau syin, as' en Heer un en Growe kann syin;
Ein syine gewaiken un syine gekemmet,
Dat Alles taum güllenen Rocke stemmet.

Ik heite Balzer un schlüäre sau met,
Ik sin nit aist un sin ok nit nett; —
Ik durtele ümmer sau ächter den Andern,
Well auk tem hilligen Lanne wandern.

Taum hilligen Lanne is awer nau wyit,
Nis giet et nau mannegmol Awetyit,
Un Geld, dat kamme vam Tiune nit briäcken,
Drüm mott wyi milbböthige Luie anspriäcken.

Dai ryiken Patroiners in düser Staat,
Ik benke, dai giät us 'ne Stuiwer ter Baat';
Vyi singet taum Danke un drägget den Steeren
Un gruißet ug allen den laiwen Heeren.

Schulten=Hochtyit.

Op Aßmannshuawe was graute Hochtyit. De Kattenköppe[1] biuseben, un Trumpetten un Klanetten blaisen iäre Mäiste. Un Alles was inlatt, Familge un Fröndskop, Köster un Pastauer; un selwer de Schwäine= un de Piärrejunge kriegen iäre Richtige: sette Büters met Schinkenfläiß. Sai läggten sik alle örntlik int Schmiär, un de Wyin slaut üwer de Diske. De alle Schültske was recht kuntant un sau lebändig as' en Immeken, schnäit un draug op. Ase awer de Schinke ümmer klenner woorte, un ase me dem Brohn all op den Knuacken saihn konn, do käik sai sik doch mol schaif ümme, of de Ryige nau nit klenner wooren wör; awer näi, sai saaten ase de Pöhle; un, o wäih! do biuten senk et an de riänen un te pleestern, dat sik känn Ruie op de Stroote wogebe. „Jä, Schültske! vyi blyiwet, bo ve unner Dak sind; vyi mottet 'ne Nacht op Aß= mannshuawe hallen." — „„Dat sall us recht laif syin! vyi het jo Platz!"" saggte de Schültske un knäip an den Augen un stallte iäre Gesicht terechte, ümme fröntlik iuttesaihn. Un sai bliewen do. De Pastauer kam op de Heerenstuawe un kräig en Bebbe sau hauge, dat me üwer den Staul styigen mochte; wat kemen op de Ka= mern, Andre op de Hille, un dai det grliäweste Wand[2] amme Rock habben, oppen Balken int Hai. De Schültske konn nit schlopen, un helt äinmol üwer't andermol de Hand iut dem Fenster, of et nau riänte; un bo nau Alles schlaip, stont sai all op un käik in de Wiähr= poorte[3]: de Himmel was duister, un et gaut met Mollen. Sai raip ganz verbraitlik: „Gerdruiken! hank den Kitel, näi, hank den Schütelpott op un kuack Kaffäi! mak 'ne awer nit te stark, de Ryige is lank."

Middlerwyile fünnen sit Alle in: iut der Heeren=
stuawe, van den Kamern un van der Hille; un ot dai
imme Hai rispelden sit op un strieken sit de Kletten un
Spiere iut den Hooren; un nit lange, do saat wier
Alles richtopp ümmen Disk. De Schültske lait sai byim
Kaffäi sitten bit tain Uhr; awer et bläif amme Riänen,
un sai mochte ok en Froihstücke brengen. De Mannsluie
iochten de Koorten und schlaigen 'ne vernünftigen Solo
an, de Frauluie kakelden un riepeden bet ganze Kiäspel
düär; de Köster machte mol taur Veränderung 'ne Witz
iiwer't Wiär: „et riänt, ase wann't et in Akord härr',
joh, ase wann't der Kraunbalers met verbainte," un hinner
diäm Witze hiär drank hai wier un dachte: „wann hyi
dat Gebränke nit opgäit, dann loot et riänen bit Sente=
Merten!" Un de Schültske träntelde henn un hiär, ase
wann sai Kuallen in den Schauen härr', un käik iut der
Düähr inter Lucht un no der Windfahne — awer de
Himel soh nau ümmer iut ase en Driägelaken, un et
pleesterde, ase wann de Welt versiupen söll. „Jä, Schültske,
vyi sollt wuall naumol uge Middagesgast blyiwen maiten."
— „„Jä, jä! 't is gutt!"" saggte sai, soh awer dobyi selwer
iut, ase säß Wiäcken Riänewiähr. Sai haalte 'ne niggen
Schinken van der Fläißwyime⁴), besoh 'ne ganz wäih=
maidig un doh 'ne innen Pott. Ase gar was, schnäit
sai Stückskes sau dünne, as' en Mohnblatt, un söchtede
byi jedem Schniee. Byim Diske machte de Köster 'ne
niggen Witz: „Schültske, ik hewwe Malöhr hat! ik
öhmede en wennig stark, do is myi de ganze Schinke
vamme Täller sluaggen; hogget der us nau mol anne
riut!" Sai saggte nix un schnäit. Endlik harr' sai
alle naumol saat. Awer, o Jömer! et bläif do biuten
amme Strullen, ase wann de Himel schmulten wör.
De Koorten kamen wier oppen Disk, un de Frauluie
fünnen nau ümmer wat te rantern un te riepen, un de

Köster kam met shinem Hauptwitz annen Dag. „Schültske, it wäit 'ne gubben Roth!" — „„O, laiwe Heer Köster, dann lootet mol hören!"" — „Hört! bit taum Kaffäi= drinken well vhi 't nau mol ansaihn, allenfalls ot bit taum Owenbiätten; wann't dann awer nit opphört met Riänen, dann make vhi't, ase be Wullmerker⁵)."
— „„Laiwe Heer Köster, biu maker't bai dann?"" — „Dai lootet et riänen." — De Schültske woorte falst as 'ne Spinne un säggte kein Woort, genk riut un henk ben Kaffäikitel op. „Gerdruiken! quit us bat Grütz van gistern op; bat is füär bai Schmalächters gutt genaug." —
Un sai drünken Kaffäi. Awer 't woorte shit, sätz, siewen Uhr, et woorte duister, un Sente Päiter shine Sprütze was nau ümmer nit lieg. De Schültske meinte: „'ne Stücker sätz Parplühs können vhi wual byinäin brengen, un be Andern können use Tuffelnjäcke ümme= hangen, un be Frauluie use Bebbelakens." De Köster awer meinte: „Et is boch en wennig te klanberig woren, vhi finnet keinen Buamm mehr op der Eere; vhi nehmen ug ben ganzen Kamp annen Stieweln met, un be armen Frauluie met iären papiernen Schaikelkes söllen vhi van Hiärten läib baun. Schültske, woget naumol 'ne Schinken bran!" De Schültske schwäig stille un spiggede Gift; sai genk iut der Stuawe un rette ben Saloot, machte awer keine Brögge van Sur un Baumuallig drüwer, ase gistern, sundern van Plundermilk, un op be Tuffeln keine gesmurte Butter met Päiterzilge, näi, Water un Miäll met Schraiwen⁶). Un bhi jedem Hand= tast, biän sai boh, söchtebe sai: „Dat Volk srietet enne nau pankrott!" — Sai braug Tuffeln un Saloot op, un satte be graute Schütel met ben Schinkenknuackens oppen Dist: „Hhi is be ganze Räst; wann't opp is, hört et opp!" — „„Kinners, verschluket ug nit!""

saggte de Köster; sai awer genk un lait sik den ganzen
Owend nit wier saihn, taug den Schlütel iut dem Keller:
„loot se byi't Pütt gohn!" un den Schlütel iut iärem
Külter, un laggte sik int Bedde un striepede den Rausen=
kranz ümme biätter Wiähr. De Gäste gäfften sik auk
allmehlik ter Rugge, ter Trappen un tem Ledderken
ropp. Sau mannegmol, ase de Hahne träggede, helt de
Schültske de Hand iut dem Fenster: awer et riänte, ase
wann alle Bänne ümme det himelske Waterfatt buasten
wören. Sai stont opp. „Gerdruiken! hank den Schütel=
pott opp! awer Zikurgen, nix ase Zikurgen! Zikurgen
is auk en gutt Gedränke, un süär dai Friättpööfte nau
viel te gutt. Füär den Pastauer kannste enn wennig
iut Pöttken apart mahlen."

De Gäste sammelden sik wier ümmen Disk; sai
drünken en Schölken füär 't Nöchtern un verdräggeden
hellesk de Augen. De Köster, dai süs füär emme Dutzend
nit bange was, stülpede glyik nom äisten riimme. „Heer
Köster, settet naumol opp!" — „„Näi, Schültske! ik
danke; de Kaffäi is van Muargen te starke, me kritt
det Biewern dervan."" — Sai seeten un secten, un de
Mannsluie kriegen wier de Koorten. Do awer brak
der Schültsken de Geduld: sai genk riut un kam wier
rinn un saggte byi vullem Stüärten un Strullen: „Et
is awer doch van Nachte schoine dicht riänt; et is
ot, ase wannt sik en bittken oppklörte; bai niu bo wöll,
dann wör't gitzunders Thit; me wäit nit, bat et hernoh
füär Wiähr gitt. Heer Pastauer, is düt uge Stock?
Heer Köster, is düt uge Kappe?" Do miärkeden awer
de Gäste doch endlik, bat op Aßmannshuawe süär Wiähr
was, un de Köster slusperde dem Pastauern int Ohr:
„Heer, byi sittet hyi nit mehr schur, et riänt us tem
Dake rinn." Sai säggten Adjüs un dankeden für de
fröntlike Opnahme un machten sik, trotz Wind un Wiähr,

iut dem Dampe. De Schültske machte en Kruize ächter
'ne rinn un saggte: „Myiner Lebstage nit wier! Wann
use Kattryinken mol frigget, dann sall't ments 'ne
Kassäihochtyit giewen — dat segg' ick!"

Sprickelkes un Spänkes.

„Varia sunt hominum studia" — op Duitsk: „En
Jeder hiät syin hülten Piärt."

Handirk boh op der Eere nix laiwer ase schmaiken,
un helt känn Kruiken op der Welt höchter ase Tuback.
Bat het se 'me süär'n Sprük opsangen? „Sau ruppige
Jungens? van siewentain, achttain Johren? gatt bo un
wellt all schmaiken? konnt se auk all schmaiken? joh,
ik mott mik ärgern, wann ik et saihe! Et is doch gubben,
laiwen Tuback! van Andräis Vollmer te Velmede!
kostet syine ehrliken drüttain Pännige! o, do mott 'me
Dämpkes van trecken as' en syiben Fiämmeken! un düse
Jungens! düse Tiähröppe! schmyitet Dämpe ase 'ne
Piärresteert!" —

Hanryikes, syin Nower, helt et met dem Schnäps=
ken. „Hanryikes! brümme gäist diu wual alle Dage
na Brunschappel?" — „„Dat well ik dyi seggen! en
gescheidt Menske mott kein Narre syin! hyi in Assink=
husen mott ik det Gliäßken met söß Pännigen betalen;
do goh ik doch laiwer dai kleine Stunde, nom Russen
te Brunschappel, dai niemet doch ments syime: do brink
ik myi sässe, dann hewwe ik den siewenden fryi un nau
'ne Pännig üwrig; mäket imme Johre 'ne ganzen Daler
— da kamme antleßte ryike byi weeren."" "

Hanwilmken harr' wier ganz andre Wünske.
„Vaar!" — „„Junge, battann?"" — „Vaar! wiet'
yi, bat if wöll?" — „„Jä, diu dumme Junge! bat

jöst biu dann wual wellen?"" — „Hört, Baar! it wöll, dat it de Kurfürste wör." — „„Ümme Guabbes willen, bumme Junge, brümme dann?"" -- „Dann läggt' it mit alle Dage oppet Hai un eete liuter styiwen Bryi." —

Hanjoistken harr' auf shin apart Plasäier. „It hemw' en Liäwen, biätter kann't use Pastauer nit hem= wen! Wann it des Muargens oppstoh, dann hiät myin Baar un myine Mömme all brunken; dann stäit myin Düppen oppem Uawen, un it kann myi sau viel Water taugaiten, as' it well."

Niu, Luie, froget ug mol selwer: hemw' yi auf uge besonderen Wünske? un sint je auf sau däimaidig, ase Hanwilmken un Hanjoistken shine? Da is ug lichte te helpen, un de Welt un uge Geldbuil kann derbyi bestohn.

Gehenneschen[1].

Heute will euch aber der Strunzerbäler mal weisen, daß er auch Hobaits keuern[1] kann; denn dies Stückschen is so fein ase Seide, da wör' Plattbaits viel zu ge= mein. — Gehenneschen was Mutters Söhnchen, un krichte jümmer Milch un Staußen, un von der Plunder= milch ments den Schmant; un in de Kirche droffte er nich gehen, denn von dem Hauchen[2] auf den kalten Steinern konnte er leichte den Schnowwen kraigen; un wann Nabers Michel ihm mal stotte, dann schannte die Mama: „ei du Groberjahn, willste das wohl laaßen? da sast unser Gehenneschen noch nich mal anfaaßen, du hast je keene Hanschen an." — Aus diesem Gehennes= chen woorte auch mal ein Gehannes, un aus diesem Gehannes woorte ein Schneider, und er peck seine Ehle

---

[1] Das Stück ahmt die Sprache derer nach, die hochdeutsch sprechen wollen und es nicht können.

untern Aarmen un stoch sein Streicheisern in de Tasche,
daß ihn der Wind nicht fortweggen söll, un woll auf die
Wanderschapp gehen. Die Mama senk all acht Täge
vorher an zu greinen, un Gehannes was auch Greinens=
Moote; am leßten Awende holte die Mama Nabers
Kucheisern, rorrte süßen Deig ein un schlagte ein Duß
Eier darein un bock so feine Kuchen, die schmallten eime
auf der Tunge. Am andern Morgen schnallte er die
Küssentaike³) auf den Puckel, die stont ganz steif von
den Kuchen, wischede sich de Augen, un:

„nun abe, liebe Frau Mama!
in siewen Jahr sin ich wiedrum da;"
un die Mama helt die Schürze für die Augen un raip
ihm noch lange nach:

„Gedenke mein zu jeder Frist,
Bei jedem Kuchen, den du iß'st."

Gleich unterm Dorf fell ihm ein: „ich well mir
mal ein Wenig resten," un laggte sich in de Schwurze=
birnen⁴) un aß sich trummeldick. Als er sich müde
gelegen hatte, genk er söbber un sunk: „komm' ich der
dün Dag nit, komm ich der mooren." Es woorte heiß,
un der Pucken baat ihn drücken. Er dachte: „ich will
ihn lichter machen" un baat drei Kuchen raußerkraigen
un aß sie mit gutem Awezeite. Er kam auf den Rinken=
daal vor Stadt Brailen un baat sich noch einmal ümme=
sehn nach dem Strunzerdal, das was so schöne, un er
dachte an sein Heime un seine Mama darin, un er
trichte wieder drei Kuchen raußer und aß sie vor lauter
Bedrübnuß auf. Er geng söbber un kam auf den Eß=
höfer Wald; da stont er auf einmal vor drei Wegen
zugleiche, da was guter Rath daier. Er saß sich in den
Haid un achelte wieder drei Kuchen: aber er wußte
iimmer noch nit, wohin? Un er nahm die leßten drei
Kuchen, bekeich sie lange un dachte an seine Mama

zerheime, un aß un greinte derbei, un krichte vor Greinen
was in die unrechte Strosse⁵), daß ihm die Augen über=
geloffen seind, un er dachte: „wann das so in de Frü=
mede geht, so geh ich viellieber zu Mama zerügge; da
seind mir doch die Wege bekennt, und da gibt es alle
Däge frische Kuchen, un ich brauche mich nich derein zu
sticken; ich habe gißund die Welt kennen gelehrt un kann
genug dervon verzählen." Un er suchte das Rüggespur
auf un funk es glücklich wieder, un sprunk vor Plasier
baumeshoge, un ase er raaser kam in's Strunzerdal un
hörte das Drengeldesheerenläuten von zerheime, da tuckte
ihm das Herze, un er juchte un greinte in einem Ohme.
Da kam ihm Nabers Michel in die Maite: „Jömmer,
Gehannes! bo kümmest diu dann hiär? diu huppelst so,
ase wann diu Blosen an der Feeße härrest." Gehennes=
chen awer verstund kein Plabbaits mehr, das hatte er
in der Frümede verlehrt, und er schutte amme Koppe
un flisperde: „Man sieht doch gleich, daß der Grober=
jahn noch nich auf der Wanderschapp gewesen is!" un
drehte ihm den Rügge. Michel aber rief ihm nach:
„Wachte! ich brenge dyi wier Plabbuitsk byi, wann ik
dik mol wier ohne Hansken anpacke!" Gehenneschen aber
eilte zu Mama un siel ihr ümmen Hals: „Mutter! die
Kuchen seind all, un ich habe die Welt gesehen!" Un
die Mama weinte vor Freuden un rorrte gleich wieder
srischen Deig ein.

Det beste Baromäiter.

Imme witten Lamme saat 'ne graute Gesell=
skopp byináin un kürte vamme Wiähr. „Jä, jä! 't
Wiähr is ümmer nau'n Dinges, dat well use Hiärr=
guatt alläine in der Hand behallen", saggte de Schulte;

„yi Menskenkinner kount der nix anne daun, un mot=
ter't riänen un schniggen un hageln loten, biu h a i
well."

Alle Andern gässten 'me Recht. „Awer f ü ä r i u t
wicten, dat kamme doch — sau wyit is de Menßheit
kummen," saggte de Köster. Un dovan wußte de Äine
nau mehr te vertellen ase de Andere. „Ik kyike alle
Muargen no'n S p i n n e n — dai laiget gar nit,"
saggte Kasper. „Ik kyike no'n S c h w a l e n, off se haug
ober syige flaiget — dat luiget ganz un gariut nit,"
saggte Mälcher. „Un ik hewwe sau'n klein F ü ä i k e l=
k e n im Glase — dat Dyirken wäit dat Wiähr ackroot
füäriut," saggte Balzer. „Un ik segge: Owenbrauth
droiget den Paut," saggte Päiter. „Joh — un Muargen=
rauth wäsket den Paut," saggte Paul. „Un't siekerste
Tiäken is, biu de Damp iut dem Schuattstäine trecket,"
meinte Andräis. „Jä — un nau biätter, of et des
Owends dögget ober nit," meinte Kauwes; un Thommes
un Lippes un Barthelmäis un Thabbäis wußten alle
wier nau wat Anders. „Das mag alles sein!" saggte
de haubuitske Amtmann: „aber es geht nichts über ein
ordentliches Barometer — das ist das Einzige, worauf
zu jeder Zeit Verlaß ist. Denn sehen Sie mal an, 's
ist klar: die Luft macht das Wetter — ich will sagen,
der Druck der Luft. Und die Luft drückt auf das Baro=
meter, und dann steigt es oder fällt es, je nachdem —
das ist das Ganze und so klar wie Wasser."

„Jä, jä! 't sall wual syin!" säggten de Andern un
nuckern mettem Koppe; „use Heer Amtmann wäir't iuten
Baikern." Awer in der Ecke ächter'm Uawen saat nau
äin Apostel, dai hette M a t h i g g e s, 'ne duraweln Bull=
spann, un käik vernyinig unner syinen schwarten Lössen
riut in be Welt. Hai stont opp un saggte: „Heer Amt=
mann, un yi andern alltehaupe! niu buarget m y i mol

be Rede! Bat yi do iäwen jäggten, dat is alles füär de
Katte. Biu? Spinnen un Schwalen un Füäske söllen
us 't Wiähr wicken? Nä — en Dyir is en Dyir un
wäit der nixen van. Un be Damp iut dem Schuattstäine,
wann M'riggelyise Kaffäi kuacket, wäit der auk nixen
van. Un uge Pergemäiter, Heer Amtmann, dat is äis
recht nix! Ik hewwe auk sau'n Dinges, awer ik heww'
et op be Asse schmieten un dau 'me ben Willen nit
mehr, dar ik derno kyike. Sau'n Pergemäiter? näi, gatt
myi furt! Des Sumers bemistet 'ne be Flaigen, un des
Winters beschwalkete vamme Syin=Uallig un van myime
Stranktuback, dat me keine Sitter deropp saihn kann, un
dann rüselt 'ne be Blagen, un dann hängete windschaif
op halwer drüttaine — un sau hiätte balle düt, balle
dat. Me möchte sik expräß 'ne Mageb derfüär hallen.
Awer wanne ok in Ornunge is, Berloot is doch nit
derop. Biu mannigesmol wyisete op gut Wiähr, un des
andern Muargens struller't dohiär, dat me Kümpe byiken
kann op ber Diälle. Oder hai schryiwet Riänen: un
des andern Muargens kamme de Harke oppen Puckel
niämmen un gohn in't Hai. Nä — gatt myi wiäg!
Awer ik, myine Heerens! — jä, Quatt ehr' mik! —
ik hewwe myi 'n Instrumäntken iutbacht, dat luiget syiner
Sebstage nit, un bät söll yi ug auk tauleggen!"

„„Jömmer, Mathigges! bat is dann dat! dat most'
us beschryiwen!"" raipen de Andern alltemole.

„Geeren!" saggte Mathigges, „dann giät mol
nyipe Acht! Saiht: myin Instrumänte is ganz äinsach
un kostet myi keinen Häller. Et is 'ne langen Pöppeln=
Schacht, ungesehr syine tain Faute lank. Do heww' ik
myi nette de Bünne van schrappet, datte sau witt is,
aje myiner Fruggen iäre Nachtsmüske, un hewwe 'ne
alltyit op der grauten Stuawe stohn ächter'm Uawen.
Niu saiht: wann ik des andern Dages wat Wichtiges

juärhewwe, dann streck' it myinen Pöppeln=Schacht des
Owends tem Fenster riut un binne 'ne mettem Lyineken
jaise un lote 'ne be Nacht jau bo leggen un goh' rüggelt
te Bedde. Wann it dann des Muargens imme Duistern
opstoh, dann goh' it foorts an't Fenster un kryige myinen
Schacht rinn. Niu faiht un giät Acht! Wanne dann
droige is, dann is ok droige Wiähr; isse awer natt, dann
kanime sik berop verloten, dat Riänewiähr is. Et luiget
iyiner Lebstage nit."

<hr/>

Hai fik te helpen wäit.

No'm jällgen Fürstenbiärger ter Obolphsbuarg kam
vake 'ne Pater Kapuzyiner, mehr ase dem Heeren laif
was. Äines Dages aut, midden imme kallen Winter:
un't was dem Heeren grade gar nit no der Müste, sik
met 'me astegiewen. „Johann!" saggte taum Bedyinten,
„segg', it wör nit terhäime un keeme äis laate wier!"
Johann genk henne, de Pater awer saggte: „Oh —
dann well it sau lange verwyilen; it hewwe de Tyit."
Johann genk no'm Heeren un saggte: „Hai well
sik nit afwyisen loten." — „„Wäiste bat, Johann? byi
wellt 'ne balle quyit·weeren. Goh, brenk 'ne uawenopp,
op de kölleste Stuawe, bo de Fenster sier säß Wiäcken
nit lausbögget sind, un sette 'me 'ne Putällge Wyin
füär!"" Johann macht' et sau, un de Pater satt sik
berächter.

„Johann!" saggte de Heer no 'ner Stunne, „goh
mol ropper un suih tau, batte mäket, offe wiäg is!
Hai weert et doch in diär Külle nit lange iuthallen."
Johann genk un saggte: „Heer Pater! biu is et? sin
ni nau nit bautfruaren?" — „„O näi, gariut nit —
it wiärme,"" saggte de Pater un — drank.

Johann vertallte, bat de Poter jaggt harr'. „Krum=
menauth! et jall 'me doch läid weeren!" jaggte de Heer.
„Johann, goh, brenk 'me nau 'ne Putällge ropper, un
dann böste en Fuier innen Uawen aje 'ne Helle!" Jo=
hann brachte dem Poter wat Friskes te drinken un botte
'ne Glauth in den Uawen, do härr' me 'ne Offen inne
brohn können. Un nit lange, do wören de Fensters
lausbögget, dat je strullern, un dem Poter strullere de
Schwäit van der Blesse.

„Johann! niu goh mol un juih tau, batte mäket,"
jaggte de Heer. Johann genk ropper, machte bie Düähr
uapp un raip: „Jömmer hintau! düsse unwnise Uawe!
dat is jo 'ne Hitze taum Beschauwen! Heer Poter! biu
hall' ni dat iut?" — „„Oh — ganz nette! ik kaile,""
jaggte de Poter un — drank.

Johann genk runner un vertallte. Do jenk de
Heer harre an te lachen un jaggte: „Näi, dat is doch
gar te schoine! Niu goh un hal 'ne mni runner un
jegg', ik wör wier do un wöll 'ne Putällge Allen met
jämme drinken."

De raue Rock.

Bat nit wnit hiär kümmet, dat is ok nit
wnit hiär. Dat dachte Andilge[1]) auf. Berndnine
bäcket gewiß 'ne örntliken Stiuten, ok graut genaug füär
väier Pännige; awer Andilge aat keinen, wanne nit van
Bigge was; un iären Schniustuback lait jai jik met
van Meskede brengen. Wann dann jau'n jchnöggelig[2])
Fraumenjke mol anjorrt weert, dat draff keinen Menjken
läid daun: un ik gloiwe, ni kümmet mni nit in't Grninen,
wann ik vertelle aljau biu jolget.

Dotemolen wören byi den Frauluien dai allen
rauen Röcke in der Maude, if gloiwe, dat Tuig nannten
je Kamelott (wann if et verkohrt jegge, is auf nau kein
Landschade nit); un Anbilge harr' all lange Johre an
jau 'me Rocke frigget, woll awer doch wier wat Apartes
hewwen, un dai me byi Dovids Jiuden in Bryilen
koffte, wören iär nau lange nit gutt genaug; jai harr
ümmer hoort, dai echten kemen van Brunswig ³), un
jüs nirgends hiär. Niu stont sai äines Dages in der
Hiusbüähr; do kam de graute Hännes dohiär, de Bü=
gels oppen Puckel geschnallet, un woll wier in't Land ⁴).
„No? sall't in de wyie Welt?" — „„Joh, Anbilge!
de Stuiwers sind balle wier oppe."" — „Näi, hör mol,
Hännes! byi beiden het doch ümmer gubbe Fröndskopp
hallen, et is auf nau wat Familge; awer nau kein äinzig=
mol hiäste myi det Geringeste mettbracht, nau nit sau
viel, ase det Schwarte oppem Nagel; ajasses! ⁵) bai hiät
dann sau wennig Nohgedanken!" — „„Nu, nu, Anbilge!
maket mik nit schlecht op fryier Strooten! bat well yi
dann hewwen."" — „'Ne rauen Rock well if hewwen,
'ne echten, 'ne Brunswiger! op der Häimreise kümmeste
jo düär Brunswig, jegget je; dann denke mol artig an
Möbber ⁶) Anbilge!" — „„Nu, syid tefräin, Möbber!
'ne rauen Rock diän soll yi hewwen. Niu ajüs! bit
Austern!"" — „Adjüs, Bedder Hännes! Glück oppen
Patt!" —

Niu was kein Menske bestelliger, ase Anbilge. Sai
gent Huisken jüär Huisken, un machte alle rauen Röcke
imme Duarpe schlecht. „Se ryitet, ase Spinnewiäwe!
je splyitet, ase Bünne! ⁷) je schlyitet, wamme je schaif
ankucket! bünne ase Postpapier! gruaff ase Baunenstrauk!
in der Farwe verduarwen! lank un twiäß ⁸) keinen örnt=
liken Fahm deranne! Wulle ase Piärrehoore! Näi,
gatt myi doch met sau'me Rocke, un gatt myi met diänn

ganzen Dovids Jiuden, diäm yi dat schwore Geld
dersüär in't Hius schliepet! Latt yi awer mol Austern
tummen! if segge Austern! behallet ug diän Dag imme
Koppe! Andilge is klaifer, as' yi alltehaupe!" — Andilge
dachte diän ganzen Winter mehr an den Brunswiger
Rock, ase an den laiwen Hiärguatt, un des Nachts
droimede sai, dat dat löchten söll üwer den ganzen
Kiärkhuaj, wann sai Austern met der Prossiaune ümme
de Kiärke genge. Austern kam, awer de graute Hännes
nit. Do hiät kein Menske 'ne bebraistern Austern siert,
ase Andilge, un an der Prossiaune un an der ganzen
Haumisse harr' sai wennig Vermak[9]. Sai troistede sik
an't leßte, dat Pinksten auk en hauge Fäst wör, un
den Sunbag bernoh de Aster Hillgenbracht[10]. Un richtig:
in der Wiäcke süär Pinksten kam de graute Hännes. Hai
was iäwen imme Hiuse, un de Staul, bo hai oppe sat,
was nau nit warme, do kam Andilge all üwern Plaß
oppet Hius an, un iäre Gesichte was süär Fraiden sau
raut ase de Rock, bo sai an dachte. Awer Hännes kräig
'ne Tuck oppet Hiärte. „O Heer, o Heer! biu sall myi
diit gohn? if hewwe diäm allen Nüsel 'ne Kamelottenrock verspruacken, un hewwe 'ne sau raß[11] vergiätten;
no, if mott laigen!"

Indiäm genk de Stuawendüähr opp. „Muargen
Vedder Hännes! Willkummen ok! Liäwen nau frist!
ümmer gesund wiäst? lange iutbliewen, iutbliewen! annen
Rock dacht? all iutpacket? iutpacket? loot saihn! krigg
mol hiär!" Un sau widder, un dat was en Geschlabber
un Geklapper ase de Kliäppsterken[12] op Charfryidag.
Et was boch süär ain Däil gutt: Hännes konn sik der-
wyilen bedenken; un ase iär de Ohm iutgohn was, senk
hai ganz bedächtig un wisse[13] an: „Nit wohr, Andilge?
yi wollen boch wat Guddes hewwen? van diän Bruns-
wigern?" — „„Gewiß, Hännes, gewiß! verstäit sif!"" —

„Dat dacht' if auf, Anbilge! diärümme woll if ug of keine schlechte Waare mettbrengen. Dai gubben Röcke wören in Brunswig gerade oppgohn; if hewwe dat ganze Dinges afflaupen un konn keinen oppbryiwen, dai füär ug passede; yi konnt doch keinen briuken, afe Grittken un Graitken! awer de gubben Röcke sind wier in der Fabrik, un gint [14]) Johr, dann kryig' yi 'ne Rock, bo konn yi in Köllen met oppen Danz gohn." — Dat was en Gesichte, bat Anbilge oppfatte! gewiß sau lank, afe 'ne Wiesebaum! awer bat soll sai maken? un sai sollte sik nau gehauft berbyi, bat Hännes iut liuter Respäck füär iärer haugen Persaun kännen schlechten harr' brengen wöllen. „Joh, Hännes! if härr' te Pinksten biän Rock geren hatt! ganz geren! awer bo hiäste Recht: me is doch nit afe jebwibber Andere. No! dann awer gint Johr doch ganz gewiß." — „„Ganz gewiß, Anbilge! süs well if 'ne schlechten Keerel syin, bo kein Hund mehr en Stücke Braud van niämmen sall!""

Diän folgenden Winter kürte Anbilge nit sau vake vamme Kamelottenrock; un mannig schnoi Fraumenst frogede iut Spyit [15]): „No, Anbilge? Auftern is all lange wiäst, awer dai schoine Rock hiät sik in der Kiärken nau nit saihn loten." — „„No, biu fräie Dink, söst byi doch auf byin Schnuitken wasken! joh, wann myi 'ne Rock van Hawerstrauh gutt genaug wör, afe byi un byines Glyiken, dann hiärr' if all lengest ennen! un Auftern kümmet doch wual naumol in't Land!"" — Do harr' Anbilge of ganz Recht: Auftern kam würklich nau mol: un saumett of be Dag, bat be graute Hännes häime= kummen mochte [16]). Afe hai in Bryilen ankummen was, satte hai tem leßten Mole de Hacke unner un nahm sik Ennen [17]), ümme lichter üwer den B u a r b i ä r g te wippen. Afe awer de Wäiertsfrugge mol rinter Stuawe täif, träig hai 'ne Schrecken, bat hai füär Biwern syin

Gliäßten üwergaut; denn sai harr' 'ne rauen Rock an,
un hai harr' in Brunswig büttmol wir an keine rauen
Röcke un an keine Möbber Anbilge dacht. „O jömmer!
biu sall ik düt maken?!" Doch hai, kuart geresolväiert,
spranf üwer de Stroote no Dovids Jiuden un kofste
'ne Kamelottenrock, sau gutt un sau schlecht, ase imme
Laden te hewwen was, peck 'ne syin in Watte, schnallede
'ne in be Bügels, un stawelde tem Dore riuter un tem
Buarbiärge ropper. Ase hai in be häimske Kauhweibe [18])
trat, do was bat äiste Lebändige, bat iäme in be Maite
kam, Möbber Anbilge un iäre Hitte [19]), bai harr' sai
amme Lyineken un lait se an der Hiege be äisten grainen
Spriuten gnappen. Bo sai biän grauten Hännes met
syinen Bügels gewahr worte, bo wipper' se süär Fraibe
rinter Höchte un lait be Lyine schnappen, bat bet Hitten=
bink üwer Stock un Stäin, üwer Busk un Tiun satte.
„O Hännes, hall't opp!" un sai der ächterhiär, un laip
un kraup; un wann't Hännes nit bohn härr', bann könn
sai nau laupen. „O Hännes! — willkummen ok! —
hiäste myi — if hewwe nau nit sau viel Ohm, bat if
berno frogen kann — hiäste myi auk — bat is et myi
häit woren — hiäste myi auk an — oh Guatt, wamme
sau bümpsk op ber Buast is — hiäste myi auk an ben
Brunswiger Rock bacht? Hiäste, laiwe Bebber?" —
„„Joh, Möbber, verstäit sif! 'ne echten heww' if ug
mettbracht, et is 'ne Stoot! yi sollt ug de Augen ver=
blennen, wann if iutpacke."" — „O Hännesvebber, dann
pack iut!" — „„Näi, Möbber! hyi op ber Lanbstroote
boch nit! terhäime! gebülliget ug sau lange! Abjüs!
hernoh konne no myinme Hiuse kummen!""

Niu was bai Hitte nau recht schlapp imme Balge;
awer Anbilge meinte: „sai is gewiß sengest satt! sai
hiätt jo fräitten sier Middag!" un taug bat schmachter'ge
Dink amme Stricke noh, un hinner bem grauten Hännes

hiär. Dai was kumme inime Hiuse, do stont ok all dat nigglike [20] Wyiwesmenske oppem Süll unb harr' sik sau hinner'n Ohm laupen, dat et iär örntlik gailte [21] op ber Buast. „No, Mödder! ik saih, yi verlanget bernoh; et is awer ok wual ber Mögge werth." Hai schnallede de Bügels uapp, kräig bat Päcksken riut, machte süärsichtig de Watte berümme denne, sprette ben rauen Rock üwern Disk, sträik met ber Mogge sachte üwer de Wulle, blais de Fluisekes berwan un saggte: „No, Mödder, bat söll awer wual 'ne Rock syin!" Sai worte stump still, un de Augen laipen iär üwer süär Fraide. „O Hännes! ben Dank well ik byi schüllig blyiwen bit moren." Un sai wiäg, met diäm Rocke unner'm Aarme, un glyik bermet in't äiste Nowerhius, un in't twedde un in't brüdde, sau lange ase sai Dageslecht süär Hännen harr'. „Luie! niu kyiket awer mol! packet myi awer nit met ben Fingern beran, ober wasket se ug äist! dat is 'ne Rock! dat is 'ne Farwe! dat is mol Wulle! dat is mol 'ne Fahm! wäik, as' en Pluimeken! glatt ase Syide, fingers= dicke! Do goh enner no Dovids Jiuden te Bryilen un kaupe sau 'ne Rock — jä, proste Mohltyit! latt ug watt mohlen! Niu suiht me äis, bat bat süär 'ne Unner= schäib is! et giet boch ments äin Brunswig! Lange heww' ik wachtet, awer boch nit te lange! hinnjä! Mödber Anbilge wäit wual Beschäid op bür Welt!" — Den ganzen Owenb kräig sai keinen Schloop, un konn nit opphören, iären Rock te betrachten; sai verbrannte gewiß en Köppken Uallig mehr ase süs, un be ganze Nacht broimede sai berwan. Den andern Muargen kam de Rock soort [22] in be Make, un op Austern genk hai met Anbilge Proissiaune ümme be Kiärke. Anbilge sank süär Plasäier saa helle, bat et schällerde bit unnen rintem Duarpe.

Niu wollen tworen einige späihe²³) Frauluie meinen, „et wör met biäm Rocke sau ganz wyit hiär doch nit: Dovid syine Waare wör gerade sau gutt, un Anbilge briukede nau sau keinen erschröckliken Prohl dervan te maken; sai wören ackroot sau syine, aie Anbilge." — Anbilge awer was siällig in iärem Glauwen, un is der ok inne stuarwen.

Paulus Kankendeif.

Mester Antun harr' ennen Lehrburßen, dai hette Paulus un harr' wennig Gedulb an der Dräggebank, awer alle Taßken vull Schelmestücke. Ann-Äiwe¹) un Katherlyisebeth²) wußten dervan nchtevertellen.

Annäiwe harr' jeden Soterdag äinen Sprük: „moren is Sunbag: ik mott doch en wennig innroiren, hai ieter't sau geren," un rorrte saiten Däig, kräig dat Yiisern eppet Fuier un bock Kauken füär iären Handirk³); biäm gengen dann des Sunbags Muargens dai Kauken recht sainig annen Boort. En Tyit lank awer kräig Paulus mehr dervan mett, aie Handirk. Et was grade, aie wann hai't siewen Stunde Wiäges härr' riuken können, wann Annäiwe dat Yiisern schmiährte: hai lurte amme Hiussüll af' en Pinkestwoß, un indiäm sai den Kauken oppem Fuier rümmebräggede, schläik hai aie 'ne Katter ter Diälle ropp un miusede äinen van der Lyiste. Annäiwe was en wennig blinstrig un miärkede nix. Byim Tellen woll sai sik daut verwünnern, dat sai ment drei innen Kuarf tallte, un meinte doch, de halwe Styige⁴) möchte wual balle vull syin. Sai schmiährte, sai bock un bock, bit de Däignapp lieg un de Speckschwotel oppschmiährt was. „Niu is det Dußend vull: säße füär mik, un säße füär Handirk! is füär beibe genaug!" Sai langede de Kauken van der Lyiste

runner un tallte je innen Kuarß: „Drei von iäwen —
väier, fyif, fässe, fiewen — diusend Dunnerwiähr! find
je dat alle?" Sai kam dermett in be Stuawe gelaupen
und biwerde an beiden Hännen. „Handirk! et weert myi
aifig [5]) un grüggelst in ufer Küken! ik telle mehr dervan
afe derbyi! ik hewwe den ganzen Napp lieg backen!
vyi konnen beibe moren Muargen fatt hewwen, un füär
dik konnen ok nau'n paar üwrig blyiwen tau'm Numme=
dagskaffe — un fuih! biuviel finner't? fiewen, un kein
Stiftken mehr. Et is Häxerigge in ufer Küken! et was
myi ok altens [6]), afe wann ik den Spauk härr' fchlyiken
hoort, un en paarmol is et myi kalt biuär den Rügge
laupen — et is nit richtig!" Handirk troiflede fai un
meinte: „dat hiät be Katte dohn." Un Annäiwe fagte:
„Wann ik dat wüßte, dann fchlaig' ik bai Dunnerwiährs=
Katte nau van Owend oppen Kopp!" Bo fik des andern
Dages be Katte ment faihn lait, kräig fai van Annäiwe
'ne Nuff mettem Faute. Den folgenden Soterbag was
awer bai nemlike Gefchichte: be Kauken wollen gar nit
ruimen innen Kuarß, un worten eger wenniger, afe mehr;
un tau iärem Unglücke kam be Katte, afe be leßte Kauke
imme Yifern was, taufällig üwer be Diälle ropp, fatte
fik byin Heerd un woll fik bo kummaube be Pauten
lecken un den Boort stryiken — bo was et richtig, be
Katte was be Daif, un kein Andrer; bo was füär fai
kein Heil mehr op düür Welt: äift gefchlagen un getriähn,
dan kräig fe 'ne Stäin ümmen Hals un worte ver=
foipet imme Mühlengrawen, ben feltigen Owend nau.

„Niu kamme boch met Ruggen Kauken backen!"
fagte Annäiwe, afe fai folgenden Soterbag Owend ben
faiten Däig rorrte. Afe fai en half Dußend iutem
Yifern kriegen harr', woll fai Handirk ennen taum
Prowäiern brengen: awer fai woorte ohlyiwig [7]) füär
Schrecken, denn op der Lyifte stönnen ment nau brei.

Sai schlackerde rinter Stuawe un raip: „De Katte was
unschüllig! et is en Spauk, en Spauk! vyi mottet Roth
briuken! moren amme Dage no der Frugge te Sinxen⁸)
schicken! wannt us of en Punt Lechter kostet!" Han=
dirk awer saggte: „Schwyig myi doch van diäm Häxen=
bäier stille! if well den Spauk nau wual selwer bannen,"
un genk met in be Küke. Annäiwe schmiährte un woll
bet Yisern frisk füllen: awer Wunder un twäimol Wun=
ber — niu was of be Napp met dem Däige furt.
„Jönimer Handirk! hyi regäiert be lebändige Duiker!
no Sinxen! no Sinxen! anders is känn Roth!" Awer
Handirk laip iiwer be Diälle runner, tem Hiuse riut,
un soh byim Monblechte, bat enner imme stumpen Ka=
püttken in Nowers Ümerbüähr wippebe, bai wat as' en
Düppen imme Arme braug. Hai der ächter hiär un
geraupen: „Mester Antun! äiner van ugen Burßen is
be Daif! äis be Kauken, un niu of ben Däig!" Do
awer genk Mester Antun int Geschirr: „Diusenb Dun=
nerwiähr! Paulus! kumm mol hiär!" Paulus kam.
„Junge! bat hiäst biu bohn!" — „„Näi, Mester, näi!
Hennerkwilm hiärr't bohn!"" — „Spitzbiuwe! diu, un
kein Anderer! be Andern sinb sruamm; un bat is bütt
bann, batte an ber Mogge hiäst?" Un richtig, Paulus
harr' be ganze Mogge vull Kaukenbäig sitten. „Han=
dirk, biu sast hallen, un if well schlohn!" un Antun
schlaug op biän armen Paulus, ase wanne Hawer buas=
ken härr', bit amme Braken kein Twilleken mehr saat,
un byi jebem Schlage raipe 'me tau: „If well byi
Awetyit tau Kauken maken! biu sast be Finger bernoh
lecken!!"

Paulus. Nr. 2.

Oppen andermol kam Katherlyisebeth no Mester Antun in de Wiärkstuawe gelaupen un schannte as' en Krüpel. „Sau'n Volk, ase diu imme Hiuse hiäst? If meine, sai löhrten hyi de Arwet — jä, Schelmestücke un Kniepe lehrt se! Graute Lui soppen, dat is iäre Plasäier! ehrliken Luien 'ne Schmoot andaun, dat is iäre Muargen= un Owendgebiätt! loot sai iäre Mester= stücke in Unbucht[1]) un Nixnutzigkeit maken, an ber Drägge= gebank brenget s' et doch nit serrig. Suih, sau natt sin if ase 'ne Katte! If saat in der Stuawe un spann, if spann slyitig — do kam bai ruppige Junge ant Fenster un hiät mik nat sprenzelt[2]), nat üwerhiär! Wann diu nit en Backeholt niemest, un diän Nixnutz appelwäik walkest, dann biste 'ne schlechten Keerel un sast iutschannt weeren süär aisk un üwel imme ganzen Kiäspel!" — „„Katherlyisebeth!"" saggte Antun, „„niu hal doch äismol Ohm! if well 'ne glyik op der Stelle in't Examen niämmen, un diu sast derbyi stohn. Pau= lus! hör' mol iäwen! loot de Dräggebank mol stohn! bai hiät Katherlyisebeth nat sprenzelt?" — „O Mester! if hör't rual, dat sall if niu wier dohn hewwen!" — „„Junge! alles, bat nit daug, dat hiäst diu dohn! luig mer nit! if saih' et byi annen Augen an, dat diu 't dohn hiäst!"" — „Mester, joh! if heww' et of dohn, if hewwe sai awer äis drümme froget." — „„Bat? verluagene Junge?"" schriggde Katherlyisebeth, „„Antun! hogg' 'ne oppet Miul! hai luiget, datte stin= ket!"" — „Mester!" saggte Paulus, „yi konner't myi gloiwen! If genk byi de Schirmecke[3]) un kräig myi de Sprengelbüsse[4]) vull Water; do genk if dermet süär iäre Fensterken un käik mol dorin: sai saat byim Spinn= rad un schlaip; if bisäierde iär met myiner Büsse nom

Gesichte un saggte: Katherlyisebeth, sall icke mol? un
sai nuckebe „Joh!" It srogebe naumol: sall it? un
sai nuckebe wier. Do heww' it iär in't Gesichte spren=
zelt, un sin bann soort wier hinner de Dräggebank
gohn." — Do senk Antun harre an te lachen, dat et
schällerbe bit unnen intem Duarpe. „Paulus! suih!
den Knüppel harr' it all byi der Hand; awer it well
'ne wier in be Ecke setten, un biu sast tin Sundag 'ne
Krengel[5]) byi'n Kaffe hewwen süär bütt nette Stücksken!
— Katherlyisebeth, goh ruhig häime un broig byi byinen
Spänzer, un wann biu nit sau soort opphörst met
Schennen, bann vertell' it büt Schnürreken op allen
Strooten, un be kleinsten Pööste[6]) sollt bik iutlachen.
„Sall icke mol"? Dunnerwiähr, Paulus! bai Spaß is
en Kaßmänneken werth."

De latyinske Kauersänger.

Joh — banke ber Nohfroge — it sin Kauersänger.
Jä, yi Stubänten, kummet yi tin Sundag mol no usem
Duarpe 'rüwer, un gott mol met in use latyinske Vesper
— in ber ganzen Nowerskop kritt me sauwatt nit mehr
te hören; bat mäket, bo het se keine nutze Kauersängers
mehr, bai Latyin verstott, un allbiärümme behelpet se
sik met Duitsk. Awer Guatt ehr' us! byi konnt Latyin
ase Water. Jä — yi kyiket mik an un gnäiset — et
is awer be reine Wohrheit, bat it segge. Do segget
tworens use Pastauer vake, byi söllen us altens bai
Pussalmen terhäime op duitsk liäsen, bomet bat byi
verstönnen, bat byi imme Kauer süngen. No, myint=
wiägen, segg' it süär myine Heeren Kollegen, baut yi
ments bryiste, bat be Heer saggte; ug kann't nit schaden;
awer it, no, bat wiet' yi wual, it heww' et nit noidig,

icf hewwe iau'n grundgeſcheidt Kunzäpte, it verſtoh jede
Littera ſau gutt aſe de Paſtauer ſelwer. — Jä, myine
Heeren Stubänten, yi gnäiſet un fixtert? lotet yi dat
ments! Tem Byiſpiel, ments äin Dinges well it ug
vertellen. Vergohne Wiäcke kecmen oyi iut der Säile=
miſſe; do frogern de Andern: „Füär biänne mag dai
Miſſe wiäſt·yin?" Jt awer harr' nyipe oppaſſet, bo
de Paſtauer ſauk: „Pro anima famuli tui Fraucisci
Wilhelmi" — bo harr' it et glyif ſpitz, un it ſaggte
füär de Andern: „Jä, wann yi Latyin verſtönnen aſe
it! Jf well't ug ſeggen: de Miſſe was füär den ſällgen
Franzwilm." Jä, do wollen ſai wual Reſpäck kryigen!
un yi gewiß auf, myine Heeren Stubänten. Saiht: it
vertelle ug nau mehr. Jt ſaggte bo iäwen van·diän
Puſſalmen in der latyinsken Veſper. Oh, dai kenn' it
Litter füär Littera op duitſk. Jt well der ments mel
mibben mant packen un ben äiſten beſten byim Koppe
kryigen. Do is tem Byiſpiel bai äine,·diän oyi imme
„Taunes peregryines" ſinget, aſe uſe Köſter ſegget; dai
hett up Latyin: „In exitu Israel de Egypto, domus
Jacob de populo barbaro." Jä, yi kyiket ug wier an
un gnäiſet; un dat wiet' yi viellichte nau lange nit, bat
dat hett. Hört nyipe tau — dat hett op duitſk: „Niu
äxtert us de Jſel iut Egypten, dai dumme Jokob un
dai puckligc Barbaro." — Awer näi, myine Heeren
Stubänten, bat priuſt' yi? bat lach' yi? is dat dann
nit recht in jeder Baukſtawe? Saiht: Faitken füär
Faitken well it et ug üwerſetten: „In exitu — niu
äxtert us" — — dat kamme doch ſaufoortens hören
— — „Israel — Jſel" — — dat hört jedes Kind
— — „Egypto", dat is Egypten, dat blitt — jä,
jä, dat blitt imme Latyinsken un imme Duitſken, grad'
aſe dai Namens in der Säilemiſſe — — „domus"
hett „dumm", dat kamme lichte verſtohn — — „Jacob"

dat is Jokob, dat blitt — — „de populo — dai puck=
lige“ — — dat is jo sau klor ase Sprinkwater — —
„barbaro“, dat blitt, dat is wier sau 'ne Namen van
irgend sau 'me Keerel iut dem ollen Testemänte. —
No, saih’ yi dann niu? stemmet nit Alles oppen Hoor?
Awer näi, bat sall myi dat? yi priustet un kirtert nau
liuter? Na, ik hör’ et wual: yi lehrt Latyin op der
Schaule un wietet der doch nau keine Kitze van; ik awer
heww’ et iut myi selwer lohrt un wäit der mehr van,
ase yi iut den Baikern. Jä, jä, bat en klauk Häiern
un en vernünftig Kunzäpte bött! Awer äint latt ug
gesaggt syin: lehrt ments slyitig söbber! yi brenger’t
doch villichte nau botau. Un wann yi mol gäislik syid
un kummet op en Duarp, bo de latyinske Vesper nau
nit affschaffet is, dann suarget ok derfüär, dat se in Ehren
blitt! Sall dat dann ments 'ne Andacht syin füär de
Kloisters un füär den Daum te Potterbuarn? Näi, vyi
Luie oppem Duarpe verstott auk usen Täx, absunders
sau’n Kauersänger ase ik — dat wiet’ yi niu sau klor,
ase dat twäi mol twäi väier is. —

Biu en Menske kummande van der Grundstuier afkummen kann.

In Dinges was 'n grauten Buren, Bullspann met
tain Nachten Hoiern=Pirch. Syin Gutt was graut, syin
Duast nau grötter, un Owends harr’ hai ümmer de
Kraune vull un schannte dann op Köster un Pastauer,
op Küinig un Kaiser; absunders awer op syine hauge
Grundstuier. „Dai verfluchte Grundstuier! dai sall myi
de Duiwel halen!“ Doch hai harr’ en vernünftig
Kunzäpte — hai verkoffte äin Land no'm andern, Wiese

op Wiese, Biärg op Biärg — hai verkoffte un verkoffte,
hai versaup un versaup. „Kamerod!" saggte syin Nower,
„diu hiäst 'ne kurjause Praxe!" Hai awer amsede:
„Dunnerwiähr! dat verdammte Betahlen sin ik läib! dat
kann kein Duiwel iuthallen! ik well doch iut biär ver=
fluchten Grundstuier riut, oder ik well nit Obam=Dirk
mehr heiten!"

Un hai verkoffte un verkoffte, hai versaup un ver=
saup — un richtig, hai satte syin Kunzäpte büär, an't
letzte halp iämme nau det Gerichte, un nit lange, bo
briukede hai keinen rauen Pännig Grundstuier mehr te
betahlen, hai selwer awer genk van Düähr te Düähr un
sammelde de Vatterunser=Stuier.

Ehrlikeit.

Myin Nower Schulte harr' rund ümme syinen
Kamp junge Wyien puattet un harr' syin Plasäier, dat
dai Dinger sau wässig woren un lausgengen, ase wann
se innen Himel wassen wöllen. Awer biusendsapper=
mänt! äins Muargens, bo hai ter Styie kam, wören
'me de schoinsten Luahn rutz affichnieen. Hai wor Gryi=
nens Moote, as' et soh. Den andern Muargen was
et nau schliemer: de ganze Lanktyit vamme Kampe was
sau glatt affichuaren, ase mettem Putzemesser. „Düt
gäit nit mehr!" saggte de Schulte un genk des andern
Muargens, ase de Dag krimelde, mettem Knechte nom
Kampe, hutte sik innen Busk un passede oppen Daif.
Un suih, bat de Duiker doh: de Daif kam, un hette
Hännes Spiggewitt met Namen, syines Täikens un Ge=
wiärwes en Beßmenbinner un Kuarfläpper, un hai senk
lustig an te schnyien. Do sprüngen dai beiden iutem
Buske un pecken den Vugel. „Ha! hesse den Daif endlik?

Keerel, biu jaft be Schwerrenauth kryigen! biu jaft op
be Bank füär't Schwurgerichte!" — „Ach, Heer Schulte!"
ankebe myin Kuarsläpper, „gnöbig, gnöbig! If well 'ne
Fautsall füär ug baun un bibben ümme Perbonn!
Niämmet en Innsaihn! faiht, if fin 'ne armen Keerel —
awer me well boch geren op ehrlike Whyise jyin Braud
verbainen."

<hr />

De graute Schlacht byi Königgräh.

Vertallt van emme Augentuigen.

„Heer Bikarges! yi wellt no Wiärrel?" faggte be
Schulte, „gutt, if well ug foiern loten. Uje Knecht is
tworens nit terhäime, awer if hewwe bo nau jau 'n
Stück vamme Kleinknechte. — Michel! hebo! jpann inn!
biu jaft ben Bikarges no Wiärrel foiern!"

„„'njoh, Heer! un - un - un bat well if baun!""
ftuterbe Michel, jpannebe an, lait be Schwiepe knappen,
be Bikarges jtäig op, un jurt genk et, hiäste nit ge=
jaihn! De Wage flaug aj' en Reggerk, bit batte ünwer
be Ruhrbrügge was un an't Wickeber Auwer
kam. „„Un - un - un if benke, He - He - Heer Bikarges"",
jaggte Michel, „„vyi lotet hyi wat jachter gohn!"" —
„Brümme nit, Michel? Bat foll vyi hyiropp be Piärre
innen Schwäit jagen? Byi het jo Tyit genaug!"

„„Un - un - un, Hee - Heer Bikarges, bat hevve ok,
un - un - un bann kamme ok eger en vernünftig Woort
tehaupe rebäiern.""

„Joh, Michel, bat wellve baun. Awer bä! ftiek
byi äiftmol 'ne Cigarre an!"

„„Hee - he - heerenenge, Heer Bikarges, 'ne Sji=
garre?" 'njoh, bai jchmait' if geren. J - if heww' ok

keine Sfi - ffigarre mehr faihn fie - fie - fier dem grauten
Kryige. Un - un - un, jäh, do was et fchoine! do kriegen
ve fe liuter ümmentfüs."

„Bat? is et wohr, Michel? diu bift all imme
Kryige wiäft?"

„„'njoh, Hee - Hee - Heer Bikarges, un - un dat
fin it.""

„In Schleswig=Holftäin, Michel?"

„„'njoh, Hee - Hee - Heer Bikarges! in Zleswik
auf; a - a - wer dat was ments en L - l - lumpen=
Packetäll; un - un - un byi Küniggräh; jä, do genk et
ganz anders!""

„Michel, dann is et jo en wohr Glücke füär mik,
darr ik van Dage met byi reife. Ik hewwe all fauviel
hort un luafen van der Küniggräher Schlacht, awer
recht klor is et myi ümmer nau nit. Et gäit der nit
füär, wamme mol 'ne richtigen Augentuigen dervan kuiern
hören kann. Diu moft myi dai ganze Sake mol van
Grundop vertellen."

„„'njoh, Hee - Hee - Heer Bikarges, un - un -
un dat well if daun, un - un - un yi follt ug ver=
wündern bit in den Daut. J - i - ikke well ug dat
Dinges vertellen, un - un - un biu alles taugohn hiät
van A bit Efet. Alfau — if kräig myin Schyineken
in't Hius — 'njä, myin richtig Schyineken, do - bo -
bo ftont myin Name oppe, un - un - un de Magifter
mocht' et myi füärliäfen, un - un Dag un Dotum ftont
derbyi, bo möcht' if in Sauft fyin. Jä — un bo
faggt' if myime Schimmel un myime Boß Abjüs, a -
a - wer de Schulte faggte: „Dü - dü - dütmol gäier't
krius, un byi faiht us gewiß in düm Liäwen nit wier."
— Hee - Hee - Heer, faggt' if, dann in der Äiwigkeit
Amen! Un - un - un ufe Baihmaged grä - grä -
gräin Blaut, jä, un if gräin auf; denn, Hee - Hee -

Heer Vikarges, well if Sai seggen, ve - ve - vyi het
us geren te lyien. A - awer bat was der myi te
daune? i - ikke mochte no Saust. Un - un te Saust
ställtcn se us in enne lange, lange Ryige un raipen us
byi Namen — jä, mi - mi - mik auf, un - un if raiy
„Hier!" Jä, un bo - unb bo, jä, bo friegen vyi tehaupe
ufe Pollett, un - un if kam byi 'ne Schnyiber in Oua -
qua - quattäier, 'njä, un bo wören sau viele Floihe imme
Berre, 'njä, aie Ka - ka - kaffegrüß un Schniustebad.
Un - un bo - jäh, latten se us op be Miserbah, un - un
ruß! bo wören ve te Köllen. Un - un - un bo
schännten us be Jungens op der Strote iut füär „West=
fölinger" un „Ha - ha - hacketaiers," un - un i - kke
saggte: „Segget yi dat ments bryiste, yi Schnu - schnu=
schnurreburßen!" 'jä, un in myime Berre wören Wand=
luise. Un - un te Köllen, bo worten ve i - i inneklett,
'jä, un bo, un bo - bo keemen ve wier op be Miserbah,
'jä, un wier äin Ru - ru - ruß! bo söhen ve wier
Wiä - wiä - wiärrel, 'njä, dat - dat komme lichte kennen
an der Stabtskiärke un - un biäm spi - spißen Kappe=
zyiner=Thoiernken un - un biän vielen Sa - sa - salt=
biusken. Un - un vyi - vyi sorrten söbber, 'njä, un oy
äinmol hett' et: „Aussteigen!" 'njä, un bo wören ve
te Po - po - potterbuarn. Ha - -! un - un bo
kriegen ve wat te iätten, in saume grau - grau - grauten
Saale, 'njä, un - un bo wören keine Fensters inne. Un -
un vyi - vyi friegen Tuffeln un Ryis düärnäin, un -
un 't was stöbig settet un - un sau schoine styif, dat der
be Liepel strackopp inne stont, 'njä, un of 'ne buraweln
Kniu - kniust Offenfläisk; un - un bo kräig 'me boch
mol wier ne örntliken Buamm in't Lyif; 'njä, un Bäier
friegen ve saat; 'njä. bo wör if geren bliewen; a - a -
awer dat Miserbinges flo - flo - flotte us wat, un - un
söbber genk et. Un - un in sau'me andern Dinges —

'biu 't hette, ba - ba - bat heww' ik wier vergiätten —
bo - bo kriegen ve Kaffäi, un 'ne Stiu - ftiu - ftiuten
berbyi. Un - un nit lange mehr, bo wö - wören ve te
Dresen. — Hee - Heer Vikarges, en stöbig Dinges!
a - a - awer bo konn ik kei - keinen Menfken mehr ver=
ftohn, bo kuiert fe kein Duitfk mehr."“

„Michel, batte fieft! in Dresden kein Duitfk
mehr?“

„„Näi, Hee - hee - heer Vikarges! keine Bauk=
ftawe nit, 'njä, un - un faihen Se, no 'n paar Dagen,
bo ma - ma - marßäierben ve iut un f - f - ftrack rinte
Boihmen rinn; bo - bo komme awer kein Piärd un
keinen Offen mehr verftohn; denn fai - faihen Se, Heer
Vikarges, bo kuiert fe mentr liuter Spannifk. Un - un
bo keemen ve bliär fau viele Dinger . . .““

„Biu hetten bai Dinger dann, Michel?“

„„Liu - liuter Künigsgrätz, alltehaupe Künigs=
grätz.““

„Is et müglik, Michel? alltehaupe Künigsgrätz?
Ik meine boch, ik härr' ok mol hort van Trautenau un
Sabowa un Münchengrätz un Küniginnengrätz . . . .“

„„'njä, Hee - hee - heer Vikarges! dat fegg' ik jo:
alltehaupe Künigsgrätz.““

„No, Michel, biu genk et dann byi Künigsgrätz
tau? Vertell' us mol van der äigentliken Schlacht.“

„„Un - un - un dat well ik daun, Heer Vikarges!
'njo! bat het fe bo fchuatten! Un - un bo hevve ok
mol bichtet; be Bi - bi - bichtheerens feeten in der
Schiufkoore; äi - äi - äinen kannt' ik wual, dai was
van Sauft. Hee - hee - heerenenge! dat Bichten genk
awer fix! un - un ik bachte: „Dai - bai Heerens
konner't biätter, 'afe uje terhäime.“ Ha - ha - hai
frogere emme gar nixen; un i - ik was ferrig inme
Ümmefaihn. Do bachte ik awer: „Niu — niu faft biu

iänne mol frogen!" un if iaggte: „Hee - hee - heer!
braff me dai Keerels auk dautſcheiten?" Un - un - un
hai iaggte: „Wa - wa - was man dir ſagt, das ha -
ha - haſt du zu thun." Un - un if ſaggte: „Dann loot
ie ments kummen!" Un do - un do, 'njä, do hett' et:
„Ma - ma - marß auf den Feind!" Un - un niu ſaihen
Se, Hee - hee - heer Bikarges, do keemen ve op ennen
Schuſſäi — jöh! bat wören do Appelboime anne! Un
do - un do - 'njä, do gengen ve van diäm Schuſſäi wier
runner un - un mirren büär en S - ſ - ſ - ſtücke Ha =
ha - haawer; 'njä, un do ſaggt' if: „Kinners, ſaggt' if,
wann dat uſe Schulte ſöh! un - un jöh! düt möchte uſe
Flu - flu - flurſchütte terhäime ſaihn — 'njä, bat ſöll
hai us de Ohren ſlauen!" Un - un - un do keemen
iut ſau 'me Buſke 'ne ganzen Tro - tro - tropp L'uie
riuter, dai harren witte Röcke anne. „Ki - ki - kinners!
ſaggte uſe U - u - unneroffßäier, „da - da - das ſeind
die Oeſtreicher," ſaggte. Un - un - un if ſaggte: „He -
he - Heer U - u - unneroffßäier," ſaggt' if, „ſind düt
dai Keerels, dai vyi dautſchaiten ſollt?" — „Gu - gu -
guwiß, dummer Mi - mi - michel!" ſaggte, „guwiß!"
'njä, dat ſaggte. Un ſaihen ſe, Hee - Heer Bikarges, do
helt us de Kappetain enne ſ - ſ - ſtödige Priäcke, me
brinket ſe op Auſtern nit ſ - ſ - ſchoiner te hören; un -
un anplaß Amen ſaggte: „Un - un wa - wann nun
Ainer ſa - ſa - ſallen duht, dann - dann ments ümmer=
ſoorts un - un ſ - ſ - ſtrack darüwer!" 'njä, dat ſaggte,
un - un ſau aſe dat Wo - woort ſaggte, biuß, do kräig
he 'ne Schüt un laggte do. Un - un vyi dachten: „Hai
hiär't ſaggt," un 'njä, do genk et ſtrack üwer iäne
ſelwer riiwer. Un - un - un balle, ſ - ſ - ſaihen ſe,
Heer Bikarges, 'njä, do genk et rund ümme us rümme
riiwerunbüwer, dat me ſ - ſ - ſyin äigen Wort nit
hören konn, un - un - un den ganzen Ha - ha - hals

kräig me jau bull Damp, dat me nit mehr j - j - jpig=
gen kann. Un - un - un bo ve jau recht midden imme
Pla - pla - plajäier wören, do - do jäggten je, vyi härren
ge - ge - gewunnen. Un - un - un, 'njä, niu hett' et:
„Bo kryige ve wat te liäwen?" Denn - denn, j - j -
jaihen je, Hee - hee - heer Vikarges, S - j - j - jchmacht
habben ve, aje de Wülwe; 'njä, un do keemen ve jüar
ennen Gau - gau - gau - gaujejtall, do was 'ne Ga -
ga - ganten inne un twäi Go - go - goije un - un
drüitain Gö - gö - gösjeln inne; dai - dai - dai pecken
ve tehaupe byim Kajak un j - j - j - jchweelten 'ne de
Fiären aj un bra - bra - braien je uß in der Ajke —
'njä, un - un bat jchmächten dai Dyirs gutt! Un - un
un des andern Muargens jaggte uje U - u - unner=
offßäier: „Nu - nu - nun gehn wir auf Wien los!"
'njä, dat jaggte. Un - un - un ik jaggte: „Op Wyin?"
jaggt ik, „hee - hee - heerenenge, dat iß nette!" Un - un
vyi ma - ma - marßäierben un marßäierben, ümmer
jöbber un ümmer jöbber, un dann - un dann — 'njä,
do jorrten ve met der Yijerbah, un jä, un vyi jorrten
un jorrten, un - un - un do helt de Sszug, 'njä, un
vyi jtiegen iut, un - un - un vyi wören . . . . jä,
rohen Se mol, Hee - hee - heer Vikarges, bo vyi do
wören?""

„No, Michel! do wör' yi gewiß noge jüar Wyin."

„Nä, Hee - hee - heer Vikarges! vyi wören wier
te Wiärrel, 'njä, un - un - un do j - j - j - jäggten
je, et wör' Friede.""

„Sappermänt, Michel! do hiäjte myi awer 'ne
Schillerunge macht vamme grauten Kryige, dat myi de
Hoore richtopp jtott un bliär de Kappe jtiäcket. Bijte
jerrig?"

„„'njoh, Hee - hee - heer Vikarges! de Friede
was et Lejte, un ik genk wier no myine S - j - j -

ſchulten un ſaggte: „Gurr'n Dag!" Un - un - un be
Schulte ſ - ſ - ſ - ſaggte: „Jömmer, Mi - mi - michel!
biſte nau lebänbig?" Un - un - un if ſaggte: „'njoh,
Heer S - ſ - ſ - ſchulte!" 'njä, un - un - un be Baih=
mageb f - f - fräig mif byim Koppe füär liuter Pla -
pla - plaſäier; 'njä, un be S - ſ - ſchimmel un be
Boß ſengen füär F - ſ - fraiben an te ſrensfen. Un -
un - un ben äiſten Owenb briufere i - i - iffe feinen
Hanbtaſt te baun, 'njä, un mochte an äime Be - be -
vertellen blyiwen; i - i - iffe ſegg' ug, Hee - hee - heer
Bifarges, 'njä, bo wollen ſe wual tehaupe be Ohren
ſpißen! Denn ſ - ſ - ſaihen Se, bai ber nit ſ - ſ -
ſelwer byi wiäſt is, bai fann ber of nit örntlif van
nohvertellen." "

„No, Michel! if fann ber awer niu van nohver=
tellen! Et gäit ber boch nit füär, wamme ſau wat
vamme Augentuigen hort hiät."

„'njä, bat ſöll wual ſyin, Hee - hee - heer Bi=
farges! A - a - awer niu ſin be tem ſchaiwen Auwer
ropper; niu fönn' if wual mol wier F - ſ - ſ - ſuier ber
ächter giewen! Jü, Schimmel! jü, Boß! Hee - hee -
heerenenge, awer nit allte wilb; benn - benn - benn
alles met ber Moote! ſaggte be Schnyiber, bo ſchlaug
he be F - ſ - ſ - ſrugge met ber Jälle."

Biu Stoffel na Kaſſel reiſebe un Napoleon beſochte.

„M'ricfthryne, wann't nit ſau ſeer wör un nit
ſau barbarsf viel Gelb foſtebe, bann ſöfte boch auf nau
berhenne. Do ſoiert me awer van Poterbuarn no Allen=
baifen, un meint, et wör Kaſſel — jä, ſchnyibt bif!

Me kümmet no Buke, no Willbasen — ümmer nau kein
Kassel. Te Warburg spring' ik iutem Wagen un denke:
„hyi is et ganz gewiß!" Jä, kumm diu! Ik mochte
mik nette wier sitten gohn, un härr mik sau hoorsnoge
verlettet. Do dacht' ik: „Stoffel, niu bliste sitten un
roierst dik nit, bit dat se dik riutschmyitet!" Un ik saat
un rorrte mik nit. De Zug helt — awer Keiner schmäit
mik riut; hai helt wier, un helt naumol — näi, ümmer
nau nit. Antleste dacht' ik: „se het dik nette sitten loten,
un glyik kümmeste an't Enne der Welt." Do kam de
Keerel in't Dinges rin un raip: „Billete nach Kassel!"
Ik gaffte 'me myin Schyineken un saggte: „Sin ve der,
oder sin ve der wiäst? un kumme ve der, oder kumme
ve der myin Liäwen nit?" Hai ansebe myi nix un
genk wier riut. „No, dacht' ik, dat sall mik doch mol
wünnern!" Et durte nau'n kitzken, do stont de Zug, un
daiselstige Keerel räit de Düär op un raip: „Kassel!"
Awer ik denke: Stoffel, niu blift sitten, bit dat se dik
riutschmyitet! lor't dyi nit wier gohn ase te Warburg!
Un ik wör, haal's der Duiker, sitten bliewen, wann nit
sau'n ganz nett, syin Heerken, 'ne ganz anmaibigen
Mensken, diäm ik twäimol Fuier schlohn harr, tau myi
saggt härr: „Ich meine, Sie wollten nach Kassel." —
„Gewiß, saggt' ik, no Kassel will ik un Napollium
saihn." — „Schnell, schnell! saggte hai, springen Sie
hinaus, sonst fährt der Zug weiter!" Do wußt' ik
awer, biuviel Uhr dar't was, un gräip no myiner Holster
un myime Gurrndagstock un genk kilohrum. Sau as ik
op lyiker Eeren stont — „tüiit" slotte de Zug un wiäg
wasse. „Heerenenge!" dacht' ik, „do härrste balle nau'n
Stücke mehr van der Welt saihn, ase dyi laif was. Et
is doch gutt, wamme süär 'ne Reise=Kumpier 'ne Au=
schlag Schwamm üwrig hiät."

„„Stoffel, un do söhest 'ne?""

„Napollium, meinste, M'rickthryine? Jä, kummn
diu! Nau lange nit. It segge dyi, dat hiät myi myin
ganz Kunzäpte kostet, ehr it dat ferrig bracht hewwe;
un wör' it nit sau pollißig, af' it sin, wann it ot
Stoffel heite, gloif ments, dann härr' it keinen Na=
pollium te saihn kriegen. Hör tau! — Niu stont it
do. Jä, bat niu? Buawer myi soh it keinen Himel,
ments liuter Glas, füär myi liuter Düären, awer keine
Huiser — it wußte de Welt nit wier te sinnen. Endlik
was it kuart resolväiert un frogede myi den äisten, besten
Heeren: „Met Verloif! Seggen Sai mol: sin it in
Kassel, oder het se mik anfauert?" — „„Ja woll,""
saggte hai. — „Awer, met Verloif! saggt' it, it hewwe
myi doch dacht, Kassel wör 'ne Staat, sau'n Dinges
ungefähr afe Poterbuarn, un keine Miusefalle; do wören
doch Huiser un Stroten drinne, dacht' it." — Do senk
hai hellopp an te lachen — use Hiärrgutt mag wieten,
batte te lachen harr — un saggte: „Kommen Sie mit!"
Un it genk ächter 'me hiär, un byi kamen an Dageslecht
un habben 'ne richtigen Himel buawer us; un, nit lange,
do habben byi ot richtige Huiser füär us, un richtig
Strotenplooster unner den Schauhen, un myin Heer
lachede naumol un saggte: „So! das ist Kassel — wo
Sie vorhin waren, das war nur der Bahnhof." — „Ah
sau! saggt' it, dat is wat anders. Danke, danke! Un
niu syin Sai ot sau gutt un wyisen myi diän Napollium;
grade diärümme sin it von Äggerintsen kummen." Awer
myin Heer lachede naumol un saggte Abjüs — un it
dachte: „No, dat is auk 'ne rechten Lachebeck un wyiset
syine Tiänne geren."

„„Un do söheste Napollium, Stoffel? Biu soh hei
dann iut?""

„Sachte, sachte, M'rickthryine! Nau lange kein
Napollium, nau lange nit. Awer it was pollißig un

käik rechts un käik luchts, un frogede alles, bat myi op
der Strote in de Maite kam: „Fräulein Juffer, faggt'
if, oder Mudamm, oder kleine Jüngesken, oder Gnödiger
Heer, fyin Sai doch fau gutt unb loten mik ments en
inzigmol biän Napollium faihn — if well Sai geren
'n häilen Drüttainer berfliär giewen." Arver bai äine
käik mik an un genk fyines Wiäges, be andre käik mik
nit an un genk auk fyines Wiäges, un byi all myinen
Kumpelmänten wort' if nit klaiker. Arver if was wier
pollißig un dachte: „Na, wann hyi den Luien tehaupe
dat Miul taufchällert is, bann faste keinem Menfken
mehr en gutt Woort berümme gönnen un faihn byi
laiwer ments de Huifer an der Stroote brop an; denn
ufe Vorstäiher te Äggerinkfen hiät boch faggt, et wör
en Ärger, dat fe diän Napollium nit in't Hundeluad
fchmieten, näi, dat fe 'me fau'n graut, fchoin Schluatt,
dat ftöbigfte imme ganzen Lanne, taum Lofchemänte an=
wiefen häbben." Sau dacht' if — wünnerfte bik nit,
biu if fau myin ganze Kunzäpte tehaupe nahm? Jä,
Dyin Stoffel is nau lange kein Stoffel nit, näi, dat is
hai nit. Alfau gutt, dacht' if, biu gäift düär't ganze
Dinges düär un faikeft byi 't ftöbigfte Paläi manker
all biän Huifern benne; do gäifte dann rin un fieft:
„Gurrn Dag, Napollium!"

„„Dat was recht, Stoffel! Un bat faggte h a i
dann? baut hai byi Dageftyit terügge?""

„Bat h a i faggte, M'rickthryine? Hai faggte nau
lange nix. Hör tau! Jk genk düär't Dinges un dachte:
„Balle bifte berdüär," un käik myi jedes Hius an vamme
Süll bit uawen taum Balkenfenfter riut. Arver kumm
biu! Suih, dann genk hyi wier 'ne Strote, do wier 'ne
Strote an, un äin Huis was nau ftöbiger af' et andre,
un't Water laip myi in de Augen un be Nacke worte
myi ftyif van allem Knikeu. Un wann if dachte: „Düt

Hius is doch det stöbigste van allen," un rinngohn woll
un seggen: „gurru Dag, Napollium!" — dann käik wier
en ander Hius ümme de Ecke rümme, bat ümmer nau
wier stöbiger was, un't leste was myi de ganze Welt
blinsterblo, un ik meinte nit anders, as' ik wör imme
Gausehimel. Awer ik was wier pollitzig un dachte:
„Stoffel, bat helpet dyi düt, bat helpet dyi dat? Syi
vernünftig un gönn dyi äis 'ne düegenden Machollern -
— dat giet dyi 'n biätter Kunzäpte, un dai Napollium
brenget sik."

„„Stoffel, biu soh hai dann iut? Wasse nau half=
wiäge örntlik imme Tuige?"""

„Biu hai iutsoh, M'rickthryine? Hai soh nau gar
nit iut; nau lange kein Napollium nit. Alsau gutt —
'ne Machollern, dacht' ik. Un ik genk in en graut schoin
Hius rinn, do stont „Gasthof zur Krone" füär, un dachte:
„Hyi kriste 'ne örntliken." Ik genk rin un machte de
Stuawendüähr op — — jös, M'rickthryine! bat was
dat 'ne graute, stöbige Stuawe! sau hiät se uie Pastauer
nit. Un 'ne Disk sau lank, ase van hyi bit op usen
Appelhuaff; un do seeten gewiß sufzig, sächzig Heerens
rümme un wören lustig an der Achyile. Un syif Keerels
gengen ümmer ächter 'ne riümme, tehaupe in Frackröcken
oder Kabrillgenschwenkers, biu me hyi siet, 'ne Salvette
oppem Aarm sau witt ase Kryite, un de Hoore sau glatt
van Schmalte, me härr' sik drinn spaigeln un derfüär
putzen können. Ik kräig hellesk Respäck, as' ik et soh,
un vergaat stumpaff, Gurrn Dag te seggen. Un äiner
van däin syiwen kam op mik tau un saggte sau recht
astraut: „Was wollen Sie?" — „„'ne Machollern, saggt'
ik, un Napollium saihn."" — „Wird nicht verabreicht",
saggte hai un schauf mik ganz sachte ter Düähr riut —
wäiste, M'rickthryine, nette und met Manäier, gar nit,
ase wann use Wäiert hyi te Aggerinksen ennen byim

Halſe päcket un op de Miſte ſchmitt, näi, ſau ſainig, dat
it myi dachte: „Dat is doch 'ne recht ſcharmanten, oor=
digen Menſken!" Awer wäiſte, bat it 'me ſaggte, ehr
hai de Düähr ächter myi taumachte? „Hören Sai mol,
gnödiger Heer, ſaggt' it, brümme het Sai dann awer
dat Schild buar der Düähr, wann hyi nit mol 'ne
Machollern te hewwen is?" — Do ſaggte nix — it gloiwe,
hai ſchiämmede ſit, dar it 'me ſyine Wäiertskopp ſchlecht
machte — un machte de Düähr tau. — Niu was it
äigentlit, wann it et ſtrackiut ſeggen ſall, ſau recht ver=
draitlit unner der Müſke; denn kein Napollium un kein
Machollern was te kryigen; un it ſatte mik plax dal op
de Trappe ſüär'm Hiuſe, laggte den Kopp in de Hand un
ſaggte aſe de Jiude van Pickelſen: „Au waih, Kaſſel!" —
It harr' en Tyitlank ſau ſiätten, do kräig it 'ne Schlag
op de luchte Schuller un hoorte raupen: „Jös hintau,
Stoffel!" — It denke: „Bai hett mik hyi in Kaſſel
Stoffel?" un käik mik ümme — bai was et? M'rick=
thryine, roth mol!"

„„Jä, Stoffel, bai ſöll dat rohn? Villichte Na=
pollium?""

„Nä, M'rickthryine, nau lange kein Napollium nit.
Et was en Saldote — awer bat ſüär'n Saldote?"

„„Jä, Stoffel, dat ſöll de Duiker rohn!""

„Antuns Michelken iut Lichtenogge was et."

„„Jös hintau, Stoffel, Antuns Michelken was
et?""

„Joh, M'rickthryine, hai ſelwer. Diu wünnerſt dik,
un it wünnerde mik auk. Hai raip naumol: „Jös
hintau, Stoffel! biu kümmeſt diu no Kaſſel?" — „„Jä,
Michelken! ſaggt' it, biu kumm' it no Kaſſel? It well
Napollium ſaihn un kann 'ne nit ſinnen — un 'ne
Machollern well it hewwen un kann keinen kryigen.
Denk an, ſau'n Hius! et Schild hänget derfüär, un it

6*

woll Loisunge in't Hius brengen, awer bai Luie mottet
unwyis syin; „wird nicht verabreicht", säggten se. Bat
sind myi dat füär Wäierde in sau'me Kassel?!" — Do
saggte Michelken: „Stoffel, saggte, if helpe byi tau
beiden Däilen: 'ne Machollern saste hewwen, un Na=
pollium saste saihn; ben Machollern in fyif Miniuten,
awer Napollium villichte äist moren Muargen." —
„„Jös, Michelken, saggt' if, äist moren Muargen? If
woll awer geren wier van Owend te Äggerinksen syin
un säggen moren Muargen Roggen — et is Tyit: usem
Vorstäiher syin Rogge schyint all grain."" — „Näi,
Stoffel, saggte Michelken, do is niu kein Gedanke an;
'ne Kasseler Nacht moste äimol hallen, biu maggest Na=
pollium van Dage saihn ober moren." — „„'ne Kasseler
Nacht? saggt' if; 'ne Kasseler Dag stäit myi all sau
hellest schlecht an, un ehr biu kamest, woll if all halwerlei
benken: wörste te Äggerinksen bliewen!"" — „Dat lot
dif niu söbber nit anfechten, saggte Michelken; awer
kumm! biu sittest bo schlecht — kumm, dat Noidigste teäist,
un dat is 'ne Machollern, äinen füär dif, un twäi füär
mif — biu hiäst doch Geld byi byi?" — „„Dat sall sif
schicken, Michelken! saggt' if un schlaug op myine Taske;
brei Schiepel Hawer, dat heww' if myi süärnummen,
well if an diän Napollium wogen."" — „Un wann biu
of nau äint tausettest, saggte Michelken, dann krasset byi
byine M'rickthryine auf be Augen nit iut." — Jä, dat
saggte, M'rickthryine! suihste, bat biu imme gubben Ge=
röchte bist düär be ganze Welt? Do seer in Kassel kennt
se byine Dugend. — Doch söbber imme Tär. Byi gengen
in en ander Hius rin un . . . ."

„„O, Stoffel, niu kann if et myi benken, biu 't
söbber kam: yi gengen rin, beställten ug 'ne Machollern,
un ächter'm Diske saat Napollium un brank sif auf
ennen. Segg, was't nit sau?""

„Näi, M'rickthryine, ganz ackroot sau was et doch nit. Nä, Michelken saggte, hai härr 'ne nau in keinem Wäiertshiuse druappen; un sauviel hai wüßte, härr Napollium äist twäimol in syime Liäwen en Schnäpsken drunken — äinmol süär der grauten Schlacht byi Saar= brücken, ümme sik un syime Sühneken Kuraaske in't Lyif te drinken, un tem andernmole byi Sedan, as' et iämme schlecht un seltsen woorte."

„„Stoffel, dann mäket dai ganze Napollium awer auf de Wäierde nit ryike; un use Wäiert hyi te Ägge= rinksen verbühe iämme 't Hius; dann dai lätt sik nit geren ümmesüs in de Stuawe spiggen.""

„Hiäst Recht, M'rickthryine! Doch hör söbber! Michelken bestallte us twäi Macholleru — dai Schnaps was gutt; der Wohrheit de Ehre! Un ik peck in myine Holster un woll myi myinen Stryipen Speck riutkryigen, diän ik myi van häime metnuammen harr. Awer Michel= ken saggte: „Stoffel, saggte, näi, dat gäit nit; Kassel is Kassel, un kein Äggerinksen und Lichtenogge nit; bla= mäier' dik un mik nit! Ik well us wat bestellen." — Un hai bestallte, un de Wäiert brachte jedem oppem syinen Täller en Lietlank Stiuten met 'ne halwen Liet= lank Kalwesbrohn deropp, un ik betahlte syif Grosken dersüär. ' „Krummenaut! dacht' ik, Timmerkasper hiät Recht, wann hai byim Hiusbüähren in syiner Priäcke siet:

„Ich war einmal im Land Hessen,
Da gab es große Schüsseln und wenig zu fressen."

Un ik saggte: „Michelken, saggt' ik, hyi is't soltrig! kumm, süs langet myine väier Schiepel Hawer nau nit. Kumm, lot us op de Napolliums=Jagd gohn; saihn mott ik 'ne, un van Dage nau!" — Gutt, vyi gengen Strot= opp, Strot=as, düär 't ganze Dinges düär; un sau vake aie us 'ne Heeren in de Maite kam met langen Kaniunen=

ſtiwweln, emme halſwiäges dicken Bnikſken, twäi Haſen=
ſteerten unner der Naſe un äinem Haſenſteert unner der
Miule runner, dann ſtott' it Michelken in de S{i}t un
jaggte: „Michelken, if paräiere: dat iſſe! It kenne 'ne,
uſe Wäiert terhäime hiät 'ne in der Stuawe haugen.“
Awer Michelken jaggte ümmer wier: „Nau lange kein
Napollium — if kenne 'ne biätter.“ Un vyi gengen, un
gengen te Kaſſel riut, un gengen ſau 'ne lange, lange
Schuſſäi, dai nahm kein Enne nit. Do jaggt' it:
„Michelken, jaggt' it, ümme Spazäierngohn ſin it nit no
Kaſſel kummen, un Schuſſäi hevve terhäime ſelwer, van
Lichtenogge bit Poterbuarn hentau. It well hyi Na=
pollium ſaihn.“ — „Saſt 'ne ok ſaihn,“ jaggte Michelken,
„kumm ments tau.“ — Un vyi ſchlüärten ümmer ſöbber,
un ſüär Verbraitlikeit kräig it myi myinen Speck inter
Holſter un hoggte drin. „Stoffel, raip Michelken, bla=
mäier' mik doch nit!“ — Do wort' it awer jalſk un
jaggte: „Of op fryier Landſtroote draff me hyi kein
Stückſken Speck iätten? bat is hyi dann ſüär 'ne
Welt?“ — „Stoffel, ſtiek den Speck in!“ jaggte: „ſuihſte
nit?“ —

„„Aha, Stoffel! niu hör' it et: Napollium kam
an, endlik!““

„Näi, M'rickthryine, wann diu dat meinſt, dann
meinſt' et wier verkohrt. Et was kein Napollium, et
was ments en Kinnermiäcken, met 'ner witten Schüärte
füär, dai ſorrte twäi Twillinge im Kuarſwagen. „Stoffel,
ſtiek den Speck in!“ jaggte Michelken, redäierde dat
Miäckſken fröntlik an un klopper 'me op de Backe, un
iät helt ganz ſtille: dann peck hai met annen Wägen
un halp trecken, un ſai hadden 'ne Discurs tehaupe, ſau
anmaibig un ſcharmante, aſe it un biu, te biämmol, aſe
vyi nau in der Friggeroth wören.“

„„Batte füehft, Stoffel! Hörte bat bann met tau
fyime Dennfte? Jf meinte, bai Salboten böhen nir
afe fchaiten un Schellergiäfte iätten."“

„Dat meint' if auf, M'rickthryine; awer myi fell
in, bat if be Salboten te Poterbuarn auf fau vafe faihn
harr, bat je ben Kinnermiäckens ben Kuarfwagen trecfen
hülpen; bat weert alfau wuall tau iärem Exerzitium
hören. Gutt — batt genf en Tyitlant föbber, un if
fchlüärte berächter hiär. Antlefte helt be Wage ftille,
un Michelfen kloppebe biäm Miäcksfen naumol op be
Backe un faggte: „Alfau, bit dün Owenb te halwer fiewen,
wann biu Water haalft; bann triähe if ftramm an byim
Kumpe oppem Market un helpe byi annen Demmer
packen."

„„Stoffel, jau Salboten het bodh iäre laiwe Ploge!
alfau bai arme Junge modhte nau Owenbs late ftramm
antriähn un ben Miägeben annen Demmer packen?"“

„Joh, M'rickthryine, je het et fur. Awer hai foh
ber nau recht wuallopp byi iut. Doch gutt — bat
Miäcksfen forrte terügge op Kaffel tau, un byi gengen
föbber. „Niu iet Speck, faggte Michelfen, fauviel afe
biu maggeft!" — Un if hoggte brin, bit bat if op ber
broigen Schwotel was. Do op äimol ftönnen byi füär
emme allmächtig grauten Hiufe, fau graut harr' if in
ganz Kaffel keint faihn, un fiewen Kiärfen met fiewen
Kiäipels konnen brin wuhnen. Jf räit beibe Augen
uapp fau wuit af' en Wagenrab, un was ftumpftill.
„Jä, jä!" faggte Michelfen, „bat föll wuall en Huisfen
fyin! Dogigen kann't Simminor in Poterbuarn inpacken."
— „Un bei nigge Wullhalle oppem Liborjus=Biärge
auf", faggte if; „biuviel Parteniggen muget in biäm
Pofchemänte wuall ter Hüre fyin?" — Michelfen am=
febe nir un fanf:

„Was kraucht dort in dem Busch herum?
Ich denk', es ist Napollium."

„Bo, bo, Michelken?" raip it, „bo kruipet hai
rümme?" und wahrte met den Augen jeden Busk in
dem grauten Gooren, dai rund ümme dat graute Hius
genk.

„„Stoffel, Stoffel, et weert myi wäihmaidig ümme
't Hiärte! Alsau: in Büsken un Dören kraup hai rümme,
düse füärnehme Menske, düse Kaiser Napollium? Wat
mochte dann wuall iyine Büre slubbrig un rieterig woren
iyin! Un iyine Frugge was seer in Paryis un konn se
iämme nit lappen! Midden manker Büsken un Dören!
Diu laiwer Guatt! bat kann en Menske oppen Hund
kummen! If wöll wuall gryinen!""

„Grabsau dacht' ik auk, M'rickthryine! Awer
Michelken lachede un saggte: Stoffel, saggte, dat is ment
sau'n Versken, bat de Musketier Kutschke in syime klauken
Häiern iutdacht hiät. Näi, dai Napollium wahrt sik
wuall, dat hai nit düär Büske un Dören kruipet. In
düm grauten Schluatte — me nennet et Wilhelms=
höchte — do hiät hai en Loschemänte, sau kryig' ik et
nit, un sau krist diu et nit, un wan wyi ok beide en
Verrel vamme grauten Lause gewünnen — jeder Staul
un jedes Kanapäi van Pluis un Schamäster — op jedem
Disk 'ne Salvette — op jedem Bühn 'ne Dieke, sau
ichoin as' im Daume te Poterbuarn oppem haugen Kauer
— un bat hai ietet, un bat hai drinket, sau settet et
dyi dyine M'rickthryine nit op Austern un te Fastowend
füär — awer syin Awetyit sall schlecht syin, segget se,
hai hiät syi byi Sedan den Magen verduarwen: denn
do is iämme en Trachtemänte füärsatt woren, bat nau
ichwöbber te verkniusen was ase Schauhniägel un inge=
machte Kellerbüähren, un wann hai ok alle Dage en
Ächtelken allen Münsterländer dropsätte. Kurzum, dai

Napollium — — — awer Stoffel, gif Acht!" raip
Michelken, „gif Acht; rhit be Augen uappen! suih, suih!
suihste nit?" „„Bo, bo?"" raip it — „bo, bo!" raip
Michelken, „in diäm Wagen, bai met väiern lank soiert,
strack op et Schluatt tau."

„„Hu — Stoffel! it biwre süär Plasäier — in
diäm Wagen saate inne, un bo hiäst 'ne saihn un hiäst
'ne anredäiert un van myi gruißet, as' it byi besuallen
harr'.""

„Flaitepyipen, M'rickthryine! Dai Wagen schnauf
an us verbyi ase be Duiwel. It käit, ase wann it 'ne
Notel insiämmen söll — awer 'ne Hellebock well it syin,
wann it saihn hewwe, bat ober bai derinn saat. Ments
'ne Stritz vamme schwarten Schnurrboorde, mein' it,
härr' it saihn; awer wann it berop schwüären söll, dann
säggt' it näi. „Stoffel, laup!" raip Michelken, „bo, op
bai graute Poorte tau!" Un vyi schlaigen be Bäine
oppen Nacken un klabasterben berächter hiär, bat myi 't
Ouerel an ber Büxe buasten is, un 'ne ganzen Tropp
Luie un Blagen, be auk passet habben, laip met us.
Enblik was it byi ber Poorte, awer piusten konn it nit
mehr, sau harr' it mik astrawallet. „Suih, suih!" raip
Michelken — un bat heww' it saihn? Twäi Luien
heww' it oppen Puckel saihn, bai grabe ter Poorte rinn=
wippeben, äinem bicken un äinem schriäwen un wiäg
wören se, ase be Kugel iut ber Büsse — un kannste mik
bautschlohn, bann kann it byi boch nit seggen, bilke Puckel
biäm Napollium hoorte, bai sette ober bai schriäwe.
„Niu kumm, Stoffel!" saggte Michelken, „bat Plasäier
hiäste niu hat." — „Hat?!" saggte it — „Michelken,
biste unwyis? Kumm, niu goh vyi rinn in't Schluatt
un maket use Kumpelmänte, un it segge: Gurr'n Dag,
Heer Kaiser Napollium! it sin bai Halfspann=Bure Stoffel,
Kumpestplänter van Aggerinksen, un väier Schiepel Hawer

heww' if et myi koſten looten, ümme ug te ſaihn, un ſall
ug gruißen van myiner Frugge; un wann yi bo Nauth
lyien ſöllen, hiät ſe ſaggt, dann ſöll 't iär oppen Schinken
nit ankummen — kumm, Michelken, myine Anrede kann
ik aſe 'n Vatterunſer; op plattduitſk heww' if et myi
iutdacht, un op hauduitſk well if et iämme ſeggen —
gloiw 'ments, if ſin pollißig." — „Dat gloiw' if byi
geren", ſaggte Michelken, „awer kannſte auf pollißig
franzoiſiſk kuiren?" Jk ſchrempede mik un taug den
Puckel krumm — „un hiäſte 'ne Schyin van der Com-
mandantur?" if taug den Puckel nau krümmer —
„un hiäſt dik acht Dage fuäriut anmeldet tau'r Audienz?
un hiäſt 'ne Frackrock byi byi un 'ne Cylinderhaut un
witte Hansken un 'ne witten Hals=Schlips?" — Jk taug
den Puckel ümmer nau krümmer un ſaggte: „Michelken,"
ſaggt' if, „op ſau ſyine Trachtemänte hiät myine Frugge
nit taukuacket, ehr if van häime genk; ment Speck un
Siſiblons=Wuaſt hiät ſai myi metgafft!" — „Suihſte?"
ſaggte Michelken — „alſau, biu if ſaggte: dat Plaſäierken
hiäſte hat, un if hewwe byi dertau verhulpen. Diärümme,
denk' if, weerſte erkenntlik ſyin un trachtäiern uß nau
'ne dügenden Machollern; un dann ſtyigeſt diu innen
Zug un ſoierſt bit Wilboſen oder Buke — do blyiweſte
düin Nacht. do ſchnitt de Wäierde nit ſau ſcharpe aſe
hyi in Kaſſel — un moren Muargen biſte byi Tyien in
Äggerinkſen un gruißeſt dyine M'rickthryine un ſieſt iär,
dai Schinke, diän ſai ſuär Napollium üwrig macht härr,
diän ſöll ſai an Musketier Michael Frielinghaus,
56. Regiment, 2. Compagnie, Kaſſel, ſchicken. Kumm!
un if goh dann wier in myinen Denſt . . ." — „Un trieſt
an oppem Market un päckeſt diäm nuitliken Miäckſken
byim Kumpe annen Demmer . . . ." — „Jo wuall,
Stoſſel," ſaggte Michelken, „dat brenget de Denſt alles
ſau met ſik. Vertell' et awer te Lichtenogge nit, bat if

füär schwore Verpflichtungen in myime Denſte hewwe:
füs grwint myine Mutter." —— „Michelken, if verſtohe",
ſaggt' if, un oyi brünken us den Machollern ober of
twäi, if betahlte un ſtäig innen Zug, un, Guatt ſyi ge=
danket, if ſin glücklif wier in Aggerinkſen un vertelle
myiner M'rickthryine, dat if in Kaſſel un Wilhelms=
höchte wiäſen ſin un hewwe Napollium Bunnaparte den
Drübben ſaihn — hett dat: ſyinen Puckel un 'ne Striz
van ſyime Schnurrboort. If heww' et Geld laif —
awer dai väier Schiepel Hawer mögget mif nit. Bat
kann if niu vertellen!!"

'ne netten Uckord.

Do genten imme Strunzerbale legget 'en Duarp,
dat hett Aſſinkhuſen, en ſtöbig Dinges — jä, dat konn
vi myi gloiwen! In diäm Dinges is 'ne Mann, dai
is all Magiſter, Handelsmann, Affekote, Sicketarges,
Bugelfänger un alles Müglike wiäſt, ſau dat et uſe
Hiärrguatt nit alle im Koppe behallen kann, un hiät
en gutt Mundſtücke un ſiet ſelwer, hai könn Franzoiſiſt
un Spanniſt grad ſau gutt aſe Türkiſf. Abſonders nette
kann hai kuiern in der Jiudenſproke, un bai 'ne ſau hört,
ſöll meinen, hai wör „einer von unſere Leut". Hai is
keinen ſchlechten Jätter, awer 'ne gubbden Drinker; un
wann diu iämme imme Wäiertshiuſe en Kräusken Warm=
bäier füärſetteſt un, verſtäit ſik, of betahlſt, dann dögget
hai luaß un vertellet der ganzen Geſellkop ſau lank un
ſau bräit, aſe m' et hewwen well.
Terjohren ſaat hai mol wier im Wäiertshiuſe, un
de ganze Stuawe was an iämme te heſſen, datte ver=
tellen ſöll. Antleſte lait hai ſik plattichlohn, ruchte ſik
mol oppem Staule un ſenk an:

„Na, lotet den Kraus kummen, un ik well ug ver=
tellen en Stücksken van „unsere Lait". Saiht: ik saat
hyi füär vertain Dagen op bür selstigen Stuie ächter'm
llawen, un gonnte myi 'ne Bittern füär't Lyiswäih.
Do kam sau 'n kleinen, krotzigen, bestelligen Keerel rin
met 'me vossigen Backenböörbeken un äinem schiällen
Auge, un be Tippel van der Nase henk 'me bit üwer'n
Schnawel runner. Ik dachte: „Na, bai hett ganz gewiß
Itzig ober Mausken," un dacht' et sau harre, bat hai 't
horte. Do satte myin Keerlken sich in Posentur un
saggte: „Verßaihen's, verehrter Herr! ich haaiße Schmuhl
Kalmen Löwenstein et Kumpenyi unb mache in Kurze=
Waar." Un bai kleine Krotz senk an te schennen as' en
Krüpel, bat in sau 'm Lumpenneste kein Menske wör,
bai iämme syinen Kuffer metten Musterstahlen füär
syiftain Grosken Gelb üwer Sielenkhusen no'm Wint=
merge driägen wöll. „Fufzehn Grosken, au waih! bas
nennt mer wahrhaftig nit gefarirt!" Ik saggte: „Jiuben=
kind! hiäst Recht, syiftain is 'ne hauge Tahl; biärümme
gif biu myi ments 'ne inzigen, häilen Berlyiner Daler,
dann goh ik met byi un briäge byi byine Schoore."
(Waare.) — „Au waih geschroggen!" saggte hai un
krassede syinen Boßboort, „na, wahrhaftigen Gotts, ich
kann's nit!" Do saggt ik: „Dann syi sau gutt un brieg
byinen Packen selwer!" No, byi sengen an te hanbeln
un te ackorbäiern, hai gnappede oppen Tiännen, un ik
saggte antleste: „Ik well nit sau an ben Groskens hangen,
ase biu; für syifuntwintig Täcke (Groschen) well ik byi
byine Plünse nobriägen, awer in jebem Wäiertshiuse,
bo byi verbyi kummet, moste mik sryi hallen." — „Na,
unb wieviel Wirthshaaiser seind benn bas?" — „Jiuben=
kind!" saggt' ik, „Wäiertshuiser sind byi byi us te Lanbe
sau ror ase Saffron. Diu stäihst bik gutt byi usem
Ackorb: awer, weste nit, bann auk gutt! bann brieg byinen

Pünsel selwer!" — Hai ankebe un söchtebe un bräggebe
an synem Nasentippel; dann käike mik an van uawen
bit unnen un saggte: „Seind Sie ein nüchterner Mann?"
— Ik saggte: „Gewiß, Jiudenkind! alle Muargen
nöchtern." — „Na, dann meinetwegen! der Akkord soll
gelten!" Un sauglyik henk hai myi syine Schoore oppen
Nacken, ohne datte den Wäiert saihn habde, un vyi gengen
luas. Byi wören twintig Schritt düärt Duarp ropper
gohn, do bläif ik stohn un saggte: „Heer, wann't gefällig
is!" — „Na, was is!" saggte hai, un ik amsebe: „Jiudenkind! hyi strecket use Hiärrguatt den Aarm iut — Station
Nro. 1." — „Au waih geschroggen! mer seind ja noch
nit 'raus 'm Dings." — Ik saggte: „Kontrakt!" un genk
tem Hiuse rin un bestallte Bäier un Schinkenfläiß. Myin
Jiude kam lanksam nohgesocket: ik saggte: „Bai niu
gescheibt is, dai ietet un drinket met." Un richtig, hai
was sau gescheibt un hoggte rintem Schinken, ase wanne
moren hangen söll; ik dachte! „wann hai doch niu opp-
hörte!" un raip en paarmol: „Gasser, Gasser!" — awer
hai kohrte sik an nix, un vyi worten fix ferrig met usem
Traktemänte, hai beschulmede (bezahlte), un vyi gengen
södder un tem Duarpe riut. No 'ner Stunde kamen
vyi no Brunscappel. Do kräig myin Jiude den klauken
Infall un woll ümmet Dinges rümme gohn un saggte:
„Mer strecken hier zu." Ik awer saggte: „Suihste do
diän Strauhwisk nit? Dai Wiäg is verduan, un de
Flurschütte pennet dik iut" — un genk stracke Stroote,
un strack oppet Wäiertshius an un saggte: „Station
Nro. 2." — Hai kam verdraitlik hinner myi rin; do
schriggede all de Wuast in der Panne, un ik saggte:
„Jiudenkind! ik heiwe dacht, taur Afwesselung wör ok
mol 'ne gudde Wuast nit te verachten." — Niu mott
ik iämme taum Rauhme noseggen: hai was wier sau
klauk af' en Menske un aat un drank met, hai betahlte

un wi gengen föbber op Sielenthusen an. Asse wi füär'm
Dinges wören, do woll hai myi wier düär 'ne Twiete
(Seitengasse) wippen; it awer saggte: „Jiudenkind! is
dyi dyin Liäwen laif, dann blyif op stracker Stroote!
in biär Twiete is en Schlaut, bo is füärge Wiäcke en
Piärd metsammt dem Ruiter versuappen, un gäit niu
spauken un päcket Jeden, dai bo kümmet un doiper 'ne
imme Schlaute." — Hai worte witt ümme de Nase un
saggte: „In Ernst? is 's wahrhaftig wahr?" — Un
it saggte: „Jiudenkind! bo denkeste henne? meinste, it
lüge dyi wat füär? Awer goh ments tau! biu bist jo
doch nau nit dofft." Do worte giäll ümme de Nase
un saggte: „Mir gruselt's! un mer wolln anhalten thun
die stracke Straße." Un wi machten Station Nr. 3 —
Suurbrohn met Felsenbäier; twäi Huiser föbber, un
wier en Schild: Station Nr. 4 — gebackene Frällen
met Bockbäier van Üwerkärken; siewen Huiser föbber
iiwer de Brügge, un wier en Schild; do saggt' it: „Hyi
wellve us Kramtsvügel brohn loten," — bo wort' et
iämme seltsen, un hai raip: „Au waih, au waih! mer
dörsen nit essen, was ze Tode gedämpft ist — mer
wollen gehn waaiter!" — It awer saggte: „Hyi te
Lande weert de Kramtsvügel alltehaupe schlachtet, un ganz
tooisher — düse Wäiert lätt allemol Jiuden-Läip van
Bryilen kummen." Un it genk rin, un dai laiwen
Bügelkes schmachten echte, un Schmuhl Kalmen Löwenstein et Kumpenyi fraat met un frogede nit mehr, of se
dempet oder schlachtet wören. Hai taug syin Builken,
un wi saggten Adjiis. Asse wi füär der Düähr woren,
do peck hai mik byi der Mogge un saggte: „Mein! was
bin ich für 'n Esel gewesen!" — It saggte: „No, wann
diu meinst, it well't byi gloiwen." — „Un ich thu's
nun nit mehr thun, ganz und garaus nit! maain ganzer
Rebig (Profit) vun ganz zwaai Tage geht mir schyiwes!" —

It awer habb' all wier de Klinke vamme andern Wäierts=
hiuse in der Hand un raip 'me tau: „Jiudenkind, kumm!
hyi is Rebig te maken; hyi weert de styiweste Kaffäi
kuacket op tain Stunde Wiäges un koftet fau gutt afe
nix; dai fall us beiden gutt daun". Hai kam luinsk ächter
myi hiär, afe wanne 'ne Maikawel imme Ohre häbbe:
do schnurrte all de Pankrottsmühle in der Küke, un balle
habben vyi 'ne Drüppen füär us ftohn, do konn me den
Haut füär aftrecken. It faggte: „No, hemw' it dann
niu nit Recht hat?" Hai amfede nir, drank awer fyin
Part ehrlik met un betahlte. Ehr vyi ter Düähr riut
gengen, ftallte fik füär mik henne un käik mik fau rührend
an, darr't myi örntlik düär't Hiärte fchnäit, un faggte:
„Hären Se, Herr Kumpiersch! Nu thu' ick nit effen
mehr die Krümmel un kein Dröppelche drinken, bis dat
mer feind zu Winterberg — wahrhaftigen Gotts!" —
„Jiudenkind! dat kannste maken, biu diu weft; it well't
wuall alläine verwahren füär us alle beide." — „Hären
Se, Herr Kumpiersch! Se werden doch nit fein wollen
aain unbefchuffter Menfch?" — „Jiudenkind, Jiuden=
kind! met fülken Kumpelmänten fchwyig myi ftille,
füs ...." — „Hären Se, laffen Se uns thun zerraißen
den Kontrakt ganz in die Güte!" — „Dann brieg diu
of ganz in der Güte dyine Plurren, gif myi myine
Groskens un it goh terügge, bo it hiär kummen fin; un,
ohne Schmeichelei: diu bift en Spitzbiuwe!" — „Gotts
Wunder! as ich fullt faain!! Na, ich will mir nit ftraaiten
mit Sie; aaimol bin ich gewefen 'n Gamores (Efel),
un in maain Leben nit wieder!" — Gutt, vyi gengen
tem Dinges riut un de Strote op Silbach an. Häi
faggte kein Woort un fummäierde un fimmeläierde ftill
füär fik henne. „Jiudenkind! faggt' it, kriste myi't
Fraifen?" — „Mein! as mer nit fullt kriegen das
Frieren in alle Gliedern! Au waih! hätt' ich doch thun

geben den Thaler vull un nit thun machen diesen thaaiern
Aktord!" — „Jiudenkind! wann dat dyin ganze Beschwer
is — vyi beiden konnt binnen un loisen, biu vyi wellt:
dai Aktord lätt sik sachte ümmeschryiwen. Diu gist myi
jitzunders nau diän Daler vull, un verrig sin ve." Hai
spiggede witt un saggte kein Woort, bit dat vyi füär'm
Dinges wören. Do doh hai 'ne Söcht sau daip ase det
graute Pütt te Biekmen, un saggte: „Nur aaine Frage
in aller Gemüthlichkeit: wieviel Wirthshäuser seind hier
im Nest?" Jk saggte: „Elftehalf." Do schrempede un
krempede sik myin Jiude, as' en Wuarm unner'm Schauh,
un raip: „Au waih! un elfthalbmal Au waih! Na, ich
will nun auch sein ein ganzer Esel! ich will geben 'n
runden Berlyiner Thalerich." — „Gutt! saggt' ik, Schmuhl
Kalmen Löwenstein et Kumpenyi härr' glyik dün Muargen
iau klauk syin söllen; et wör billiger wiäst." Bai niu
awer düär de Twieten genk, dat was ik; denn imme
ganzen Dinge is ments drei Verrel vam Wäiertshiuse;
„mer strecken hier zu," saggt' ik, un hai mochte myi
folgen ächter der Pastrote hiär, düär Schloite un Poite,
bit dat vyi buawer dem Dinges wier op de Landstroote
kamen. Te Winterbiärg satt ik myinen Pucken diäll,
hai gaffte myi myinen Daler un soh 'me bedraiwet no
un saggte: „Na, vun diese Raaise werd ich thun ver=
zählen bei alle Laait!" Jk awer saggte: „Jiudenkind!
wann diu gescheidt bist, dann sieste kein Woort dervan.
Darr't awer unner de Luie kümmet, do lot diu mik füär
juargen. Adjüs, Heer Schmuhl Kalmen Löwenstein et
Kumpenyi!"

Gescheidte Luie imme ollen Testemänte.

Un daiselstige Allerweltskeerel, dai ug velieden ver=
tallte, biu hai diäm „Schmuhl Kalmen Löwenstein et
Kumpenyi" den Packen no'm Wintmerge briägen un diän
scharmanten Accord met 'me macht harr, saat wier imme
Wäiertshiuse un worte wier kietelt van allen Syien,
datte vertellen söll. „No dann!" saggte hai, „awer bo
is myin Kräußken Warmbäier? met droiger Struatte
verteller't sik ok droige." Ase dat Kräußken süär 'me
oppem Diske stont, worte alliärt un senk an.

- „Füär acht Dagen kam if no'm Winterbiärg, genk
no'm Odam Braun un lait myi'n Schnäppsken brengen.
As if myi niu alles, bat in der Stuawe saat, der Ryige
langes bekäik, biänne soh if doh? Wahrhaftig, ächter'm
Diske saat myin Schmuhl Kalmen Löwenstein un harr
'ne Teller vull Schinkenfläiß un 'ne Schoppen Wyin
süär sik stohn. If nuckede iämme fröntlik tau, awer hai
käik mik ganz vernyinig an un saggte iut Spyit: „Na,
Herr Raise=Kumpiersch! wullt ihr aich nit aach en
Schöppchen kummen lassen?" — If saggte: „Jiuden=
kind, wann byi use Kumpenyi van neulich sau gutt ge=
fallen hiät, dann well if myinen Genesaurum (Schnaps)
stohn loten un maken wier Geloge met byi; dann lot
nau äin Glas kummen!" — Do käik hai awer nau
vernyiniger un saggte: „Maain! saggte, is nit geworden
unser Accord zu Müll un Asche, datt mer 'ne kann
schnuppen wie Schnupptaback in die Nase? maint ihr
Gojims, ihr wärt geschaidt allein un könntet beschuppen
jeden von unsere Laait, so mir nischt dir nischt?" —
„Jiudenkind, Jiudenkind! saggt' if, syi stille; süs ver=
tell' if diän Heerens hyi in der Stuawe van user Reise,
un bat diu süär'n geschaidten Accord met myi macht
harrst. Syi diu sau gescheidt, ase biu wist, if gloiwe

doch, vyi beiden maket van Dage nau Gelog tehaupe,
un biu betahlst füär mik met." — „Na, saggte, wann
das wahr würb, baß ich wieder beschulmen (bezahlen)
thäte für aich, dann sullt ihr sagen für alle Lait, Schmuhl
Kalmen Löwenstein und Kumpenyi wär verbrannt in
sein Gehirn und hätt barin nit sitzen so viel Grütz un
Geschaaidtheit, as mer könnt schnuppen mit diese zwei
Finger." — Do saggte be Doktor Frese, bai am andern
Diske saat, un saggt' et sau harre, bar't te Jiude hoorte:
„Nun hört doch, wie der Kerl mit seiner Gescheidtheit
prahlt! Wer hat benn in seinem Leben einen gescheidten
Juden gesehn? Jobbern und schachern das können sie,
pfissig und knissig sind sie alle, aber ein herzhaft ge=
scheidter Kerl ist im ganzen alten Testament nicht zu
finden." -- De senk awer myin Jiude an te priusten,
ase wann hai selwer Aske schnuawwen härr, un woll
biäm Doktor un ber ganzen Gesellskop bewyisen, bat be
Jiuden gescheidter wören ase be Christen, un raip un
träggede as' en Hiärwesthahne. Do bacht' ik: „niu is
et Tyit!" un genk riut, taug myi Obam Braun syinen
Sundagsrock an, sträik myi myine langen schwarten Lösse
(Haare) üner be Blesse runner bit in be Augen, lait
myinen Nasentippel bit iiwer be Tiänne runner hangen —
(saiht, sau! Myine Nase is nämlich von Gummiglastikum
un boiget sik, biu if well) — kam dann ase lyishaftige
Jiude wier inter Stuawe un saggte imme Jiudentaune:
„Schaulum el aachim! Na, un hab ich die Ehr', zu sehen
Herrn Schmuhl Kalmen Löwenstein und Kumpenyi, as
da macht in Galanteryi und Kurze=Waar'? Na, un was
dibbert (reden) ihr benn? na, un was schmiuset (sprechen)
ihr benn? Main, as nit sullt sein 'n geschaaidter Mann
in's ganze alte Testament? Schmuhl Kalmen Löwen=
stein und Kumpenyi, här und laß bir sogen, daß ich
bin 'n Dokter in die Phillosoffyi un Pursteher vun die

Synagoge in Frankfurt — b'stell uns zwaa ganze Flaschen
und zwaa Gläser derbai, und ich werd dir helfen dibbern
und bewaaisen hier für die Gojims, daß die Geschaaidt=
heit ze Haus thut sein in's alte Testament und bai unsere
Laait' vun de Generaziaun in de Generaziau! Un ver=
stummen sollen die Gojims, as wie der Kanalljenvogel
in die Zaait vun die Mauser."

Un Schmuhl Kalmen Löwenstein worte sau kriegel
as' en Immeken, whilank dat hai Hülpe kräig, bestallte
twäi ganze Pullen un twäi Gläser, betahlte op der
Stelle, gaut inn, stotte met myi an un saggte: „Schau=
lum el aachim! Herr Dokters, Herr Bursthers van die
Synagoge! scheen, scheen! helfen's mir dispentiren! die
Gojims wullten mir machen macholle." — Un if drank
iut, drank naumol iut, satte mik in Posentur, taug
myinen Nasentippel nau lenger un senk an:

„Maaine lieben Chrischten! Unsere Laait' sein
g'schaaidte Laait' — un ich werd's thun bewaaisen so
klar as die liebe Sunne, un werd's bewaaisen raus die
Geschichte un raus die Litteratursch. Is nit gewesen
unser Vatter Abram ain g'schaidter Mann? Hat er
nit verstanden die Masematte aus dem F? Hat er nit
gethan handeln selber mit dem lieben Gott un geackordirt
von die sufzig Gerechte runter bis auf die zehn? Is
da nit gewesen unser Vatter Jakob ain grundg'schaidter
Mann? hat er nit, als er kaum trocken gewesen hinter's
Ohr, hat er da nit bemempelt (betrügen) sain' aignen
Etten mit die Hittchensfelle, un hat bemempelt sain aignen
Aches (Bruder) mit die Achyile von's Linsenmiuß? und
ist bemempelt worden selbsten nur ain ainzigmol in sai'n
himmellangen Leben, as da ist gewesen mit saine erste
Kalle? Is da nit gewesen sain ailfter Suhn, as da
hat gehaißen Joseph, ain kluger Mann, ain g'schaidter
Mann, und hat gemacht ain profitlich Kumpenyig'schäft

in's Regieren mit den Mailach (König) vun Egypten?
und war koochem (pfiffig) und hat gespickeliert in's Korn=
g'schäft auf die sieben Johr ins voraus? Is nit ge=
wesen Vatter Mauschen ain g'schaidter Mann, as da
hat zerschlagen das goldne Kalb zu klaine Münz? Und
hat gethan haben aine g'schaidte Schwester, as da is
gehaißen Mirjam, und is gewesen mauschikalisch, und hat
gesungen so schain as wie die Jenny Lind in de Tochter
vun's Regiment. Und is nit gewesen Simson ain
g'schaidter Mann, as da kunnt aufgeben zu rathen die
Charade vun 'n Löwen un den Honig? und is gewesen
ain kraußer Ginerol, as da hat geschlagen die Philisch=
ters, au wäih, mit 'n Kinnbacken vun 'n Gamores?
Un is da nit gewesen Mardochai? war nur vun die
klaine Lait un hat geschachert mit nix as Lumpen un
Hasenfell, un war doch g'schaidter as de Herr Minister
Aman Exlenz — un hat gemacht sain Cousinchen, die
schaine Esthers, zur Goie (Gemahlin) vun 'n kraußen
Mailach, un hat der krauße Mailach nit mal gefragt:
„Nu, Mardochai, was kriegt se mit?" — Doch und aber,
maine liebe Chrischten, was söllt' ich dibbern noch waiters
un verzählen vun all die g'schaidte Männer, as da sind
gewesen vun unsere Lait in's alte Testament? thu' ich
denn haben eine Lunge von Siegerländ'sch Sohlleder?
thu' ich denn haben ain Mundstück von Gußstahl, as
wovon mer thut machen in Essen die Kanonen vur die
Ausstellung ze Parryis? Derwegen will ich mir fassen
in die Kürze und thun an die Hand vun die Geschichte
nur noch drai Schritt in die naie Zeit. Is da nit
gewesen Nathan der Waisenknab', g'schaidt, überg'schaidt,
und is worden von Herrn Lessing versetzt unter die
Hail'gen in 'n Himmel? Und is nit gewesen das Haus
Mendelsjohn et Kumpenyi, as wovun der Krauß=Ette
is gewesen ain g'schaidter Mann in die Bücher un die

Phillosoffyi, und der Ette ain g'schaidter Mann in die
Papierchens und die Prozentchens, und der Herr Sohn
ain förchterlich g'schaidter Mann in die Schwerrenoten
und die Mausik? Und kann mer das nit thun haißen die
G'schaidtheit van die Generaziaun in die Generaziaun?
Thät mer doch nit finden desgleichen bei die Gojims,
un wann mer wollt suchen drai Tag mit die Gaslatern
in die Hand. Und dann der Rautschild — au wäih,
wollt' sagen, der Herr Barunn vun Rautschild! Nu,
bai dem Wort fallt mir un jedem vun unsere Lait' das
Herz raus der Borscht bis runter in die Stieweln vun
wegen die grauße Ehrforcht und Respect! hat gefangen
an as wie der Mardochai, in die Judengasse zu Frank-
fort — schaine Gasse, un schain riecht der Knoblauch
— un ist gewesen g'schaidt un hat gekennt die Papierchens, un hat gewußt alles, wo sich zu machen gewesen
ain G'schäft, un hat so lange gezogen den Hut vor
Jedermann, bis ihn die Förschten un Potentaten haben
gezogen vor ihm, und sein Herr Sohn Hochwohlgeboren
zu Parrvis hat hinterlassen tausend Milljaunen — —
tausend Milljaunen, na, wann das kaine G'schaidtheit
sein soll, dann waiß ich's nimmer. Und sind da nit
gewesen unsere Lait' krauße Baacherts (Helden) in de
schaine Litteratursch? Is da nit gewesen der krauße
Dichter, as da ist gehaißen Heinrich Heine, ain g'schaidter
Mann? hat sich zwarens lassen schmadden (taufen) und
hat Gasser (Schweinefleisch) gefressen, aber's Herz is ge-
blieben jüb'ich, echt jüb'sch; un hat gehat Segel in sain
Hirn und gedichtet das schaine Lied vun de Lurrelai
(singend):

> „Ich waas nit, wat sulls mer's bedaiten,
> As ich so traurig bin?
> Ain Mädchen aus alte Zaiten
> Das will mer nu nit raus 'n Sinn."

Unb's Mädchen ist gewesen schain, au wäih, sau schain
(singend): „Die schainste Jungfrau sitzet da boben wun=
berbar." Unb's Mädchen is gewesen raich, as da hat
gehatt ain gülben Geschmaibe, un hat gehatt gülbene
Haar', un hat's gekämmt mit 'n gülbenen Kamm —
wann is gewesen bas Gülb echt, so hatt se bafür thun
geben zem Mindesten sufzehn Luggebors — sufzehn Lugge=
bors! ain kraußer Dichter! ein g'schaibter Mann —
Un is ba nit gewesen ber Herr Meyerbeersch, mit Vur=
namen Jaköppel, be krauße Kumpeniste? Kotts Wunber,
as ber war g'schaaibt!! Hat er nit zu Berlin guten
Rebig (Profit) gehatt alle Johr mit zwelsbausenb Berlyiner
Dolers? hat er nit verzickt die Herren Perryisers in die
krauße Oper mit Robert ben Daibel? mit bie tanzenbe
Nunnen? mit's Ballet vun bie schaine Schickels? mit
bie berühmte Gnaben=Arie (singenb):
    „Mitlaab, Mitlaab vur bie aaigene Seele,
    Unb Gnabe vur mirsch."
Unb sull mer nit ziehen ben Schabbesbeckel vur ben Herrn
Lasker in bie Kammer ze Berlyin? Main! as ber is
g'schaaibt!! as ber waiß ze bibbern un ze bispentiren
vun bie Religiaun, un vun be Gojims, un vun bie
Baichtstüihle, un vun bie Unsehlbarkaait! Kotts Wunber!
un allemol, wann er thut bibbern, bann schraibt bie
Zaaitung allemal in bie Klammer: „Heert, heert!"
    Un nun, maine liebe Chrischten, was sagt ihr benn
nu? saib ihr nit verstummt, as wie ber Kanalljenvogel
in bie Zait vun bie Mauser? Unsere Lait' sein g'schaibte
Lait', un blaiben g'schaibte Lait', as ich hab' bewiesen
'raus bie Geschichte un 'raus bie Litteraturich. Vun
maine aaigne klaine Perseenlichkeit will ich schwaaigen
in Demuth. Aber, Schmuhl Kalmen Löwenstein unb
Kumpenyi, sog selber: hob' ich bir nit geholfen raus bie
Patsche? hob ich bir nit gemacht bie Gojims macholle?

Un aller guten Dinge fain drai; darum bestell uns die britte Pulle, un dabai wullen mer leben lassen hoch un braimol hoch die G'schaibtheit vun unsere Lait'." —

Un myin Schmuhl Kalmen Löwenstein was sau krebällig woren füär liuter Plasäier un blenkede imme Gesichte as' en Paar glanzliären Stieweln, bruchte myi de Hand un saggte: „Schaulum el aachim! Herr Dok= ters, Herr Vursteher von die Synagoge! ich thu mir bedanken 33,000 mol! Sie seind ain kraußer Mann, ain gelehrter Mann, ain g'schaidter Mann. Un nun trinken wir in aller Frainbschaft und Gemüthlichkait aine Flasche Champagner." Ach, Kinners, bat schmeckede dai Champagner! binoh nau biätter, ase büt Kräußken Warmbäier! Un as' ik myin leste Glas iutdrunken harr, do sträik if myi myine schwarten Lösse wier iut dem Gesichte riut, stotte myinen Nassentippel wier in be Höchte, dat if wier en christlich Fassonn kräig, satte mik an den andern Disk ächter myin Schnäppsken un käik sau dumm un sau broige in be Welt rinn, ase wann nix passäiert wör. Awer jös hintau, myin Juibeken! bat machte dai füär'n Gesichte!! et was en Daler werth unner Braiers — un bat lacheben all dai Andern!! Et durte keine anderthalf Miniuten, do was Schmuhl Kalmen Löwen= stein un Kumpenyi tem Dinges riut un genk de stracke Strote rop in't Waldeggiske.

„Adjüs! bit oppen andermol!"

Niu is et wual Tyit, te ruggen, te rasten!
Ik segge met Obam: „de Quint' is myi buasten."
Un ug is de Puckel ok vull genaug luaggen,
Un Wind genaug iümme be Köppe sluaggen.
Jä, saiht ug mol iümme un kyiket mol iäwen,
Biu duister van bloem Dunste de Hiäwen![1]

De Wind dai wägget, de Hahnens dai krägget,
Un haug' op den Diäkern de Fahnen sik drägget —
Wann de Strunzerdehler nit soortens[2]) schwyiget,
Dann gloiw if nau, dat vyi en Dunnerwiähr kryiget.
De Strunzerdehler well stille syin:
Foort schyint de Sunne wier klor un syin,
Un wyil't niu sau schoine sik oppeklört hiät,
Do niämm' if de Kapp' un myin hülten Piätt,
Un denke doran, dat de Schültske saggte,
Bo sai den Gästen de Diiähr oppmachte.
If hemw' ug ments büt äine te mellen:
Wann ug myine dullen Spargitzen gesellen,
Well if ug biär Schnäckskes nau vake[3]) vertellen.
Wual is et nix Fyines, wual is et kein Gold;
Denn Sprickeln un Spöne sind hülten Holt;
Doch söll ok dat Ganze nir widders heiten,
Me kann dermet doch den Uuawen anbaiten[4]).
Bai awer derüwer sik schüppen well,
Diäm gönnt' if, dat hai op de Nase sell';
Un well hai derüwer dann jalpern un schennen,
Dann kann hai sik schriftlich an mik verwennen;
Im äisten Vers, Psalm diärtig un siewen,
Do sinnet hai myine Abrässe geschriewen.
Niu mak' if nau'n artigen Dainer un Knir,
Dann rai'[5]) if mik iut dem Dampe six,
Un üwer de Strooten, do sing' if met Schall:
„Et liäwe dat froihliche Strunzerdal!"

Zweiter Theil.

Spargißen.

Ingank.

Et is niu Winter, un Sente Kathryine
Hiät schmieten den häiten Stäin intem Rhyine;
Doch mag et ok wintern sau nog' un sau wyit,
En froihlich Gemaithe hiät Sumer alltwit.

Et is niu Winter — de Stüärke sind tuaggen,
Tet Lauf van den Boimen is stuawen un fluaggen;
Nit Blaume, nit Farwe, sau wyit as if saih':
Ments haug' in den Wolken do blögget de Schnai.

Et is niu Winter — de Welt is verschnigget:
Do singet kein Bugel, de Uile ments schrigget;
Do weert kein Laid op der Strooten nit hoort,
Tet Water hiät selwer syin Riusken verlohrt.

Et is niu Winter — et windselt dobiuten,[1]
Byi maitet us all in de Huiser verschliuten;
Byi saiht ments de Welt duär Glitzen[2] un Glas —
Biu was et doch schoiner, bo Sumer nau was!

Et is niu Winter un Alles verstuarwen,
Der ganzen Welt is de Freude verduarwen,
Un bai se nit selwer im Hiärten drit[3],
Dai finnet se sieker dobiuten nit.

Im Winter, bo Alles vergohn un verfallen,
Do matt me fik graine Gebanken erhallen:
Dann mag et of wintern jau nog' un jau wvit,
En frcihlich Gemaithe hiät Sumer alltvit.

Gutt, bai en wennig Musyik verstäit.

„Frau! wann biu nit jau glyik ftille bift, dann
niämm' if bet Horen un bloje" — 'ne güllenen Sprük
jüär jeden Äihmann, bai en Schaubploofter taur Fruggen
friegen hiät. Hört an myine Geschichte un richtet ug
dernoh!

Max was Gemeinbesüäfter un Feldloiper, un 'ne
gejcheibten Keerel, harr' awer äinen dummen Straich
macht un fik 'ne Frugge nuammen. Un bat jüär enne!
'ne rechte Tange un Zantippe, en Süfter vam Duiwel
jyiner Graußmömme, en Sültemausgeficht[1]) un Sur-
ampertenbäier, jau jaite af' en Holtjurk, un grummelig,
af' en Pöttken vull Duiwels; ümmer geknurrt un ümmer
geknutert, un Knuterjoppe was Max jyin Muargen-,
Mibbags= un Owenbesiätten, en Trachtemänte jüär 'ne
Hundemagen. Kam hai Mibbages te froih iutem Biärge,
dann worte gejchannt, un kam hai te late, dann worte
gejchannt, un kam hai ter rechten Tyit, et worte ge=
jchannt un ümmer gejchannt. Bläif hai imme Hiuje,
dann hett' et: „jittet un jpachelt myi den ganzen Dag
bai Keerel jüär den Faiten!" Genk hai iutem Hiuje:
„loipet bai Keerel den ganzen Dag op der Strooten,
flixtert un jiulänzert, un lätt Frugge Frugge jyin!"
Gaffte hai Antwort, dann worte jai giftig, un jchwäig
hai ftille, dann worte jai jpinnedull — kurzum, myin
laiwe Max was 'ne gejchlagenen Keerel un konn jyine
Freube wual oppkryigen. Härr' jämme nit ümmer de

graine Wald in't Hiärte lachet, un nit de Wind oppem
Biärge alle Grillen un Ärgernüß vamme Rocke wägget,
hai härr' lengest den Tisek[2]) kryigen mötten un sik be=
grawen loten; sau awer bläif hai gesund, blais van der
Legge runner in't Dahl un lait Raiwen gutt Maus
syin. Aines Dages stont hai auk wier uawen oppem
Biärge un blais syinen halwen Mond, un blais alles
iuter Buast riut, bat syin Hiärte bedruchte. Dann be=
trachtede hai syin Horen un saggte: „Wann ik doch
bik nit härr', myin laiwe Hörneken, dann härr' ik of
gar nix; biu schennest nit, biu kyiwest nit, biu schällerst
ümmer saite un anmaidig, un bai bik hört, dai frögget
sik in der Säile; o wör' doch myine Frugge, ase biu,
dann häbb' ik den Himel op Eeren. Myin laiwe Hör=
neken, wäiste myi keinen Roth?" Un sau ase dat saggte:
do raipe: „myin Horen sall myi helpen!" un sprank
baumeshauge süär Plasäier; „äist de Frugge mol büchtig
ärgern un dann kuräiern süär alle Tyit!" Sau genk
hai häime, schlaug de Düähr bit süär de Wand, stotte
iyine Flinte in de Ecke, schmäit syine Holster midden
inter Stuawe, spartelde Staile un Diske büäräin, ase
wanne keinen Brocken häile loten wöll, flaukede un roselde,
un ehr syine ehr= un bugendsame Frugge sauviel Ohm
byinäin sinnen konn, ümme alle nigen un nigenzig
Dunnerkyil' herbyi te raupen, was hai tem Hiuse riut
un laip in't Wäiertshius. Do saate, bit de Wächter de
Elwe blais, genk häime, kam ruhig ter Stuawe rinn un
saggte kein Wort. De Frugge spiggede Fuier iuten Augen
un senk an te raupen un te schennen, dat de Kögge imme
Stalle un de Hahne op der Hauert wach worten, de
Hund unner'm Uawen awer joilte, ase wann se 'me de
Wied ümmen Hals tügen. „Frau, syi stille!" saggte
Max ganz sainig un artig; sai awer sprank in de Hi=
welten[3]) un raip un schriggede, giftig, ümmer giftiger,

dat de Flaigen an der Wand sik verschrecken mochten. „Bat, Keerel? ik söll byi stille schwyigen? ik? myiner Lebstage nit! sau lange, ase nau 'ne Ohm in myi is!" — „„Frau, syi stille, de Nowers weert wach."" — „Loot se wach weeren alltehaupe! loot Köster un Pastauer wach weeren! loot se hören alltemole, bat biu süär 'ne Keerel bist! pfui jases! sau 'ne Keerel! suttaane, sau 'ne Süper! sau 'ne Nachtspauker! sau 'ne Wiährwulf! sau 'ne .... jo, ik wäit de Wöörder nit alle, dai byi taukummet!" — „„Frau, syi stille! ik sin schlöprig,"" saggte May un doh, ase wanne jäiwede⁴). „Bat, Keerel? diu kannst von Schlope kuiern? diu kannst jäiwen, wamme byi de Wohrheit siet? söst dik fröggen, dat nau 'n Menske in der Welt is, dai byi in't Gewieten raipet, bat biu süär en Undier bist! 'ne Hellebock biste, 'ne Duiwel biste! joh, ik wöll wual sau ...." — „„Frau!"" saggte May, „„wann diu Musyik mäkest, ik kann auk en Instrumänte blosen,"" un nahm bedächtig syin Horen van der Wand, laggte sik in't Fenster un blais in de duistere Nacht rinn dat schoine Laieken:

„Ein lustiger Bruder weiß immer noch Rath,
Und wenn er auch manchmal kein Geldchen mehr hat,
So macht er ein kleines Concertchen zu Haus
Und bläst mit der Flöte zum Fenster hinaus."

Harr' de Frugge awer nau nit schannt, dann schannte sai niu! Herr du meines Lebens! bat was sai dull! sai kannte sik selwer nit mehr süär Gist un Galle, un hiärr' diäm May wual de Augen iutem Koppe kraffet un de Fetzen vamme Rocke rieten. May awer saggte ganz geloten: „Frau! hiäste nau Lust? dann wäit ik diär Stückskes nau mehr," un laggte sik wier in't Fenster un blais sau anmaibig, ase kunn:

„Was gleicht wohl auf Erden dem Jägervergnügen?
Wem sprudelt der Becher des Lebens so reich?"
van A bit taum Enne riut; de Frugge awer kräist süär
Gift, dat iär de Stemme ünwerschnappede un Fait' un
Hänne süär Wiuth biwerden, ase det Gras op der Müre.
„Frau! is et niu gutt? hewm' if genaug blosen? näi?
dann mott it myi biär Stücksstes nau mehr bedenken,"
un hai laggte sik wier in't Fenster un blais, graute Jagd
un kleine Jagd:
        „De Has' is daut, de Has' is daut,"
un
        „De Voß in't Huall, de Voß in't Huall,"
un biu de Jägerrhime alle heitet, un blais, bit de Wächter
an der Ecke de Twiälwe tutede; dai kam ganz verschrecket
unner't Fenster un raip: „Jömmer, Max, bat is luaß?
if söll doch meinen, biu könnst byi Dage genaug blosen
un de Luie byi nachtschlopender Tyit in Rugge loten!" —
„„If wäit nit"", saggte Max, „„if hewwe bün Owend
sau 'n apart Plasäier amme Blosen, un myine Frugge
auf; goh byiner Wiäge un loot mik gewehren!"" De
Wächter genk. Max schlaug et Fenster tau un soh no
syiner Frugge: dai saat oppem Klöss'ken un schnappede
no Ohme — sau harr' se schannt un schrigget, un was
sau häist, ase wann iär de Hals met Wulle iutstoppet wör.
Max henk syin Horen an de Wand un satte sik rüggelk
op de Bank. Do awer rappede de Frugge alles byináin,
bat se nau van Stemme imme Lyiwe harr' un senk an
te schennen un nohtehalen, bat Max üwerhort harr';
hai awer nahm syin Horen wier runner un saggte:
„Frau, wann't byi nau Spaß mäket, if sin's tesriän!"
un laggte sik wier in't Fenster un blais, un genten in
allen Nowershuisern gaff't et Gewach, de Lampen worten
anstiäcken un de Luie kamen imme Himede ant Fenster
un raipen: „ümme Guabbeswillen! bat is dat süär en

Liäwedage in dür Nacht!" Max raip 'ne tau: „me
mot jo wual syine Frugge wat te Plasäier daun; schlopet
ments söbber!" Un hai macht' et Fenster tau. Syine
Frugge awer was witt ase Krnite un beschwauwet [5]) füär
Gift, un soh sau barmhiärzig iut, ase wann sai reebert
wör, un saggte kein Stiärwens-Wöördeken. Max henk
det Horen op un saggte: „Frau, wann't byi kein Plasäier
mehr mäket, dann henw' it Fierowend, dann konn ve
te Bebbe gohn." Un hai draug de Lampe un genk ter
Trappen ropp, un syine Frugge solgede. Sai habben
en Poiseken imme Bebbe laggt, do senk de Frugge hellopp
an te gryinen füär Ärger, un bo sai en Poiseken grienen
harr', do woll se wier an te schennen sangen; Max awer
saggte: „Frau! it söll doch meinen, it hiärr' byi niu
genaug süärblosen; wann biu awer nau nit tesriän bist,
dann mott it de Büxe wier antain un halen't Horen." —
„„Mann! it bibbe dik ümme diusend Guattswill, lott
syin! de ganze Nowerskopp is jo wach woren!"" —
„Döt nix, Frau, loot se wach weeren, loot Köster un
Pastauer wach weeren, loot det ganze Amt Bryilen wach
weeren! loot se hören alltemole, bat it myine Frugge
laif henwe, un iär alles te Plasäier daue!" — „„Mann!
düse Owend is myin Daut!"" un sai druckte den Kopp
in't Küssen un was stumpstill. — „Gutt! wann biu
meinst, dann well ve schlopen."

Den andern Muargen, ase de Miägede den äisten
Dracht Water haalten, was op allen Strooten Rede der=
van, bat bai Nacht füär en Heidenspittakel un Blosen
imme Füästerhiuse wiäst wör; de Fruggens klageben, sai
häbben de kleinen Kinner nit imme Schlope erhallen
können, un äine nö der andern genk no der Maxeken
un woll wieten, bat passäiert wör; dai awer saggte kein
Woort füär Schiämmede, un ase Max Middbages iutem
Biärge kam, kräig hai 'ne fröntliken Gurr'ndag un 'ne

kräftige Haunerfoppe, dai fchmiärte iämme örntlik wier
de Nimwen; hai aat un drank un was fröntlik, afe wann
nix paffäiert wör, un de Frugge was fau fcharmante un
iau fleffen [6]), hai härr' fe ümme den Finger wickeln
können. Wann fai awer mol in der Folgetyit wier an
te nuren un te knuttern fenk, dann briukede hai ments
te feggen: „Frau! wann diu nit faugltyik ftille bift, dann
niämm' ik et Horen un blofe" — dann was fai fau artig
af' en Schautmöppel, un fai liäweden vergnaiget un
tefriän, bit dat fe ftürwen. Guatt hewwe fai fiällig!

Kauwes un fyin Ifel.

Halwe Porziaun an der Krüwwe, un duwwelde
Dracht Schliäge — dat is, bat eme örntliken Ifel tau=
kümmet; ohne Knüppel un Flauken is hai nit tefriän.

Kauwes un fyin Ifel machten alle Wiäke de
Meife van Bryilen no Poterbuarn un drügen
Pakäite, Braiwe, Beftellungen un Kumpelmänte henn'
un terügge. Platz[1]) der Spuaren briukede Kauwes 'ne
düchtigen Aikenbengel vamme Schellhoren[2]); fau man=
nigen Tritt, fau mannigen Schlag, un fau mannigen
Schlag, fau mannigen Flauk. Äinsmol woll de gäis=
like Herr auk no Poterbuarn un drap an der Poorte
Kauwes un fyinen Ifel, dai wollen des felftigen Wiäges.
„Muargen, Heer!" — „„Guten Morgen, Jakob!"" —
„Auk no Poterbuarn?" — „„Ja wohl, Jakob!"" —
„Krummenauth, Heer! dann maket vyi Kumpenigge; et
reifet fik te dreien doch biätter, afe wann' alläine
is." De Heer konn nit gutt Näi feggen un gaffte fik
drin; awer fai wören nau nit halfwiägs Wülfte, do
was hai dauf van all diäm Flauken un Dunnerwiähr.

De Jfel machte fyine Jfelftreiche, un Kauwes machte fuarte Fyiftaine un lait den Knüppel danzen, dat dem armen Jfel det Kruize rappelbe; dobyi awer flügen fau viele „Dunnerwiährs" düär de Luft, met „Ußße ³), Hucke un fchaiwe Drache," un biu dai faiten Wöörder alle heitet, dat be Himel duifter worte. „„Nein, Jakob!"" faggte de Heer, „„ich kann das nicht mehr anhören; ich will euch mal was fagen: wir beide wollen . . . ."" — „Heer, if kann dat verfluchte Haubuits nit; fegger't myi laiwer op Platt, dat verftoh' if un myin Jfel biätter," un dobyi gaffte hai dem Jfel Ennen düär de Flanke un fchmäit ennen Flauk inter Luft op fau echt plattbuitfk, darr' ne de Jfel gewiß verftont. „„Jä, dann hört mol, Kauwes! vyi beiden wellt ennen Ackorb maken, bo fik feiner biätter byi ftohn fall aje Kauwes."" — „Heer! dann lotet mol hören!" — „„Saiht, Kauwes! in jedem Wäiertshiufe, bo vyi hiär kummet, loot' if ug 'ne Schnaps giewen, un wann be no Poterbuarn kummet, tell' if ug 'ne ganzen Drittainer richtig in be Hand, wann yi dan hyi bit füär de Wefternpoorte te Poterbuarn k e i n ä i n z i g Mol m e h r f l a u f e t; fin yi biäß tefriän!"" — „Diufend Dunnerwiähr, Heer!" faggte Kauwes, „bat fin yi 'ne roren Menfken! op ug lot' if myin Lebstage nir kummen! un bai do fiet, yi böchten nit, Schwerrenauth! dai tritt et met myi te daun! un lootet mif ments no Poterbuarn kummen! de Bifchof fall ug de befte Paftrote giewen imme ganzen föllsken ⁴) Lanbe! Schwerrenauth!"— „„Lotet dat gutt fyin, Kauwes! awer fiätt: fall uje Ackord gellen?"" — „Dunnerbeßmen, jöfes jo, Heer! gewiß! met Plafäier! dai Schnaps bött myi all op der Tunge gutt, un ugen Drüttainer fin yi richtig quyit! Dunnerwiähr!" —

Sai gengen föbber, un Kauwes banzebe füär Plafäier un bachte: „balle fin vyi byi der Ringelftäiner Mühle,

un in dem Barrierhiuse do tritt me 'ne echten Münster=
länder;" un be Isel genk sau bedächtig syines Wiäges,
aje wanne en Fraidenlaid dichten wöll op de güllene
Tyit; de Heer awer träig syin Brewäier iuter Taske un
jenk in aller Rugge an, syine Mette te biähn — kurzum:
et was Rugg' un Fried' in ganz Europa. Nit lange,
do kemen se byi enem Stücke grainen Roggen hiär, un
de Isel machte den Hals lank; Kauwes taug 'ne Ennen
diiär de Syit, harr' awer biän allen Kloren van der
Ringelstäiner Mühle in der Nase un schwäig stille, aj'
en Muisken imme Miälljacke. Sai kemen in den Wald
oppen grainen Patt, un de Isel schnappede alsümmer
no Gras un Kriut un worte jau driewest⁵), dat Kauwes
stauten un schiuwen mocht. Et kemen Disteln met den
schoinsten rauen Köppen, un de Isel woll nit van der
Stiee. „Friättjack! if hewwe byi doch düin Muargen
en ganz Bund Hai op de Roipe schmieten, un ümmer
nit jaat, un ümmer vull Schmacht? dä, hiäste dyin
Froihstücke!" un de Isel träig 'ne Tritt in de Hacken,
un mettem Knüppel ennen Waarmen in de Syit. „Heer!
dat was doch kein Flauken?" — „„Awer nit viel
biätter,"" meinte de Kaplon; „„niämmet ug ments in
Achte un denket an usen Akkord!"" —
    Et kam en Wäterken jau klor, aje Sunnenschyin,
un de Isel dachte an den Sprük: „klor Water un yile⁶)
Braud, dat jarwet de Backen rauth," un stont, un schlur=
jede, un stont. Kauwes raip tainmol: „jü, Hans!" awer
de Isel stont! „Jü, alle Uiße!" — de Isel stont. „Hucke!
dann wöll if doch, dat jau nigen un nigenzig . . . Heer!
if flauke awer nit, un ümme ugen Drüttainer sin yi
iimme." Met Stauten un Triähn, met Ryiten un
Pehlen⁷) träig hai endlik den Isel rümme, de Heer awer
jaggte: „„Kauwes! myi is bange, bange, darr if myin
Geld behalle, un myin Brewäier sall if wual wier in

de Tajke ſtiäcken mötten."" — „Näi, Heer! biätt ments föbber! ik un myin Iſel wellt kein Woort mehr ſeggen."

Et was gutt; ſai gengen un gengen, un de Wald ſenk an, lechter te weeren. Op äinmol kemen ſai an ennen daipen Grawen, do verſchreckede ſik de Iſel ſau, datte ſau pur ſtille ſtont un lange üwerlaggte, of hai drüwer ſöll, ober nit; denn 'ne gubben Üwerlagg is Geld werth; un hai worte met ſik äinig, hai wöll derſüär ſtohn blyiwen. Niu was awer kaum Unglücke Kauwes der Meinunge, ſai möchten derüwer, wann ſai würklich no Poterbuarn wöllen. Hai ſchauf un ſtotte, hai raip un ſchlaug; näi, de Iſel lait ſik nit van ſyime Kunzäpte brengen. Hai ſpiggede in de Hänne un ſchlaug, awer de Iſel ſtont ſau glyikgültig, aſe wanne keine Fyiwe tellen könn. Hai nahm all dai ſyinen Wöörder ter Hand, bo me ſüs de Iſels met kitelt: „Uiße, Hucke, Maihucke, Auwerhucke, Drache, Miſtdrache," awer näi! de Iſel was un bläif dreihörig, ſchutte an me Koppe un käik gedankenvull innen Grawen. Do awer räit dem Kauwes de Gebuld: hai wickelde ben Raimen vamme Stocke ümme de Hand un walkede un baſk[8]) op den aarmen Iſel, aſe wann't alt Oiſern wör, un: „Sau'n Himel Kreuzgewitter un nigen un nigenzig Dunnerwiähr ſall dyi rintem Balge ſchlohn! de lebändige Duiwel ſall dik ryien bit midden rinter Helle!" Un richtig: de Iſel gaffte ſyine ſparr= bäinigen Gedanken op un was in äinem Satze üwer den Grawen un näggede iut, aſe wanne nau desſelftigen Dages no Berlyin wöll. — „Kauwes, Kauwes! uſe Akord is tem Enne!" — „„Auk gutt, Heer!"" ſaggte Kauwes un was Gryinens=Moote[9]); „„dann is et myi auk äindaun! awer yi ſaiht doch wual, hai dörrt 't jo äinmol nit anders!"" — —

Noge byi der Ringelſtäiner Mühle bochte Kauwes van der Strote af un lette ſyinen Iſel ganz kuntrehr.

„Kauwes! yi verbott ug; hyi gäit de Wiäg hiär!" — „„Heer! de myine awer dün Dag nit; mein' yi dann, it härr' en Hiärte van Marmel un Kiserlink, un et blotte myi nit, wann it et Schild söhe un annen Münster= länder bächte?"" — „No, Kauwes, dann kummet! 'ne Schnaps solle doch hewwen, wann ok use Contract ter= rieten is; awer wient ug doch ümme Guabbeswillen dat wahne Flauken un Schennen af! yi stüärtet süs mol ümer ugen äigenen Flauk un briäcket den Hals." — Kauwes drank syinen Schnaps, un de Thrönen huckelben[10]) iämme düär syinen grysen Boort runner; hai schmäit dem Isel 'ne Lock Hai süär, gaffte 'me Ennen süär de Schienen un unselde süär sik henne: „Sau 'ne dunnerwiährsten Isel! schatt emme syif Grosten un siewen Schnäpse! wachte!" De gäislike Heer awer betahlte diän Schnaps, saggte Abjüs un genk syines Wiäges alläine.

Hammichel.

Twäi Burßen, rechte Jännebecke, dai nix laiwer daut, ase graute Luie saxäiern, nahmen de „Sprickeln un Spöne" in de Hand un gengen dermet no'm allen Hammichel. „Hör doch mol an, Hammichel! et stäit en Stücksken van byi imme Bauke," un lüsen iämme dat ganze Dinges süär un harren iäre Hauhnnecken drüwer. Hammichel horte sik dat an, schutte amme Koppe un saggte: „Jä, dat is niu mol wat! Wann je mik allen Mensken doch iut den Baikern laiten! se söllen der jüngere Keerels innsetten! oyi het hyi der Liggstriepers imme Duarpe genaug un genaug — wann yi en Paar dervan saihn wellt, dann brüke ments innen Ömmer vull Water te kyiken."

Sau de Name, sau det Kind.

Do was de süäll'ge Mühler „Sau un sau" in Dingeskirchen, dai saggte: „Et is wohr — sau de Name, sau det Kind. In allen Tyien, wamme sik verfullen habbe, dann drank me Balsmenthäi[1] un aat en Schmalt= stücke derbyi, un dat Dinges hette „Hausten" un durte drei Dage. Awer sierdiäm, dat use Adelbiärz Me= dezyin stubäiert hiät un van der Universetäite wier terhäime is, do frietet me de halwe Anwethäike lieg, un dat Dinges hett „rheumatisch=katarrhalisches Fieber" un burt drei Wiäcken."

Schnapphännes.

„Sau aarme ase de Wiäg, sau barwes ase 'ne Gaus, awer sau ehrlik ase de Sunne," saggte Schnapp= hännes un stahl as' en Rawe. Hai konn briuken alles, bat nagelsaus was, un hutte't in syinen allmäch= tigen Schnappsack; de Goise oppem Dyike un de Hauner op der Miste wören süär iämme nit siker, kein Nagel in der Plaug, un kein Lüns süär'm Wagen. Kam hai byi der Mühle ropp un soh de Änten sik pubbeln, waßen un kemmen, dann rauk hai all van seeringes den Sun= dagesbroon, wahrte alle Ruit'kes[1] an der Mühle, un lait sik nit Mühler, nit Knecht saihn, bups! gaffte hai dem grötesten Änterk met syinem Prickelstock Ennen op de Nase un lait 'ne in syinen Ranzen spazäiern, verbräggcde de Augen, ase wann hai det andächtigste Vaterunser biätte, un mümmelde, wann hai der Strooten rop kam, in syinen Boort: „sau aarme ase de Wiäg, sau barwes ase 'ne Gaus, awer sau ehrlik ase de Sunne."

Muargens verschlaipen sik alle Luie imme Duarpe, denn Hahnens gaffte 't imme ganzen Dinge nit mehr, ase ments dem Köster synen; bo be andern bliewen wören, dat wußte Hännes. Wann hai Himeder oppem Tiune hangen soh, dann was et iämme all äin Daun, batter süär Namens anne stönnen, dat beste was gutt genaug un mochte in synen Sack. Woorte im Duarpe backen, un Hännes rauk den frisken Braudgerük, dann krumelde hai sau lange ümme't Backes rümme un doh, ase wanne Knuacken un alt Misern söchte, bit de Bäcker mol affsyit was, dann worte be schoinste Platz oder Britze²) vamme Häller gamset, un kam de Bäcker wier, dann buselbe Hännes all längest wier in der Spoon= Eere no Miägeln un Knuacken, oder schlaug syine Augen gin Hiäwen un söchtede: „Och Guatt! wann doch alle Luie wören ase ik: sau aarme ase de Wiäg, sau barwes ase 'ne Gaus, awer sau ehrlik ase de Sunne!" Un woorten Krengels un Stiuten backen, dai mochte Hännes auk, un dachte: „met Krengels kannste Braud sparen," un de Bäckers tallten ümmer wenniger Stiuten i u t e m Uawen, ase derinn. De Spyikermann awer was klaiker ase be andern; diäm fehlte byi synem Gebäck mol 'ne ganze Ryige Stiuten, un Schnapphännes nüskelde oppem Huawe rümme; hai myi nit bloi un saggte: „Hännes, ik betahle byi süärt Punt Misern drei Pän= nige mehr, ase Jiuden Meier; loot saihn, biu viel hiäste in dyime Sacke?" un sau räit hai diäm Hännes den Buil iut der Hand un taug syine Stiuten herfüär. „Bat Duiker, Hännes? kannst biu Stiuten iut der Spoon= Eere krumeln? dann kannste mehr ase andere Luie; syi sau gutt un gif myi büse, myi fehlt gerade so viele, ase diu bo hiäst." Geeren! siet be Bure, wann hai mott. un sau saggte Hännes auk: „awer Spyikermann! datt kannste myi gloiwen: sau aarme ase de Wiäg, sau barwes

aje 'ne Gaus, awer jau ehrlik aje de Sunne," un klop=
vede jik anbächtig op de Buast un machte en Gesichte
jau fruamm aj' en Kauerjänger.

In Christions Hiuse habben je schlachtet, de Mette
worte hacket, un de Wuastebänne brägget. Dem Hännes
prikelde all fiiär der Düähr dai kräftige Gerük in der
Nase, Zyipeln, schwarten Piäpper un Niägelkes=Piäpper,
un hai dachte: „diu hiäst kein Schwyin un schlachtest
kein Schwyin, andere Luie mottet füär Hännes met=
jchlachten." Aje de Christiönske tem twebbenmole tallte,
jehlten drei Mettwüäfte un äine Näiernwuaft; dat gaffte
Flauken un Dunnerwiähr, Hännes awer genk unner'm
Hiuse runn, bruchte de Hand fruamm an't Hiärte un
föggelde³) jynen allen Sprük. Am andern Muargen
aje de Blaut= un Liäwerwüäfte imme Kitel kuacket
worten, machte jik Hännes düt un dat op der Diälle te
daun un lufterde⁴) ter Küken rinn. De Christiönske
ftont byim Fuier un ftippede met der Notel in de Wüäfte;
jai harr' all ümmer jaggt: „ik trugge diäm Keerel nit,"
un dachte: „ik well niu wieten, bo giftern myine laiwen
Mettwüäfte bliewen find," kräig den Kuarf, fträik det
Messer op der Trappen un genk dermet in de Stuawe,
aje wann jai Tuffeln jchellen wöll, un Hännes dachte:
„niu is et Tyit," fprank in ter Küken, taug de lengefte
Liäwerwuaft un de dickefte Blautwuaft iuter Brögge, un
jix dermet in jynen Schnappjack. De Christiönske awer
ftont all lengeft wier hinner iämme, un aje hai jik
iimmedräggede un fire den Sprük van jyiner Sunnen=
Ehrlikeit in de Tiänne nahm, jaggte jai: „Joh, Hännes,
ehrlik aje de Sunne! awer bat mäkeft dann byi diäm
Kitel?" — „„Oh, oh, nix! ik woll ments juargen, dat
ug dai Wüäfte nit kuartkuacken. Allerdinges, myint=
wiägen können jai kuartkuacken alltehaupe; näi, jau aarme
aje de Wiäg, awer ik könn doch keine Wuaft iätten füär

nau sau viel! all dat Gehacksel un Geschräppsel! näi,
gatt myi wiäg! un wann if se of möchte, un wann
of suffzig Mettwüäste hyi oppem Diske läggten, un
hundert Blautwüäste imme Kitel, if nehme nix, bat myi
nit taukeme, wann if of sau op der Stiee des läidigen
Hungers stiärwen söll! yi wietet jo wuall, Christiönske,
sau ehrlik ase de Sunne!"" — „Recht sau, Hännes, do
halt dik an! awer gizunders könnst diu myi wuall 'ne
Augenblick oppet Fuier passen un stuacken⁵), ick mott
iäwen myine Tuffeln tem Enne schellen." — „„Joh,
gatt ments in Guatts Namen!"" saggte Hännes un
lachede ächten im Halse iiwer syine laiwe Ehrlikeit; un
sai was kium ter Düähr riut, do sprank wier ene Blaut=
wuast in syinen Sack. Dat durte awer nit sau lange,
ase me de Hand ümmedrägget, do stönnen de Christiönske
un iäre Christion, un de Kleinknecht un de Grautknecht
richtopp in der Küke un kloppeden iämme op de Schuller.
„Suiste nit, Hännes? det Fett syipet byi jo düär den
Buil! bat hiäste füär sette Knuacken derinne?" — „„Oh
— oh — oh — nix Apartes! sau aarme ase de Wiäg,
sau barwes ase 'ne Gaus, awer sau ehrlik ase ....""
— „Joh, sau ehrlik ase Schinderhännes!" raipen de
Andern; „diu Wuastehännes! diu Schnapphännes! sau=
glyik gif us mol de Wüäste riut!" — „„Nu, nu! wann
yi se wierhewwen wellt, dann kritt se ug un terryitet
se met Gesundheit! Abjüs!"" — „Nä, wachte nau 'n
wennig, diu fast Gesellskopp hewwen! Pulzei un Schan=
darme sind sau soorts hyi." — „„Jömmers Kinners!
yi weert doch wual emme ehrliken Mensken sau keinen
Schmoot nit andaun? lotet mik gohn! if well ug of
Alles wiergiewen! de Mettwüäste well if brengen, ugen
Hahnen well if ug betahlen, Änten well if stiällen un
giewen ug de uggen dervan wier, dat Misern well if
van Meiern wierhalen, et sall ug kein Lüns amme

Wagen sehlen — awer lotet myi dai Keerels ramme
Balge, dai twäierlei Wand amme Rocke het!"" — „Ah
sau, Bügelken! in dyime äigenen Woorde verräste dik?
awer suih, dai Keerels met diäm rauen Kragen sind do!
Glück oppen Patt!" Hännes kräig yiserne Hansken an,
Pulzei un Schandarme gengen ter Zierroth rechts un
links, sau genk et düär't Duarp runner, un alle Blagen,
dai Bäine hadden, laipen hinnerhiär, joilten un slotten
un raipen: „Sau aarme aic be Wiäg, sau barmes ase
'ne Gaus, awer sau ehrlik ase be Sunne!" Am andern
Dage kuckede Schnapphännes te Bryilen imme Rootsie[6])
düär yiserne Ruitkes, un hiät sik, ase syin Johr rümme
was, imme Duarpe nit wier saihn loten; hai was ver=
stuawwen un verfluaggen. Bo se 'ne awer het, do
konnt se sik fröggen.

Schnapphännes im syidenen Haue.

Diär Schnapphännese giet et ok unner sülken Luien,
dai nit in ber Spooneere buselt un Knuacken saiket.
Et was mol 'ne Dokter, dai soh ümmer tau, wanne
iutem Wäiertshiuse häime genk, dat hai 'ne gubben Haut
metkräig. Äinsmols do sochte hai sik auk wier ben besten
iut, dai an ber Wand henk, lait syinen schäwwigen Filz
hangen, bo hai gutt für was, un woll fixe ter Düähr
riut. Daijinnige awer, diäm be Haut horte, harr' keinen
Sand in den Augen, sprank op un raip: „Heer Dokter!
vi het ug verdohn: et is myin Haut." — „„Näi, gubbe
Frönd! et is myin Haut!"" — „Näi, Heer Dokter!
gloiwer't myi ments!" — „„Näi, näi, gubbe Frönd!
gloiwer't myi ments!"" — „Awer, Heer Dokter! myin
Name stäit ber jo inne." — „„Bat? uge Name stäit
berinne? hal der Duiker, et is wohr! awer dann begryip'

if doch in der Welt nit, biu uge Name in moinen
Haut kümmet."" — „Dann gutt, Heer Dokter! jau lange
af' hi dat nit begryipen konnt, jau lange well if diän
Haut füär mik behallen." Un de Dokter mochte, geren
oder ungeren, synen äigenen Schawwesbiekel oppen Kopp
drlicken un saggte fir Abjüs.

Niägerdehler Landdag,

bo van allerhand schoinen Saken: Schiewerstäinen, Kiärnisse,
Sprickeln, Tunder, Verkoppelung, Päiterzilge, un jau derhiär,
tuiert weert — gar anmaidig te liäsen.

Et was te Brunskappel im Nussesken Saal,
Do kam tesamen dat Niägerdahl[1]):
Sai kemen tehaupe van nog' un van seren,
Un seeten sik faste byi'm bloen Twieren[2]).
Dann stont wual Äiner vam Staule opp,
Satte nau äinen Kloren deropp,
Haustere dann in syin Wiskeldauk
Un helt ene Rede, gelohrt af' en Bauk:

„Yi wietet, et is us 'ne Schmoot[3]) andohn,
Diän konn vyi nit loten jau hennegohn,
Un bai sik füär Ärger nit well terryiten,
Diän söll me jau foort op de Niägede schmyiten.
Dai Menske, dai „Sprickeln un Spöne" högget,
Hiät jau viel Redens iuteströgget
Wual üwer dät flunterge Strunzerdal,
Diäß is kein Enne un is kein Tahl:
Un vyi sind woren jau reine vergiätten,
Ase härren ve genten in Rußland siätten.
Dai Strünzers un vyi het doch äinerlei Wiärk!
Un tüsker us is ments 'ne äinzigen Biärg.

Do kann doch dai Strunzerwind rüwerstryiken,
Un be Narrenspauk wual üwerkyiken.
Us jücket be Flieren[4]) sau gutt, aje dai,
Byi maket Streiche sau bull, aje sai,
Het ujen Fastowend no iärem Kalänber
Un liäwet gariut no dem selftigen Schlänber:
Byi danzet jo no dem Meikeber Baß,
Un schmaiket Belmeber Barinas,
Un het van allinges graut Plasäier
An Bigge'sken Krengels un Asker Bäier.
Byi harren alltyit gubbe Nowerskop,
Un hellen nau keinmol be Niägebe opp;
Un bliewe dai iute, bann genge temole
Järe ganze Ruhr in 'ne Kaffeschoole;
Byi het ok velieben[5]) (jau hell byi byinäiut)
Den Askern ujen Pastauern läiut;
Op ujen Wicken, bo friättet sik
De Strunzerbehler Diuwen bick
Un slaiget bann häime met vullen Kröppen:
Un met ben Brunskäppelsken Kattenköppen[6])
Do weert op ber Asker Hilgenbracht
Wual äist bet rechte Spittakel macht.
Bat is be Dank?!! — bo kümmeste recht!
Och Guatt! be Welt is verkummen un schlecht:
Dai „Strunzerbehler," bai Sprickelmann,
Hai bött, aje wüßte van nixen van,
Un hiät Brunskappel sau biuten am Ranb
Un ments met anberthalf Woorden nannt,
De Wullmerker auk nit anrebäiert,
Aje biu sai van Obam woorten saxäiert;
Van Sielenkhusen kein Stiärwenswoort,
Aje härre syin Liäwen ber nix van hoort,
Nit hunbertmol bo rümme=pannkauket
Un mannig Päcksken Tuback verrauket;

Van den Silwesken hiätte gariut nix saggt,
Nau nit met der Feeßen [7]) an Silweke dacht.
Us sau te blamäiern?! — us sau te verschwyigen?!
Me söll der füär Ärger teviel van kryigen!
Dat is niu 'ne Prohl in der Strunzergrund!!
„„Byi sind be Keerels!"" sau hett et gißund;
„„Saiht hyi! bo stäit et so schwart op witt!
Fit, fit! yi Niägerdehler! sit, fit!
Yi gellt nit met, yi mottet ug schiämmen
Un artig füär us de Kappen afniämmen!"
Van Meskede bit no Niestfelle ropper,
Do het s' et niu dreimol sau haug' imme Koppe;
De Asker, be Biggesken raupet tehaupe:
„Häißa! juchhäißa! vyi stoht imme Banke!"
De Wyimerker kummet sau stump dervan awe,
Un krägget doch met af' en Winterrawe;
Un selwer dat Strunzerdehler Väih,
Dat bölket niu met emme wahnen Buchäi [8]).
Byi stoht bo no armen Sünders Art,
Dai „biuter den Krink" [9]) begrawen wart.
Un Jeder, dai füär säß Großken Geld
Dat Sprickelbaiksken sik bestellt,
Dai meint, vyi können wual andere Saken,
Doch keine gescheibte Dummheit maken,
Byi laiten sau Alles däihmaidig geschaihn
Un möchten im Himel de Goise hai'n.
Näi! sauwat loot' ik op myi nit sitten!
Ik heww' imme Koppe mehr Conduitten;
Un yi temol wietet doch auk gewiß,
Un dat be Welt keine Huase [10]) is.
Jä, wörten se mol tehaupe summäiert,
Dai Streiche, dai hyi byi us regäiert,
Et kemen te Dage Flieren un Schnaken,
Me könn der be schoinste „Sprickeln" van maken.

Doch myine Rede is woren jau lank,
Dat be Schwäit myi flütt üwer'n Rüggestrank;
Drümme mug' yi Andern mol Prauwe hallen,
Dat yi auk nit oppet Miul jyib fallen." —

Hait jatte jik biäll un ankebe jehr,
Dat jyine Struatte jau broige wör,
Jagte ben Wäiert joort jüär'n Tappen
Un nahm jik Rujjeske Magenbruappen.
Dann awer boh iut ben Wullmerker Ryigen
En anber Prophäite ben Staul bestyigen:

„Byi Wullmerker jind jau wyij' un klauk,
Akroot aj' en Pol'sk Gejangebauk,
Un jind biärümm' imme ganzen Land
Met ujen „elwen Sinnen" bekannt;
Diär jchoinen Namens gar nit te gebenken,
Dai us de Strunzerbehler dott jchenken.
Auk jind uje Strooten jau nette geploostert,
Do gäit me jau wäik, aj' in Butter un Mostert,
Un in dem bekannten „Schlächter's Schlaut" [11])
Do bliewen all Menjken un Guile daut.
Byi Wullmerkers jind ok rore Betahlers,
Byi us regäiert nau hültene Dalers,
Uie „Sente Kloos" [12]) hiät äinen berban,
Diän iämme kein Menjke nit wejjeln kann.
Un Linken jiällige Biärebaum
Sall äiwig behallen jyin Luaff un Rauhm;
Denn jeber Jung' iuter Ajker Grund
Hiät praiwet met jyime jelfäigenen Mund,
Wann jai us ter Kiärmiß de Flaigen [1]) brachten,
Biu jaite dai güllenen Biärkes jchmachten;

---

[1]) Eine Neckerei, weil die dortige Kirmeß die Fliegenkirmeß
genannt wird; jie fällt in den Spätherbst, wo die Fliegen fallen.

Un selwer diän Sprickel= un Spönemann
Diän saih' it der nit te gutt süär an,
Hiät auk biär Biären op syine Gewieten
Un mannigen Knüppel drinne schmieten."

Do schnackern de Andern tehaup' in de Hänne
Un trampern süär linter Plasäier de Wänne:
„Joh! sülfe Dinger sind sieker werth,
Datter nau andere Luie van hört;
Byi konner't diäm Mensken doch nümmer vergiewen,
Dat hai et nit hiät in be Sprickeln schriewen." —
Dann awer doh iut den Brunskäppelsken Ryigen
En ander Prophäite den Staul bestyigen:

„Un is dann van us niz bekannt in der Welt,
Aje bat byi'm „Russen" de Branntwyin gellt?
Was do, taum Exämpel, dann nit te vermellen,
Biu vyi mol schoine Prossiaune hellen?
Un biu et dobyi an te schniggen senk,
Dat us sau Hören un Saihn vergenk?
Un biu vyi do alle sind iuterieten,
Den „Sente Boots" 13) innen Gelster 14) schmieten,
Un biu vyi ohne Patraun saudann
Kemen terhäim' in der Kiärken an?
Sau wör of nau 'n rührend Stücksken. gewiß,
Te seggen, bannehr uje Kiärmiß is.
De Asker richtet sik no Jokauwe,
De Wyimeker no dem Johanneslauwe,
De Sielker sik an Laurenzi hallet,
De Wullmerker, wann de Flaigen sallet —
Doch vyi — vyi siert un maket Juchhai
De leßten drei Dage süär'm äisten Schnai;
Un wann v'et tem äistemol schniggen sett,.
Dann wiete ve, sin ve der serrig met,

Un goht nom Ruffen un brinket „klor"
Un braiget [16]) us wier oppet andere Johr."

Do schnackern de Andern tehaup' in de Hänne
Un trampern füär liuter Plaſäier de Wänne:
„Joh! ſülke Dinger ſind ſieker werth,
Dat der nau andere Luie van hört;
Byi konner't diäm Menſken doch nümmer vergiewen,
Dat hai et nit hiät in de Sprickeln ſchriewen." —
Dann awer doh iut den Sielker Ryigen
En anber Prophäite den Staul beſtyigen:

„Byi het doch alſümmer Keerels hat,
Do harr' uſe Hiärrguatt 'ne Kopp opſatt!
Tem Byiſpiel: de ſiällige Edmund Büchte,
Dai was wahrhaftig en Lecht in der Lüchte,
Harr' ſauviel Sprickeln un Spön' imme Koppe,
Et könn der en Stuark ſyin Neſt met ſtoppen.
Un ſülker is nau 'ne ganze Ryige,
Me könn ſe tellen no Schock un Styige.
Un dat byi alle diär Streiche maket,
Für giälle Dukoten no Pännigen raket,
Met der Syie Speck no der Mettwuaſt ſchmitt,
Bewyiſet dat uſe Verkoppelung nit?
Byi harren ſüs auk en ſchoin Stück Land —
Do hevvyi us an de „Heerens" verwandt;
Dai meeten un meeten met Stock un met Wooge
Un harren ſäß Johr iäre laiwe Ploge:
Do worte kalfaktert, do worte taxäiert,
Do worte geſchriewen un diſpentäiert —
Do laip äiſt uſe kleine Geld,
Un dann of dat graute in alle Welt;
An't leßte do mochten byi Wiäge buggen;
Un bo byi dann endlik kemen ter Ruggen,

Do konn me diän ganzen laiwen Gewinn
Stoppen adroot in äin Nasluad rin."

Do schnadern be Anbern tehaup' in be Hänne
Un trampern füär liuter Plasäier be Wänne:
„Joh! sau 'ne Streich is alläin' all werth,
Dat ber be ganze Welt van hört;
Byi konner't diäm Mensten boch nümmer vergiewen,
Dat hai et nit hiät in be Sprideln schriewen." —
Dann awer boh iut ben Silweker Nyigen
En anber Prophäite ben Staul bestyigen:

„Byi Silweker sinb boch auf nix Geringes,
Un Silbach is en bebuienb Dinges;
Un hevvyi Market, bann is be Plunber
'ne äinzige Bub' un en Keerel met Tunber.
Byi us, bo wässet be Rogge nit sehr,
Doch Schiewerstäine ments biäste mehr;
Domet is beploostert sau mannige Diäll',
Un allen Musikanten beschlagen be Kiäll',
Sau bat se konnt blosen brei Dage bet Horen
Un brinken un siupen bit üwermoren.
Belieben ok mochte sik Lippstabt un Briämmen
Wual füär bem Silwesten Handel¹ schiämmen;
Do spielten vyi jümmer be äiste Viglyine
Unb wören sau nobel un wören sau syine:
Do lait sik byi'm Wäierbe ginne Mann
Byi Dage stiäden twäi Lechter an,
Den Dist sik beden schnaiwitt un prächtig,
Unb brank bann syinen Schnaps grautmächtig.
Do was hyi en Liäwen!! juchhei, Kamerod!
„Rinberwuast un Koppsaloot!" —

_____

¹ Wegen der vielen Hausirer von bort.

De güllene Tḩit is frḩilik verbḩi,
Dat wäit kein Menſke ſau gutt aſe vḩi;
Unb ſierbiäm det Gewiärwe twiälſ Daler koſtet,
Do is us be ganze Handel verroſtet;
Un doch is nau mannige Handelsfamilge,
Dai mäket Geſchäſte met Päiterſilge."

Do ſchnackern be Anbern tehaup' in de Hänne
Un trampern ſüär liuter Plaſäier be Wänne:
„Joh, ſülke Dinge ſinb ſieker werth,
Dat ber nau anbere Luie van hört;
Vḩi konner't biäm Menſken doch nümmer vergiewen,
Dat hai et nit hiät in de Spridkeln ſchriewen." —

Dat wören bai Reben, bai vielgelohrten,
Dai botemolen hallen worten;
Un wann bat Niägerbal lenger wör',
Dann härr' et biär Reben auk gaſt nau mehr.
Niu titgen ſai all' ene wḩiſe Naſe
Un kieten bebächtig un ſtur intem Glaſe,
Het bann ſik äinen runner guatten
Un „van Gemeinbewiägen" beſchluatten:
„In Anbetracht, bat bai Spridelmann
Nau nigge Spridkeln hoggen kann;
In Anbetracht, bat hai ſüs ümmer im Laub
Was aſe 'ne örntliken Menſken bekannt;
Un wḩilen äin Niägerbehler Magiſter,
Ik wäit nit, ſḩn Brauer is ober ſḩin Süſter:
Sau lote vḩi Gnade ſüär Recht geſchaihn
Un wellt naumol büär be Finger ſaihn.
Doch weert iämme hḩimet anebrögget:
Wann hai wier Holt tau Spönen högget,
Un uſe bullen Streiche nit auk
Pätt brüdken in bat nigge Bauk,

Sau dat vyi doch auk te Rechte kummet
Un byi der Welt in't Geröchte kummet:
Dann well vyi van iämme nix föbber wieten,
Dann is use ganze Frönbskop terrieten.
Un kümmet hai ümer Pastauers Wiese
Un well byi'm Russen ter Düähr rin biesen,
Dai sall iämme keine Drüppel tappen,
Un jagen 'ne, dat iämme slaiget de Lappen;
Un wann de Brunskäppelsken Kiärmisse het
Un schmurt un brubbelt in Uallig un Fett
Un mächtig unner de Pötte stuacket,
Dann weert süär iänne nit mebbekuacket. —
Düt Urtel, gespruacken no rechter Mooten,
Dat well vyi liäserlik schryiwen loten,
Un use Siegel derunner drücken
Un iämme per Estaffette schicken."

Bo dat van der Säile runner was,
Lait Jeder sik kummen 'ne Frisken in't Glas,
Un hellen ümer sik selwer temol
Un iäre Conduitten¹⁸) 'ne wahnen Prohl,
Drünken dann iut den lebten Druappen,
Un habben ben Russen ganz droige suappen. —

Antwort.

An te ehrwürdigen Riägerdehler Landdags-Düppendirke.¹)

Jeder Menske mott sik den Puckel reine hallen.
If woll mik wual wahren, dat if uge bullen Streiche
nit in be Baiker brachte! In ugem „Schmantbuile"²)
wasset Biärken un Hiäseln, un if mott mannignwol ümer

de Niägerbrügge un ümer Paſtauers Wieſe ropper —
if hewwe myinen Puckel nit ſtuallen; hai hört myi äigen,
un is ſehr empſinblik; if woll mif wual wahren! —
Un niu?! jä, bat me boch alles te hören fritt! Niu
ſin yi bligig woren un bitterboiſe, un ruppet myi binoh
de Hoore vamme Koppe. Unb brümme? Füär myine
Guttheit! — Het bo grauten Lanbbag hallen, Reben
hallen, ben armen Strunzerbehler iutſchannt, flaget un
farmet³), if härr' ug vergiätten, brögget myi, bat myi
bat Fell oppem Lyiwe biewert — Kinners, näi, if be=
grhipe ug nit! Awer gutt! — bes Menſken Wille is
ſyin Himmelryif, un if hemw' ug niu ugen Willen bohn.
If hewwe myi vertellen loten, bat op ugem Lanbbage
ter Sprofe fummen is, bat yi füär Spargigen van ug
ſelwer annen Dag gafft het, un hewwe ben Kopp in
be Hanb nuammen unb Alles in Ryime ſatt, un heww'
et in Poterbuarn brücken loten. Niu weer yi wual te=
friän ſyin; un well yi tin Faſtowenb en örntlif Stück
oppſoiern, bann briuf' yi nit in Verliägenheit te fummen.
Uge ſtrenge Urtel awer weer yi niu ad acta leggen;
benn if well ug ümmer te Gefallen ſyin un baun, bat
yi ments hewwen wellt; byi ſinb jo äinerlei Luie, un
if ſin un blyiwe met Griuß un Kumpelmänte
uge Vebber un laiwe Kumpier

† † †

Vermerk. Vorſtehenbes Hanbzeichen bes leſe= unb
ſchreibunfunbigen Autors wirb hiemit beglaubigt.
(L. S.) Der Schultheiß.

Fierdagspriäcke op 'ne ollen Sprük.

„Lange, lange Ryige,
Twintig op de Styige,
Diärtig op den Juffernkranz,
Vertig op den Rausenkranz."

Sau süngen in allen Thien de kleinen Miäckskes,
un dat Dinges harr syine Richtigkeit. Dai schoine
Sprük is ganz iuter Maude kummen; brümme? Jä,
froget dai jungen Schüätters mol, wann se iäwen iäre
Schaulbaiker innen Schuatstäin hangen het. — Augen
ase Waßlechter! do löchtet se met rund ümme no allen
kriusen Burßen, hiäget sik un krasset sik op un spaigelt
iärk[1]) in iärem äigenen Schiem[2]); un sik met dem Juffernkranz op biärtig Johr vertroisten?! jä, kumm diu
dohiär! sai lachet dik iut un latt der dik byistohn.
Kümmet dann awer Keiner, sryilik, dann wachtet se
nau'n Wennig; un kümmet dann nau Keiner, nu joh,
dann wachtet se nau'n Wennig, un wachtet bit biärtig,
un wachtet sik in't olle Register rin. Kummet enblik
de Vertig, dann wellt sai ümmen Duiker nau nit an
den Rausenkranz denken, as' in ollen Thien, und hanget
sik druwwelbicke Locken ümme de Ohren un Saloppen-
daiker üwer den Rügge, dai üwer de Eere schliepet,
un schennet alle Miäckskes iut füär aisk un üwel, dai all
met säßtain Johren damme Juffernkranze baukstawäiert
un tüßker nigentain un twintig nom Pastauern gott un
det Affraupen bestellt. Wann dann awer det Gesichte
üimmer lenger un schraapriger weert, und dat Böördeken
unner der Nase ümmer stoppliger, un wann biär rost-
rigen Strieke üimmer mehr op de Backen kummet, un
de Spaigel auk an't leßte nit mehr laigen well — dann
enblik: „Heer, byin Wille geschaihe!" un de Rausenkranz
wert socht un tem äistenmol met Andacht biätt.

It meine, oyi maker't sau: dai Schüätters, dai
sau wieplig sind un usen Sprük verdrägget un singen
wellt: „twintig op den Juffernkranz," dai schicke oyi
alltemol no der allen Bruinsken te Assinkhusen in
de Lohr; bo hett' et sau: „Bruinske! sollt uge Döchter
nau nit friggen?" — „„Auh bat! friggen, friggen!
is der süs nix? use Miäckens sind nau junk!"" un
wören diärtig Johr und nigen Maimonde alt, un de
ölleste hiät doch nau iären Kunrod kriegen. Un dai
Andern, dai met vertig Johren nau met Hännen un
Faiten trampet, un sik füär dem allen Bauke wiährt
un iären Daupschyin verloichet, dai brenge oyi oppem
grauten Lebberwagen no Ammegraitken op der
„Fiulebutter," dat was det aiskeste Menske imme
ganzen Amte, un saggte: „Vertig Johr sin ik nette
wiäst füär andere Luie; niu well if äist nette syin
füär myinen äigenen Kopp." — Guatt troiste alle
ollen Juffern. Amen.

*

*   *

Of dat villichte dai Priäcke wiäst is, dai Ge=
hannes van Duinskede alle Sundage hallen hiät?
me söll't binoh gloiwen. Yi kennt gewiß dai Geschichte.
Hai was mol no'm Ginerolvikarges te Düx invitäiert
un soll sik verdessenbäiern üwer düt un dat, absunders
awer, dat hai alle Sundage, dai Guatt weeren laite,
äin un daiselftige Priäcke helle. Hai was klauk un
nahm sik twäi rechte Schlautenträmpers van Duinskede
met. Un ase dai hauge Heer frogede: „sagen Sie mal,
mein lieber Confrater! man hat mir gesagt, Sie pre=
digten alle Sonntage dasselbe," do saggte Gehannes:
„Segg mol, Kasper! bat heww' ik den leßten Sundag
priäcket?" un Kasper amsede: „Heer! ik wäit der nix
van." „Dann seg diu mol, Graitken, bat heww' ik

velieben Sunbag priäcket?" Un Graitken amsebe: „Heer!
it wäit ber nix as, un wanne mik bautschlatt." — „No,"
saggte Gehannes, Heer Generolvikarges! niu segget yi
mol selwer: wann it alle Sunbage bat Nemlike priäcke,
bann behallet bai bummen Buren nix; un wöll it niu
alle Sunbage wat Anbers seggen, bann behellen se
twäimol nix. Jä, gloiwet ments, Heer, it kenne myine
Schoope." --

Sau is et! et gitt Priäcken, bai begryipet sik schwor;
un it wäit, wann it use Fierbagspriäcke ok nau hunbert=
mol hallen wöll, be Miäckens van Twintig, un be Juffern
van Vertig laiten sai boch wier in be Hoore gohn. Jä,
me segge bervan!

Gehannes van Duinskede.

Dai selstige Gehannes van Duinskede helt op
Kriutwigge 'ne stöbige Priäcke van ber Mutterquabbes
un saggte tem Beschliut: „Joh, myine laiven Christen
van Duinskebe! be hillige Mutterquabbes was sau
schoine, yi konner't gar nit gloiwen! No, it well't ug
klor maken büär'n Verglyik; sai was sau schoine, ase
be junge gnöbige Frau van Dohiusen — bai kenn' yi
jo alle."

Awer be gnöbige Frau nahm bat Dinges helles!
twiäß un schräif et an ben Ginerol=Vikarges te Düx;
un use Gehannes kräig 'ne Braif un 'ne Nase, un ben
Besiäll, hai söll soorts am nögesten Marienfäste bai
Sake wier gutt maken un syin Woort teriiggeniämmen.
Daiselstige Beschäid worte ber Gnöbigen no Dohiusen
schriewen, un sai lachebe in iär Fuistken.

Gutt — bai Marienbag kam, un be gnöbige Frau
was büin Dag exprätz no Duinskebe kummen, un saat

wagenbräit imme Lätter. Un use Gehannes stäig op
de Kanzel und saggte: „Myine laiwen Christen! Myine
Owrigkeit hiät my opgafft, if sall terügge niämmen,
bat if op Kriutwigge saggt hewwe. No, if sin en ge=
horsam Schopp un bau' et, un iegge ug: de hillige
Mutterguabbes was sau schoine, joh sau wunderschoine,
dogigen is de gnödige Frau von Dohiusen ments 'ne
olle Hutzel."

Ho! düt Gesichte imme Lätter!!!

Gehannes van Duinskede. Nr. 2.

Un naumol vamme selftigen Gehannes. — De
Junkers van Dohiusen un Schnellenbiärg
laiten sik te diämmole in iärer Pfarrkiärke te Attendorn
nit vake saihn un gengen laiwer dersiär op de Jagd.
Wuallmol gengen sai auk no Duinskede ter Kiärken, dann
was et 'ne awer derümme te daun, iäre Gekifter ülwer
Gehannes syine Priäcke te hewwen un herno byi iären
Kumpyirs derüwer te schrotzen. Dat worte use Gehannes
wier gewahr; un sierdiäm, allemol, wann de Junkers
in der Kiärke woren, saggte hai no'm Äivengillgen: „Van
Dage is keine Priäcke," un domet was't gutt.

„Dat Dinges motte vyi gauer anfangen!" dachten
de Junkers. Un äines Sundags, bo lengest iutlutt was
un Gehannes all süär'm Altor stond, kemen se mettem
halwen Dutz Kumpyirs heran un druchten sik in de
Ecken un hinner de Pyilers, bit dat Gehannes op der
Kanzel stont, syinen Büärsprük machte, dat Äivengillgen
aslauste un ansenk: „Myine laiwen Christen van Duins=
kede!" In diämselftigen Augenblicke kemen sai ächter
den Pyilers denne un stallten sik midden in de Kiärke,

ſchlügen de Aarmens üwertwiäß un japeden uſem Ge=
hannes recht intem Geſichte.

Gehannes beſoh ſik ſyine Patroiners en Tyitlank
un ſaggte: „Köſter! et trecket ſau wahne in der Kiärken
— goh mol iäwen runner und ſchliut be Düähr tau!"
De Köſter doh et. Un Gehannes ſenk an: „Jä, myine
laiwen Schoope van Duinskede! Myinen Büärſprük
heww' yi hort — un üwer dün Büärſprük heww' ik
'ne Priäcke iutſtubäiert ſau ſyin un ſau ſchoine, ſau
heww' yi uge Lebstage nau niyen hort, näi, ſauwat
kamme imme Daume te Köllen nit te hören tryigen.
Awer — 't is Jomer un Schade, ik draff ſ' ug van
Dage nit hallen — denn ſe is lank, un ik ſaih', de
gnödigen Junkers von Dohiuſen un vamme Schnellen=
biärge beehrt us van Dage mol met iärer gnödigen
Gigenwort, un ſülke Heerens het gewühnlik graute Yile
— ſe wellt dann geeren op be Jagd, oder het ſüs wat
ſüär — biärümme denk' ik, ſau läib aſ et myi dött:
vyi lotet van Dage de Priäcke imme Strauh ſitten un
biätt derſüär den äiwigen Rauſenkranz — wiet' yi,
den freudenreichen, ſchmerzenreichen un glorreichen te=
glyike — dai burt doch ments anderthalf Stunne, un
dai gnödigen Heerens kummet dann biäſte eger wier
an iäre noidigen Geſchäfte."

Un hai ſchlaug et Kruize und biättte ſüär — un
uſe gnödigen Heeren Junkers mochten ſtohn un Tipp
hallen, bit dat 'ne de Bäine ſchlackerden.

Klaiwen is et Handwiärk.

Ginne Frugge op der Silweke harr' den Mürker,
dai mochte iär de Stuawe witteln un be Wänne iut=
klaiwen ſüär'm kallen Winter. Sai ſatte Schnaps, Buter

un Braud tau'm Froihſtücke op, un uſe Meſter Klicker
ſträik de Buter ſingerdicke. De Frugge ſoh met Angeſt
tau, biu dai ſchoine Welter oppem Täller vergenk, aſe
wann de Sunne deropp ſchiene, un konn't nit verſchmiärten
un ſaggte: „No, Mann, vi klaiwet awer gutt!" —
„„Joh, Frau! if verſtohe myin Handwiärk."" — „Et
is awer Buter!" — „„Joh, Frau! dat ſchmeck' if
wual."" — „Det Punt koſtet awer nigen Groſken!"
— „„Frau! dat iſſe ehrlike werth."" Un hai bläii
amme Klaiwen, un de Frugge laip füär Spyit iuter
Stuawe.

— —

Verheiten un nit verkuiern.

Daiſelftige Mürker was 'ne zünftigen Meſter imme
Laigen un dachte: verheiten un nit verkuiern, dat is
de Kunſt dervan.

„Näi, Meſter! niu härr' if doch endlik geren Be=
ſchäid, bannehr dat yi myi de Stuawe witteln wellt
un ben Kauſtall iutſchmiären; if mott der en Enne
van hewwen."

„„Nower! verlootet ug drop! tinne Wiäcke de äiſten
Dage! Mondag un Dinstag tworens nit — Fryidag
un Sunnowend awer ganz gewiß.""

Un dann hoſte[1]) me auk nau nit allte yilig te ſyin
met Kalkleſken un Läimenſoiern.

Gehannes Strotenplooſter.

„De Welt is graut — dat heww' if myi miärket,
aſ' if van Arensperg no Rummeke reiſet ſin;
un ächter Rummeke, ſäggten ie, ſöllen auk nau Luie

wuhnen. Bai härr' dat syin Liäwen droimet?" Sau jaggte Gehannes Strotenplooster, genk no'm Teipel un drank sik Ennen, süär liuter Plasäier, dat hai sik in der Welt nit verlaufen harr', un genk syiner Lebstag nit wier iut Arensperg riut.

Schoine gedruapen.

M'riefranz harr' twäi Holthöggers in der Arbet, un satte biän beiden des Middages en Kattennäppken vull Tuffeln met der Miällbrögge süär un genk ter Stuawen riut. Dat was, aise wann de Kauh 'ne Himmerte schluiket, un sai wahrten de Düähr, oj M'riefranz nit keme un naumol oppfüllte. Sai awer kam rin, wünskede Prostemohltyit un schlaug süär Plasäier in de Hänne: "Jömmer joh! dat frögget mik awer, dat it et dün Middag sau ackroot druappen hewwe! kein Tuifelken teviel schallt, dat frögget mik — näi, dat frögget mik!" — Dai beiden tügen en lauk Gesichte un woorten hellest schläih oppem Tahn. "'Ne schoine Sake — meinte dai Äine – wann emme sau ackroot wiesen weert, wamme saat is!" un de Andere saggte: "Wann't mol wier sau kümmet, dann kann je den Napp wahren, süs iätt' it 'ne met." Un sai gengen riut oppen Holtplaß un vertroistern sik oppen Kaffäi. —

Van der allen Welt.

Bo de Welt met Briähren[1] tauschlagen is, genten in der Holthamersecke, do liet en Äinhuaf, genannt X—Y)—Z. Do kam kein Menske henne, aise alle Jubeljohr mol en Pottkremer, un ümme Mittfasten de Köster, dai sik de Austeregger haalte. Oppem Huawe stont en Kapelleken, dat harr' all sier siftig Johren keinen Ver= dennst mehr, un des Sumers worte derinne schmenget²), un des Winters Flaß rhistet. Kaländers wören nau keine Maude. Kein Wunder, wann do de Luie te X—?)—Z altens in der Thit verkamen. Äines Muar= gens sengen de Knechte un Miägede an, den Kauhstall te misten. Bo saih binoh serrig wören, sell et der Frugge schwor oppet Hiärte, et könn wual sau ungesehr de Thit van Christdag shin; denn de Dage wören sau kuart, aîe se weeren konnen, un et was säß Wiäcken, dat Knecht' un Miägede inngohn wören. Sai harr' enen Knecht, dai hette Giärke, diäm raip sai tau:

„Giärke!
Stuig' op de hauge Biärke,
Suih tau un miärke:
Is Christdag,
Oder Mistdag?"

Un Giärke stäig oppen Baum un wahrte von sch= ringes den Friggeder Kiärkenpatt. Do kamen de Luie van allen Ecken un Kanten üwer Land, de Manns= luie in blanken Kierels, de Frauluie in rauen Röcken, bloen Schüärten un Salvetten ümme den Kopp, met dem Sangebauke unnerm Aarme. Do raip Giärke, batte raupen konn:

„O Frau! Frau!
Jöies Marjauh!
It saih' et genau:
Et is Christdag,
Un kein Mistdag!"

„Heer, vergief us de Sünne!" raip de Frugge. Un sai drügen den Mist wier innen Stall, wösten sik

un kemmeden sik, tügen sik sundagesk an, schlüten det
Hius oppen Balken, un gengen no der Frigget taur
Kiärken. —

—·—·—

Froihjohr.

De nigge Tyit is kummen hiär
Met Sunnenschyin, met hellem Wiähr,
Met klorem Maienriägen,
Met Guabbes vullem Siägen.

Wual siet be Baukfink: witt witt witt!
Byi awer singet: nit nit nit!
Et sall op wyier Eeren
Niu grain un lustig weeren.

De andern Vügel in dem Wald
Het us ganz anders wat vertallt,
Un singet liuter Sumer,
Un Sumer, ümmer Sumer.

Kein Schnawel, dai verschluatten blitt —
De Droßel kann füär Wiällmauth nit
In düsen Freudentyien
Sik loten ober lyien.

De Schwalen in der Lucht vertellt
Viel Nigges iut der wyien Welt;
De Nachtegall absunder
Wäit Wunder ümer Wunder.

Do mott et blöggen met Gewalt —
De Stäine ments, dai blyiwet kalt,
Un süllfe Lui' alläine,
Dai felwer find van Stäine.

Byi sind nit iuten Stäine hoggt,
Un het us glyif tau'm Kranze focht
De Blaumen op der Heiden
Und hundertdiusend Freuden.

Mannshand is uawen.

Enne wohre Geschichte, un nützlich füär Jeder=
mann. — Viel lustige Braiers feeten im Wäiertshiuse
un laiten fif wuall ihin. Dobiuten blais de Wächter
te Taine, un Thommes Wyiwerfrocht nahm Stock
un Müske un faggte Gurr'nacht. „He!" raipen de
Andern, „he! faiht, hai mott häime! füs fchennet de
Frugge un fchlütt iären Thommes acht Dage op de
Speckfamer! Recht fau, en artig Kind gäit häime, wann
de Köster lütt, gäit met den Haunern te Bedde un ftäit
met der Sunne wier op. Wann doch myine Frugge
auk fau 'ne Mann triegen häbde! fau 'ne äinzigen Mann!
fau 'ne güllnen Mann! fau fainig afe Syibe, un fau
faite af' en Nütfen! Gurr' Nacht, Thommes! grüß
us dyine laiwe Agathe!" — Thommes worte rauth
af' en Kriewet, henf fyine Kappe annen Haken un fatte
fif wier in de Ryige. „Jös!" raipen de Andern: „Manns=
hand is uawen! Thommes Wyiwerfrocht tütt de Büre
an! no, dann gäit de Welt unner, oder Thommes is
feige [1]). Bat me nit all erliäwen fann! No, Brauer!
dann loot dyi of nau 'ne Schoppen fummen, dann ftaue
ryi an op dyin nigge Regimänt!" — Thommes fäif

bedrainet über'n Dist und ruchte op syine Staule henn
un hiär. „He!" raip äiner, „wiete dann nit, dat syin
Vermügen füär dün Dwend tem Enne is? alle Dwend
äinen Säßbäßner op der Taske, un kein Joisteken mehr!
jä, syine Agathe is wyis' un genau un hiät den Kusser=
schlütel ümmer imme Boßmen. Thommes hiät Fier=
owend un sall us taukucken!" Dat gasst' en Gelächter, dat
Gliäser un Kräuse oppen Disken rappelden: Thommes
awer sprank op und raip: „Dat Schroßen sall en Enne
hewwen! Et gelt 'ne Kraunbaler: if goh häime un
brenge nau dün Dwend tain Daler Geld, un dai Kraune
weert verdrunken!" — „„Et sall en Woort syin!""
säggten de Andern, un Thommes peck syine Müske un
laip ter Düähr riut. „Gurr' Nacht, Thommes! schlop
gutt! bit moren!" raipen de Andern. „Näi," saggte
de Wäiert, „hai is 'ne Schablünter un hiät aller=
hand Kniepe imme Koppe! if gloiwe, usen Kraunbaler
sinve hwyit." —

Thommes kam häime un trampede ter Trappen
ropp as' en Dragiuner. Syine Agathe laggte lengest
imme Bedde un dachte: „No, bat is dann dat? hai
trecket jo jüs, wanne late kümmet, de Stieweln an der
Düähr iut un kruipet ter Trappen ropp ase 'ne Katte."
Hai kam in de Kamer, un Agathe senk all an te priusten
un machte den Füärsprük tau iärer Gardyinenpriäcke; if
gloiwe, iut dem Bauke Leviticus; un de Anrede hette
nit: „liebe Christen," sundern „diu Nachtspauk! diu
Rawenvatter, dai Frugg' un Kinner imme Stiefe lätt!
bo blyiweste wier un dryiwest dik in den Wäiertshuisern
rümme und ruskest op der Bäierbank? schiämme dik wat!
awer in byi is keine Schiämmede mehr! et is doch in
der twiälsten Uhr! ajasses!" — „„Joh, Agathe! hiäst
ganz Recht, et is myi late waren; awer bün Dwend
kann if nir bertau."" — „Kerel! bai dann jüs? ümmer

follt Andere de Schuld hewwen: jo wuall, bai geren
danzet, diäm is lichte pyipen!" — „„Do hiäste ganz
Recht, Agathe! awer wann de meinst, if wör sau lange
op myin Plasäier iut wiäst, dann döste myi Unrecht:
näi, ärgert hemw' if mif mehr, ase wann if siewen
Fruggens teglyife härr'."" — „No, bat hewwe dann
hatt?" — „„Byi het den ganzen Owend dispentäiert
ümer de Religiaun; denf byi, dai rauchlauien Kerels
säggten, Agatha wör feine Heilige wiäst."" —
„Biu? bat? dai Kätzers?! Agatha söll feine Heilige
syin?! Bat säggtest diu dann?" — „„If saggte, et
wör 'ne Heilige wiäst, 'ne graute Heilige."" — „Dat
was recht; et is jo myin Patraun! Do söllen dai
Kerels doch ments imme Liäwen der Heiligen opschlohn,
den syiften Hornung, do stäier't jo wyitlöftig, un det
Bild is derbyi." — „„Joh, Agathe! bat meinste dann
wual? bo niämmet sülfe Kätzers en Liäwen der Heiligen
in de Hand?! wann't 'ne Roman wör, oder „Sprickeln
un Spöne," jä dann . . . .'"" — „Awer, Thommes!
et stäit jo of in der Lettnige van allen Heiligen." —
„„Joh, Agathe, bo biätt sülfe Süpers 'ne Lettnigge?!
dann mott äis Austern op Fastowends=Mondag fallen.
Awer diärümme fumm' if grade, if woll dyinen „Kern
aller Gebetter" halen un wyisen't 'ne imme Baufe: dann
mottet se't doch wual gloiwen!"" — „Joh, Thommes,
joh! do döst' en gutt Wiärf; sülfe Bengels sollt myi
doch de Heiligen met Friähn loten! sollt myi doch myinen
Patraun nit verunehren! Hyi is de Schlütel; pacf in't
Kuffer in de Byilaa, do liet det Bauf, un goh un hogg'
et 'ne ümme de Köppe!" —

Un myin Thommes schlaut det Kuffer uappen un
pecf in de Byilaa, äis nom Gelle, un dann no'm Baufe,
schlaut wier tau un gaffte Agathe den Schlütel. „Niu,
Frugge, bit sauglyif!" — „„Goh in Guatts Namen,

Thommes, un jegg diän Kerels Beschäid, wann't of
helle Muargen drüwer weert."" —

„Mannshand is uawen!" raip Thommes ter Wäierts=
stuawe rin, schlaug op be Taske un tallte syine tain
Daler oppen Disk. De Gäste riewen sik de Augen un
wollen iäre bloe Wunner saihn. „Niu kann if den
Wäiert wier süär den Tappen jagen!" saggte Thommes
un laggte nau twäi gemeine Daler byi diän Kraunbaler.
Un sai drünken, bit de Sunne schäin, un gengen byi
Dage häime.

De Himel well verdaint syin.

„Segg mol, Hannodam! if hewwe dik all lange
frogen wöllen: brümme west biu op byine allen Dage
nau wual friggen? biu könnst et doch sau gutt hewwen!
kein Menske imme Duarpe biätter ase biu!"

„„Jä, dat siehste wual, un byin dumme Verstand
wäit et nit biätter. If well't byi mol verduitsken.
Suih: if hewwe Hius un Huaff, siftig Hauwen Wiese=
waß un hundert Muargen Wald, liegend Geld, un Geld
op Ränte — kurzum: den Himel op Eeren. Awer en
örntlik Christenmenske mott of ant Stiärwen denken un
sik den Himel verdainen in ginner Welt — — biär=
ümme niämm' if myi en Kruize un well't driägen
met Gebuld. De Himel well verdaint syin."" —

Hännes un Friddrich.

„Friddrich, biu gäit et?" — „„Auh — schlecht:
if hewwe sier Sundag keinen Dirt[1] mehr hat."" —

„Hännes! biu gäit et!" — „„Auh, frog! sier
Sundag keine Drüppel mehr — läihn' myi 'ne Drüt=
tainer."" — Sau karmeden Hännes un Friddrich, wann
de Wiäcke bit annen Fryidag kummen was, un wören
des Sunnowends ganz macholle süär Duast. Un, wäit
nie Hiärquatt, des Sundags habben sai ümmer wier
en paar Kaßmänner byinäin schrappet un brachten se
in't Wäiertshius. Sau seeten se ok äines Sundages
Nummedags wier amme langen Diske, habben jeder
syinen halwen Oort süär sik stohn un keinen sau daip
innen Thron rin, dat de andern Gäste ments iäre
Plasäier an diin beiden habben. Friddrich harr' all syine
ganzen Künste maken mötten, Magnificat met Fingen
oppem Diske spielt, un „Capuziner" baukstawäiert: —
„Cäi=a, ka; päi=u, pi, Kapizi; Cäi=u, pu, Katzipi;
e=r, zer, Katzupiner." — „„He Friddrich, diin büst
derinne verkummen! suihst et wual? diin kannst et nit!
'ne gryisen Kopp, un keinen Verstand!"" — „Bat?!
dat solle doch saihn! dann baukstawäier' ik biän Poter
naumol! Ehre, wem Ehre gebührt, Römer am drei=
zehnten." Un hai senk wier an: „Cäi=a, ka; päi=u, pi,
Capizi," un sau föbber un haspelde sik sau reine
derinne tau, dat hai den Faam nit wiersinnen konn.
Hännes worte tiärget, dat hai de kleinste Keerel imme
Duarpe wör, 'ne Keerel ase 'ne Putällgenproffen, un
harr' all oppem Staule stohn un sik met syinem Prikel=
stocke miätten, un den Staul metriäcket. Un sau seeten
dai beiden, Friddrich nawen süär'm Diske, un Hännes
unnen süär'm Diske, gerade giegenüwer, un jeder harr'
en ganz Complöttken van Föppers un Tiännewyisern
richtopp ümme sik stohn.

Paulus — wiete wual? ik heww' ug all mehr
ramme vertallt — harr' all lange in der Ecke siätten un
iummäiert un simuläiert, ümme syine Sundag=Numme=

dags=Schelmestücke iuttelooten, un genk un halte de
Plauglyine vamme Huawe, kraup unnern Disk un kru=
melde sau lange, bit hai dem Fribbrich syine Väine in
der Noise harr', un dem Hännes syine auk. Sai miär=
leben nix; Hännes raip ments: „Bat spartel dai Hund
unner'm Diske rümme? Ruie, weste riut?!" un Fribbrich
saggte: „Katz, Katz!" Paulus awer kraup sachte unner'm
Diske denn un stonb tüsker den andern sau dumm un
sau miulöppig, ase wann hai seggen wöll: „ik sin amme
siewenjöhrigen Kryige kein Schuld wiäst." Dann genk
hai byi Fribbrich stohn un saggte: „Fribbrich! drink
Hännes mol tau!" — „Prost, Hännes!" raip Fribbrich;
„Ehre, wem Ehre gebührt, Römer am dreizehnten!" —
Un Hännes saggte: „Wäiste, stäiste, kumm an! Prost,
alle Junge!"

    Paulus: Awer, Fribbrich! hörste nit, bat Hännes
siet: diu wörst 'ne dummen Jungen?

    Fribbrich: Au — loot diän allen Schwyinigel
seggen, batte well!

    Paulus: Awer, Hännes! hörste nit, bat Fribbrich
siet: diu wörst 'ne rechten Schwyinigel, un wann diu
nit artig wörst, dann kriegeste wat oppet Fell?

    Hännes: Auh — dai ruppige Junge! hai mwi
oppet Fell? segg, hai wör 'n Jsel, hai un syin Baar!

    Paulus: Hörst' et niu wual, Fribbrich? hai siet,
diu härrst keinen Baar nit hat, un de Jsel härr dik
iut der Wand schlagen.

    Fribbrich: Bat? bat? bo stammet hai dann hiär?
iut der Läimenkiule, oder van der Miste?

    Paulus: Jömmer, Hännes! hai siet, diu wörst
besuappen un träggerst, ase de Hahn op Schulten Miste.

    Hännes: Bat siet dai Lappsack? ik besuappen?
sau nöchtern, ase des Muargens süär de Haumisse! dat
sütt Jeder, dai byi in de Stuawe spigget.

Paulus: Näi, niu denk doch mol an, Friddrich! hai siet, diu vertiährtest hyi nix, un spiggerst dem Wäiert ümmensüß in de Stuawe, diu wörst 'ne rechten Lappsack.

Friddrich: Bat siet dai Liusefubbek? ik 'ne Lapp= sack? ik hewwe jeden Sundag Owend myinen Hoorbuil sau gutt, ase hai, un betahle 'ne ehrlik.

Paulus: Näi, Hännes, dat is doch te arg! hai siet, diu hiärrst Luise un wörst nit ehrlik.

„Diusend Schwerrenauth!" raip Hännes un pek iyinen Prickelstock in de Hand; „ik nit ehrlik?! verstäiste? wäiste? bai stiehlt dann Jiuben Nathan det Ungel van der Schlachtebiäll un schmiährt sik de Schauh ber= mett? bai stiehlt det Drüppelwaß in der Kiärken un verkoiper't ase Brandsalwe? bai stiehlt de Kruizer vamme Kiärkhuawe un bött den Uawen dermet an? ik oder hai? verstäiste, kumm an!"

„Heer, vergif myi myine Sünnen! awer diu — raip Friddrich un knuffte beide Fusste — awer diu, trotzige Junge, sast se myi doch nau nit füärhallen! diu Krüpel! diu Untermaaß, diän se byi der Muste= rung te Bryilen vamme Rothse schmieten het! diän syine M'riggelyisebeth imme Beddestrauh verluaren hiät! dai terjohren Hiärwest in Berlüß was, un tüsker den Schwyinetuffeln sünnen se 'ne wier! dai der Maged füär den Beßmen kam, un sai kiährte 'ne met riut op de Miste!

Bo Hännes dat hoorte, bo bohen iämme awer syine Lyidören wäih; hai sprank op, pek syinen Prikel= stock un woll dem Friddrich oppen Dak; un Friddrich sprank op un woll sik wiähren — biuß! sell Hännes iiwer syinen Staul teriigge, dat de Liänne knappede. Hai sochte syine Knuacken wier byinäin, sprank op un

woll op Fribbrich an — biuß! schlaug Fribbrich bohenne,
bat be Staul in Fetzen genk. „Wachtet!" saggte Paulus,
„bai Staile sollt ug nit mehr hinnern!" un was sau frohi
un taug Jedem syinen Staul unner benn, un rette sik
bann ter Stuawen riut. Niu spachelben bai beiben an
iärer Lyine un rieten, un balle knickebe büse in be Knaie
un sell, un balle bai, un flankeben un raipen, un Hännes
spaukebe met syinem Stocke in ber Luft rümme un stotte
Gläser un Flaiken kaputt. Un bo bai Anbern recht amme
Lachen wören — biuß! bo schlaigen sai beibe in be
Stuawe henn, sau lank un sau stump, ase se wören, un
be Disk mett, un alles mett, bat beroppe stont. —
„Dinsend Dunnerwiähr, büse besuappenen Kerels! raip
be Wäiert, bai grabe inter Stuawe kam; Fribbrich
saggte: „Antun, syi stille, ik sin miusebaut." — „Antun,
syi stille!" aukebe Hännes, „ik stiärwe, un stoh myin
Liäwen nit wier opp." —
     Niu söll ik sai äigentlik leggen looten, bo sai gutt
siütär sinb; awer bo bai anbern Gäste sik saat lachet
habben, bo hlilpen sai biän beiben iut iärer Plauglyine
un stallten sai wier op iäre päier Bäine. Do awer
schlaug Hännes wier fräit in be Fitteke un kräggebe af
en Hiärwesthahne: „Bai hiät us bat bohn? bai was bat,
bai iäwen ter Stuawenbüähr riut laip? richtig, Paulus
was et, bai schraaprige Junge! Suih, Fribbrich! wäiste,
stäiste, kumm an — be Knuacken amme Lyiwe well ik
iäme kuart un klein schlohn ase Kaffegrüß!" Fribbrich
saggte: „Recht sau, Hännes! Ehre, wem Ehre gebührt,
Römer am breizehnten!" Un Hännes laip riut un raip
iiwer Paulus; bai awer sprank biiär be Schirmete un
tem Baukholte ropper, un Hännes bröggebe met syine
Prikelstocke hinner iämme hiär: „Keerel, stäiste, wäiste,
kumm an! kuart un klein ase Kaffegrüß!" Bo Paulus
awer nit stille stohn woll, bo genk Hännes wier in be

Stuawe, un hai un Friddrich drünken, bit se iuten Augen
nit mehr saihn un op den Faiten nit mehr stohn konnen,
un Äiner lette den Andern häime.

Twäi füär äinen.

Te Niggehius byi Poterbuarn is füär langen
Johren en Stücksken passäiert, dat is taum Gruseln un
taum Lachen teglyike.

Do was te diämmol en Mann, dai hette Han=
ricks un liäwere met syiner Kathryin' in Rugg' un
Friähn. Awer op äinmol — o wäih! nse Mann mochte
met innen Kryig, genten no Rußland hintau. Un hai
was furt un bläif furt, un kam nit un schräif nit. Düse
un dai iutem Poterbüärnsken wören lengest wier ter=
häime, ments Hanricks nit, un Keiner wußte dervan
notevertellen. „Hai is daut", säggten alle Luie. —
„„Joh, hai is daut,"" saggte Kathryin' un vergaut iäre
blaudigen Thrönen. Awer dat Thrönen=Fättken worte
droige, un Kathryin' saggte met daipem Söcht: „Härr'
ik ments 'ne Dauenschyin! me wäit nit, biu me 'ne
briuken kann." — „„Ah sau, Goisken, diu denkest an
Wierfriggen!"" saggte de Nower. — „O Heer, näi!"
saggte Kathryin', „Nower, tuiert wat Anders! Awer
der laiwen Ornunge wiägen härr' ik doch van Hiärten
geren sau'n Schwineken!"

Un sai srogere rümm' un rümme. Antleste hett'
et, te Hüwelhuaß wör' de lesten Dage nau'n Mann
terügge kumen, dai härr' tau Hanricks syiner Kum=
panyi hort. Un Kathryin' lait sik den Gank nit ver=
draiten un stackede no Hüwelhuaß. „Joh, Frugge! hai
is daut, verlotet ug drop!" saggte dai Mann: „ik heww'
et selwer saihn, hai kräig 'ne Schlit un laggte biuß

daut!" — „„Diu laiwer Hiärrguatt!"" jaggte Kathryin'
un gräin naumol iäre natten Thrönen. Awer jai droigede
jik de Oigelkes mettem Schnuteplettken un jaggte:
„Mann! kann if der mif op verloten?" — „„If kann't
betuigen füär Gerichte!"" jaggte de alle Saldote. „„Doch
wann yi myi nit gloiwen wellt, dann froget den Stroiter
tem Rebberge, dai is düör Dage met myi häimekummen,
dai hiät met myi un Hanricks in äime Glice stohn.""
Un Kathryin' klabasterde of no'm Rebberge. „Joh! if
tann't betuigen!" jaggte de Stroiter; „hai is myi ter
Linken diällichlagen." — „„O Heer! 't is myi örntlif
iachte woren ümmet Hiärte!"" jaggte Kathryin', aje je
hiäme genk. Un laip strack nom Gerichte, un de beiden
Tuigen worten vernuammen, un — Puntum, streu
Santum — Kathryin' harr' iären Dauenschyin, ichwart
op witt, in der Hand, un worte jau fröntlif un jau ver=
gnaiglif, un lachede aj' en Roiseken im Mai, un machte
jik 'n fuierrauen Spänzer, un jaggte de Spinnen in
allen Ecken, un lait det Hius witteln van binnen un van
biuten, un — juih hyi un juih do! jai jprank van der
Kanzel met 'me wackern, jtöbigen Burßen un machte
Hochtyit un danzere aj' en Miäcken van achttain Johren.
    Dai junge Mann hette Dirk — un Dirk un
Kathryin liäwern vergnaiget tehaupe un harrn den lai=
wen Friähn imme Hiuse. Sai harrn all dreimol doipen
loten, un dai drei jungen Dirke diggern aj' en Miäll=
jiupen. Do äines Nachts — de Wächter harr' de
Twiälwe blosen, un ganz Niggehius laggte in daipem
Schlope, un Dirk un Kathryin' auk — do .... bumß!
bumß! klopper't dreimol an de Hiusdüähr. „Kathryin'
hör! bat is dat?" jaggte Dirk. — „„O Heer! Dirk,
bat is dat?"" jaggte Kathryin'. — „Kathryin', if
wäier't nit." — „„O Heer! Dirk, if wäier't auk nit"".
— Sai laggten en Poiseken still, un .... bumß! bumß!

genk et wier an der Hiusdüähr. „Kathryin'! jprink in
de Huajen un mak et Fenjter uapp un frog', bai do
wör!" — „„Dirk, it grüggele — goh diu!"" — „Flait'
in't Grüggeln! goh un frog'!" — Un Kathryin' jprank
in de Schlurren, macht' et Fenjter uapp un raip: „Bai
is do?"

„„Gurr'n Owend, gurr'n Owend! Kathryin', mak
uappen!"" raip de Stemme fiiär der Hiusdüähr!

„Marjau un Marjaujjep!" kräikt Kathryin', jau
hell aje je konn, un jchlaug et Kruize, un laip un kraup
in't Bedde unner de Deke. „„Kathryin'! bat is?""
jaggte Dirk. — „O Heer! Dirk! de lebändige Spauk!
goh un juih tau!"

Un wier genk et: bumß! bumß! un ümmer häbber.
Do jprank Dirk in't Wammes un genk an't Fenjter.
„Ümme Guadbeswillen! bai is do?"

„„It jin't."" raip de Stemme fiiär de Düähr.

„Bat fiiär'n It?" jaggte Dirk.

„„It, Hanricks, un well in myin Hius!"" raip
de Stemme.

„Guatt jy by us," raip Dirk, „un loote daut
inyin, bai daut is, bit taum jüngejten Dage!" un jchlaug
et Fenjter in de Klinke un laip un hutte den Kopp in't
Bedde. Awer ümmer wier: bumß! bumß! an der Poorte,
dat det Hius biwerde. Un dai beiden imme Bedde
biwerden auk aje de Disteln oppem Hiusdake. „Dirk!
bat joll vyi maken?" — „„Kathryin'! jä, bat joll vyi
maken?"" — „Dirk! vyi mottet det Gäijt jproken!" —
„„Kathryin'! jo, vyi mottet det Gäijt jproken!""

Un jai tügen jik an un pecken jik unner'n Aarm
un gengen an't Fenjter. „Alle guten Geijter loben Gott
den Herrn!"

„It auf!" raip de Stemme.

„„Biſte van Guatt, un weſte no Guatt, dann ſegg
us: bai biſte? un bat is dyin Begiähr?""

„Ik ſin Hanricks, un myin Begiähr is myin Hius
un myine Frugge," ſaggte de Stemme. „Maket uappen,
ober ik ſchloh de Düähr kuart un klein aſe Schniuſtubad!"
Un bobyi ſenk et van Niggem an te regimäntern an der
Poorte, aſe wann be jüngeſte Dag do wör.

„Kathryin'! oyi mottet uappen maken," ſaggte Dirk,
„oyi behallet ſüs keinen Poſt amme Hiuſe ſtohn; det Gäiſt
well rin, gariut un garaus, un bai wäit, et brenger't
ſerrig, wann't ok büärt Schlüttellnack kriupen mott, un
kümmet un brägget us de Hälſe rümme."

„„O Heer, joh! Dirk, kumm in Guabbes=Heeren=
Namen! et gäit nit anders."" Un bai beiden ſtecken de
Lampe an, hengelden ſik faſte in un gengen met biwergen
Bäinen un klappergen Tiännen ter Trappe runner un
ſchüwen den Schäller van der Hiusdüähr. Do kam' ne
baumſtarken grauten Keerel rin, met ſchwartem Boorbe,
un ſell Kathryin ün.men Hals un raip un gräin derbyi:
„O Kathryin'! o Kathryin'! o Frugge, liäweſte nau?
Suih, hyi ſin ik wier, un uſem Hiärrguatt ſni's ge=
banket, barr ik bik nau äiumol wier ſaih' in myime
Liäwen!""

„Hanricks! ümme diuſend Guabbeswillen! biſt et
würklik?" raip Kathryin'; „un biſt kein Gäiſt? — Näi,
biu biſt waarme un nit kalt aſ' en Gäiſt — ſegg; biſt
et ganz gewiß?"

„„Kathryin'! ik ſint ganz gewiß, un well met byi
iätten un brinken, un byi byi blyiwen all Tyit myines
Liäwens. — Awer bat is bat dann ſüär'n Manns=
menſke byi byi? biän kenn' ik nit — bat well bai in
uſem Hiuſe?""

„O Heer! .... Hanricks!" ſaggte Kathryin' un
ſchnappere no'm Ohme .... „ſuih, biu blieweſt iau

lange . . . . alle Andern keemen wier . . . . ments diu
nit . . . . un't Gerichte gaffte myi dyinen Dauenschyin
. . . . un 'ne arme Wittfrugge, wäiste, is üwel dran . . . .
un do . . . . un do . . . . kam Dirk . . . . un de Paſtauer
hiät us koppeſäiert, un vyi het tehaupe biätt ſüär dyine
arme Säile . . . . un . . . . Guabbes Siägen is imme
Hinſe un in der Waige . . . . un . . . ."

„„Och diu laiwer Heer! ſyi ſtille, Kathryin'! niu
wäit if genaug!"" raip Hanricks un ruppere ſif de Hoore.
„„Och, if arme Menſke! Suih! op mynen Faiten ſtu
if trawet van Sibirrjen bit no Niggehius, un dachte
an myine Kathryin byi jedem Schriee . . . . un niu ſtu
if do . . . . un niu . . . . o Heer! me ſöll jo in be Po'er
un in de Lippe ſpringen teglhike!"" — Op äinmol
awer knuffte de Fiuſt un worte wuithend af' en Bare
iut Sibirrjen, un raip: „„If ſchmyite den Keerel riut!
dat is de küärteſte Mette! dai hiät in myime Hinſe nix
verluaren!""

„Oho!" ſaggte Dirk un ſtallte ſif twiäß ſüär'ne.
„If ſtoh auf myinen Mann, un froge dif: bat weſt
diu in myime Hinſe un byi myiner Fruggen?"

„„O Herr! Kinners yt Luie!"" kräiſk Kathryin'
un ſprauk midden manker ſe. „„Maket ug nit daut!
ſüs heww' if keinen! — Dirk, diu ſetteſt dif mol
dohenne, un diu, Hanricks, dohenne — beide wyit
iutenäin! San blyiw' yi ſitten! Un niu goh if un
mak us äis 'ne gubben ſtyiwen Kaffe, dai ſall us wier
te Verſtande brengen, un — üwer jedes Dinges lätt
ſif kuiern."

Un aſe de Kaffekietel flaut, do wort' et Gemaithe
ſainiger un ſachter, un Hanricks fenk an te vertellen.
„Näi, dai Menſke te Hüwelhuaff un tem Rebberge, bo
diu van ſaggteſt, het nit luaggen. If kräig 'ne Schüt
un was daut, un wußte twäi Dage lauk van der Welt

nit. Ujer laggte 'n ganzen Haup oppenäin, alle miuje=
daut. Do amme drübden Dage 'kam en Tropp Luie,
un woll uß begrawen, un reerte tüßter uß rümme un
rüjelde uns henn un hiär. Do op äinmol jell mvi in,
darr if nau lebäudig was, un jaggt' et diän Luien, dai
mif anpecfen. 't äifte wolln j'et mvi nit gloiwen, un
wolln mif met in't graute Luacf jchmviten: awer if
jaggte, je jöllen jif mol unnerstohn! Do friegen je
Frochten un jchmieten mif op 'n Strauhwagen un jorrten
mif wiäg, un do wort' if in 'ne allmächtigen Thauern
jperret, fräig awer alle Dage mvin richtig Gejrööte un
fam wier tau Kräften. Un do het je mif no Sibirrjen
transpetäiert, do girr't anders feine Luie aje Baren un
Wülfe, un do ftuacfet m'et Fuier met Vißfiäcfeln. Kinners!
if jegg' ug: do hiär't mvi 'ne Paufe jchlecht gohn! Bin=
viel Dage un bin lange Johre if do wiäst jin, wäit if
jelwer nit: denn 'ne Sunne girr't do nit, bo me jif no
richten fönn. Antlefte worte mvi jaggt, if fönn gohn!
Un if dachte: niu gäifte Stante päi no Niggehins un no
dviner Kathrvin' — — Kathrvin'! jä .... niu jin if
do .... jä, un niu ....! Niu jin if bvi mviner Frugge
un jall der üwrig jvin, aj' et jvifte Rad am Wagen!"
un hai gräin hellopp.

„Un if arme Menjfe!" raip Dirf, un hulwerde
auf. „If hewwe 'ne Frugge, un jall niu feine hewwen!"

„„Kinner! terrvitet ug nit!"" jaggte Kathrvin'.
„„Saiht: bat paffäiert ift, do fonn vvi alle drei nixen
tau. Un biu't niu weren jall, dojiär iß uje Bijchof
un Fürfte do. Un jau droh', aje de Dag grüggelt, goh'
if no'm Schluatte no Willem Autun, do famme
Plattduits met tedäiern, dai wäit 't un jall entjchäien,
biämm' if taufumme van ug beiden."" "

Diäß wören dai beiden tefriän, un aj' et Dag was,
jchmäit jif Kathrvin' innen Salopp un genf. Hanricfs

raip iär no: „Segg 'me awer, it wör' de Äiste un härr'
de ölleften Braiwe!" Doch Dirf raip: „Segg 'me awer
derbvi, it wör' de Leste un innem jüngeſten Befitze!" —
„„Yi ſchwyiget alle beide ſtille!"" raip Kathrvin', „„un
verdriät ug, bit it wierkumme!""

Kathrvin' kam in't Schluatt un worte füärloten,
un vertallte Wilhelm Antun de ganze Proftemohl=
twit. „Niu, Heer, bat is te maken?"

„„Dann fegg' mvi mol, Kind! bilken van beiden
wöſte dann wual am laiweſten behallen?"" faggte de
Fürſt.

„O Heer! wann it dat ments● wüßte!" faggte
Kathrvin'. „Hanricks was ümmer 'ne laiwen Jfel, un
Dirf auf."

„„No, it well dvi feggen, biu't ſyin mott,""
faggte Willem Antun. „„Hanricks hiät de ölleſten
Braiwe . . . . ."

„Jä, jä, dat ſiet hai felwer," faggte Kathryin'.

„„ . . . . un Hanricks is dyin Mann un blyiwet
dyin Mann, bit dat äiner van ug beiden ſtirwet. Dat
wäiſte jo iutem Katechismus: de Äih wahrt bit innen
Daut.""

„De Äih met Dirf awer auf," faggte Kathryin'.

„„Näi, Kind Guaddes! dai is null un nichte, wyi=
lauf dyin äiſte Mann nau liäwede. Awer diu un Dirf
het keine Sünne dohn.""

„O Heer! bat fall dann Dirf anfangen?"

„„Dai gäit fviner Wiäge, un ümme de Blagen
mott' vi ug verdriägen.""

„Jöſes näi, Heer Fürſte! Dai arme Menſke!"

„„Kind! 't gäit nit anders.""

„Heer Fürſte, niämmet en Injaihn! Batt mein'
vi? föll't nit fau gohn? Wann fik dai beiden

Isels derümme verdriägen konnt, dann lootet
ie myi beide!"

Wilhelm Antun lachere hellopp un jaggte: „„Näi
Kind! it sin Fürste un mott siiär myin Land iuargen.""

„Biu sau, Heer Fürste?"

„„No, wäiste dann nit? wann sit be Isels talmet,
girr't Riähnewiähr? Un düse beiden Isels wörten sit
talmen alle Dage, dai Guatt weeren lätt, un vyi häbben
Riähnewiähr det ganze häile Johr un wörte kein Spier
oppem Halme ryipe. Verstäiste? et blyiwet, as' it
jaggte!""

Un use aarme Dirk mochte affiocken, un Hanricks
stak sit vergnaiget met sinnem äigenen Dauenschyine
de Phyipe an.

Discurs no der Vesper.

De wyise Lippes un syine Nowers läggten oppem
Häithaupe un schmaikern iäre Sundag = Nummedags=
Phyipe. Do kam de Köster des Wiäges: „No, Lippes,
bat gellt dann de Roth?" — „Ne Daler!" jaggte
Lippes. „Nit wohr, Heer Köster? dat was 'ne Priäde
dün Muargen! Bat hiät hai't us jaggt! bat hiät
hai de Schrift imme Koppe! bat wäit hai't te brengen!
It sin gewiß wyise — awer hai is et auk. Un düse
Anstand! un dat strullet 'me Alles vamme Tahne, ase
klor Water iuter Legge. Et is 'ne äinzigen Mann, use
Pastauer! Guatt erhalle 'ne byi Trauste un loote 'ne
us lange gesund! Sau ennen weert nit wier junk, sau
lange ase de Rhyin fllütt." — „„No no! no no!""
jaggte de Köster, „„hai hiärr't doch nit alläine dohn!
hai harr' gutt priäden; it harr' der iämme tau lutt.

— Awer det Üärgeln! dat hiät schnurrt düin Muar=
gen! de Engeln mochten dernoh danzen! if harr' awer
of alle Registers iuttuaggen, Prinzipal un Cimbelstecren!
Jä, wann wi do nau'n Wöörbeken van jäggten! dat is
'ne Kunst! un dai hört mwi alläine."" — „Oh, oh!"
saggte Hanfranz Stuterbock, „oh, oh, un — un dat
is doch auf nit wohr! un — un if hewwe doch de
Puisters triähn! jä, un — un wi het de Rauten
füär ug stohn! dann is et keine Kunst nit! awer Guatt
ehr' mit! if — if — if trampe de Bälge un — un hewwe
de Rauten imme Koppe."

Jeder Stand hiät syine Würde.

De Schulte te Habbel harr 'ne Schwäinen, dai
harr iämme vulle füftig Johre getrügge dennt ase Bru=
mester Krummsteert un fierte syin Jubiläi met vullen
Zerremonnigen, un de Küfinne satte 'me 'ne häilen Kal=
wesbrohn met 'me Napp vull Priumen füär syinen Kopp
allaine füär. Van diäm Dage an soll hai syine Rugge
hewwen un 't Gnadenbraud vertiähren. Des Muargens
no'm Fäste saggte de Schulte füär 'ne: „Ryikes, saggte,
if kann't dwi tworens nit mehr an Sinns syin, awer
et wör mwi doch laif, wann diu van Dage dyinen Roh=
folger in syin Amt insoiern wöst un instruwäiern diän
Jungen en wennig, absunders, dat hai mwine Schnoor
genogge kennen löhrte un dem Kaweläier te Herbringen
nit te noge hött. Diu wäist, hai is nau junk, un Jugend
hiät keine Dugend."

Un Ryikes taug met dem Jungen op de Drift un
kam Owends met 'me häime. „No, Ryikes," saggte
de Schulte, „bat sieste vamme Jungen? söll hai wual
gerohn?"

Do satte Nyikes en bedachtsam Gesichte op un
saggte: „Jä, bat sall me dovan seggen? Na, sau 'n
bitken Haien, dat mag wual gohn, dat sall hai wual
lehren; awer 'n örntliken Schwäinen stieket der doch
nit inne: do hört mehr tau."

Byim Froihstücke.

De dicke Brumester Holtappel te Mennen saat äines
Muargens byim Froihstücke, harr 'ne Putällge Rauen
süär sik stohn un gnagede amme kallen Hasenbrohn.
Brochmes Franz kam ter Stuawen rinn, nahm syine
Müske unner'n Arm un saggte: „Gurrn Muargen, Heer
Brumester! ik wünske gurren Awetyit."

„Och, Franz!" saggte de Brumester, „Awetyit heww'
ik wuall; diän brinkeste myi gar nit äist te wünsken.
Awer myine Mühle is te stiuf; dai well gar nit örntlik
mehr mahlen. Kerel, ik wöll, dat ik dyine Tiänne imme
Nachen sitten härr!"

„Joh, Heer Brumester," saggte Franz, „dat wör
ug gutt un geren te gönnen; myine Mühle is nau gutt
imme Stanne un mahlt kuart un klein; awer wiet' yi,
bat iär sehlt? De Aarwet. Och diu laiwer Guatt!
ik wöll, ik könn iär sau viel te daun giewen, ase yi."

De Brumester lachede un raip: „Kerel, dä! hiäst
'ne Bollen met!"

Twäi wichtige Baüker.

Schlünder's Dihme, diise weltbekannte Säß-
unsässtig-Spieler, dai diärümme ok grade an diäm Dage
starf, bo hai sässunsässtig Johr alt worte, was äines

Sundags = Muargens te Voßwinkel in der Froihmiffe
wiäft un faat dann op der Trappe füär'm Hiufe un
haujahnte af' en Jagdhund füär Langewhile. Hai faggte
all tem äinunfufzigften Mole un föchtede derby: „Och,
keme doch äift be Poft! villichte wör wual äin ober
ander Heer derinn, wann't of ments 'ne halwen wör,
met diäm it, fau lange afe 't Ümmefpannen durt, twäi
ober brei Boime Säßunfäftig fpielen könn, den Baum
iimmen Güllen!" Arwer de Poft kam iimmer nau nit,
un füär lange While genke un haalte, bat hai füs nit
lichte doh, iut der Stuawe en Rigge Teftemänte, fatte
fik wier op de Trappe un laufte 't Evangillgen vamme
Dage.

Do kam en Packjiude des Wiäges; bai draug füär
den ryiken Jiuden Oweram te Mennen, byi diäm be
ganze Gigend an der Kryite ftont, de Waare op de
Düärper, was maie un fatte fynen Packen an Schlün=
ders Trappe diäll, kräig 'ne Zypel un en Stücke Braud
iuter Tafke un fenk an te acheln. Schlünders Dihme,
bai keine Zypel rinken konn, genk verdraitlik in't Hius
un lait fyin Rigge Teftemente opper Trappen leggen.
Üwer en Tyitlank kame wier riut un foh, biu de Jiude
iut Riggemehr dat Bauk in de Hand nuammen harr
un derinne rümme blatte. „Jiude!" raip de Dihme,
„lot dat Bauk leggen! do ftäit nit viel Guddes inne
van ug Jiuden."

Myin Itzig awer nit fiul un gaffte ter Antwort:
„Sau? nit viel Guddes van den Jiuden? Ja, wahr=
haftigen Guatts! un myin Heer te Mennen hiät en
Bauk,[1] dat is nau dreimol fau graut un fau dicke, un
is tworens ment gefchriewen, nit gebrücket: nai, ik fegge
ug, do ftäit of wahrhaftig nit viel Guddes inne van

---

[1] Anm. Das Contobuch.

ug Chriſten — wahrhaftig nit! un aſ' it gloiwe, yi
ſtott der auf inne."

De Dihme ſaggte kein Woort mehr.

Piärrehandel.

Daiſelſtige Schlünders Dihme machte geren jau
allerhand kleine Händelkes, abſunders met Piärren. Nu
harr hai mol en Piärd van der Kulöhr, bat me Schoko=
laden=Schimmel hett; dat Dhir löchtede dem ſchaiwen
Mauſes Mannes van Unno in be Augen, un de Dihme
wußt' et iämme jau riutteſtrylen, dat de Jiude Willens
woorte te kaupen. Mauſes Mannes ſelwer harr auf en
Piärd, 'ne Goldvoß, un dai Goldvoß geſell Schlünders
Dihmen, un de Jiude prohlte ſyine Dugenden, dat dem
Dihmen dat Water in der Miule tehaupe laip. Sai
woorten handelsäinig, de Tiuſk woorte ſchluatten, Mannes
gaffte tain Daler Opgeld un galoppäierbe mettem Schoko=
ladenſchimmel furt, de Dihme awer ſorrte den Goldvoß
an ſyine Krüwwe, lachede ſchmunzer mettem ganzen Ge=
ſichte un ſaggte fiiär ſik: „Jiude, beſchuppet heww' it
dik doch! Bat jaſte opkyiken, wann diu miärkeſt, dat
de Schimmel tollerſk is!" — De Jiude awer flotte:
„Dihmeken, Dihmeken! beſäiwelt heww' it dik doch! Bat
jaſt diu Augen maken, wann diu miärkeſt, dat de Voß
bauglahm is!"

Ungeſehr jäß Wiäcken dropp kam Mauſes Mannes
wier des Wiäges fiiär'm Schlünder hiär, ioh ben Dihmen
op ber Trappen ſitten un raip: „Na, Dihme! biu gäit
't bann mettem Goldvoß?"

De Dihme kraſſede ſik ächter'm Ohr un ſaggte:
„Schaiwe Jiude! diu un dyin Goldvoß! Wahrhaftig,
kannſt 'ne van Dage aſe Kuappervoß wierkrygen!"

„Na," jaggte Mauſes Mannes, „na, un ŋi? Wahr=
haftig, ŋi konnt ugen Schokoladenſchimmel ter Stunne
wierkrŋigen aſe Suckräi=Schimmel!"

Wahr dik füär ſülken.

Et genk uſer, aſe oŋi nau Stubänten wören, en
Dutzend van Sauſt ter Haar ropper op Wippringien
tau. Dat gubbe Bäier bŋi Aſemann oppem Grandwiäge
harr' us munter macht, uſen Frönd Flammohr ſaugar
intgeloten. Do kam us en Iſeldrŋiwer in be Maite
met ſŋif Iſels; un Flammohr ſaggte: „Jungens, paſſet
op! diän well if mol ſoppen."

Bŋi ſäggten: „Wahr dik füär ſülken!" Hai awer
kohrte ſik an niŋ un raip bem Iſeldrŋiwer tau: „Gurre
Frönd, ſegget mol: bo wellt bann bai ſäß Iſels
henne?"

„Dat gäit ben ſiewenden niŋen an," lutte be
Antwort, un oŋi lacheden un gratteläierden uſem Flamm=
ohr tau ſŋiner niggen Würde.

Grante Bauhnen.

„Bat te viel is, is te viel!" ſaggte be Münſter=
länder Bure un brummebe in ben Bort, aſe be Frugge
tem dreiuntwintigſten Mole graute Bauhnen un Speck
oppen Diſk ſatte. Awer be Frugge hoorte nit gutt, un
knackebe taum väieruntwintigſten Mole graute Bauhnen
un Speck. De Bure kam in be Küke, käik in ben Pott,
taug en Geſichte ſau quattſerbärmlik un ſaggte: „Fi
jaſſes! all wier graute Bauhnen!" Awer be Frugge nit
ſiul, peck met bem Schleif in be Bauhnen, ſtallte ſik

füär 'ne, afe wann fe iämme richt bermet in't Geſichte
wöll, un ſaggte: „Bat ſäggteſte bo, Kerel? Dat lot
mik nau äinmol hören!" Un hai kräig dat Biwern
un ſaggte: „Laiwe Frugge, ſaggt' ik, graute Bauhnen
ſchmecket ſaite."

Un hai kräig graute Bauhnen ſau lange, bit dat
ſe Bitȥen habben van Suall=Piähr.

Vamme Kinnerdoipen.

En Bur imme Kiäſpel Schoinholȥen woll doipen
loten un harr' en ganȥ Duȥ Luie te Paa biddet. Gutt!
Awer biu ſoll dai Junge heiten? Dat was de Froge,
un üwer büſe Froge konnen ſai gar nit äinig weeren,
de Batter nit met den Paans, un de Paans nit unner
iärk. Antleſte ſchlaug de Hiwamme den kleinen Schrigger
in de Schlüppe un ſaggte: „Kummet! ſüs goh ik alläine."
Sai gengen, awer den ganȥen Wiäg üwer Land bit no
Schoinholȥen wören ſai nau ümmer am Kräitern ümme
diän Namen. De Paſtauer frogede: „Wie ſoll das Kind
heißen?" — Do raip de äine: „Hännes", de andere
„Kauert", de drübbe „Henryiks", de väierde „Stoffel",
un ſau bit taum twiälften riut, jeder anders, un ſai
häbben ſik hoorsnoge füär'm Altore byi den Köppen
kriegen. De Paſtauer mochte ſik in't Middel leggen un
ſaggte: „Laßt mich den Streit einfach ſchlichten. Wählet
den Namen des Heiligen vom Tage; ſeht, wir haben
heute Nikodemus; das war ein großer Heiliger, der Nachts
zu dem Herrn kam und ſein Wort hörte."

Gutt — de Paans woren biäß tefriän, de Kleine
woorte dofft, un in Rugg' un Friän genk de ganȥe Tropp
terrüge, ümme den Ȥäch te ſuiern. Aſe ſai in't Hius

kamen, frogebe be Batter: „Na, un biu hett bann niu be Junge?" Un fai amfeben, „Nidebäimes."

„Nidebäimes?" faggte be Bur un fchutte amme Koppe! — „Nidebäimes? 'ne fchnurrigen Namen! biän hemm' it mpin Liäwen nit hort; bai is imme ganzen Kiäfpel nit. Na, bat was bat bann füär'n Patroiner, bai Sente Nidebäimes?"

„„Dat wör 'ne ftöbigen Hilligen wiäft, faggte be Paftauer, un bai wör bpi nachtfchlopenber Typit no'm Heeren kummen.""

„Bat? bpi nachtfchlopenber Typit? Dann was bat keine reine Butter nit: bann gott mpi wiäg met biäm ganzen Nidebäimes! Wann bat 'ne ehrliten Kerel was, bann konn hai bpi Dage kummen. Marß, brenget ben Jungen faufoorts wier nor Kiärken un loter 'ne ümme= boipen, mpintwiägen Michel ober Klogges — awer 'ne ehrliten Namen wennigftens fall hai hewwen."

Hai bächten tehaupe nit.

Te Kleinenbiärg was en Mann, bai forrte alle Wiäde äinmol met ber Jfelkaar no Warburg un richtere allerhand Beftellungen füär't ganze Amt Kleinen= biärg iut. Äines Muargens taug hai met fpine grpifen Kameroben wier luaß; bo raip iämme be Frau Bru= mefterfte no: „Kasper! könnft mpi wuall en Dutßenb Blaumenpötte metbrengen! bat Gelb kannfte füärleggen bit bün Owenb!" — „„Et fall 'n Woort fpin, Frau Brumefterfte!"" faggte Kasper un taug fpines Wiäges.

Owenbs kam hai terügge, un be Brumefterfte kam an be Düähr un woll iäre Blaumenpötte in Empfank niämmen; boch Kasper raip: „Et bait mpi läib, Frau Brumefterfte! awer it kann ug nit helpen. It hewwe myin Müglike dohn; ik fin in väier, fyif Huifern wiäft, allerwiägen, bo Blaumenpötte faile wören, un hewwe myi jeden Pott inzeln befaihn — awer fai döchten tehaupe nit, kein inziger was häile, in jedem was unnen en Quack."

Dai was nan lange de Dümmefte nit.

Daifelftige Kasper van Kleinenbiärg harr nau andere fyine Conduitten imme Koppe. Hai kam äines Dages met fyiner Jfelkaar van Warburg teriigge, ganz lieg un ohne Fracht. Diärümme dachte hai, afe byi ennen Purrierbaum kam: „Eh bat! dann iafte ok dai achttain Pännige Purriergeld fparen." Un dat machte hai fau: noge byi'm Purrier fpannte hai fyinen Jfel iut, band diäm armen Lankohr Hänne un Faite tehaupe, fchmäit 'ne op de Kaar, un, fau fur af' et iämme worte, hai fpannte fik felwer in't Stell un taug de Kaar unner'm Purrierbaum hiär. De Jnniämmer raip iämme vamme Fenfter tau: „Kafper! bo hiäfte dyinen Jfel? is hai dyi te ungudde kummen?" — „„Af' yi faiht, Heer Kuntelöhr!" raip Kafper teriigge; „„un nit wohr, Heer Kuntelöhr? Handkaaren find fryi." — „Fryilik," faggte de Kuntelöhr, „foier ments tau!" — Un Kafper forrte äinen Schuffäiftäin föbber, lait den Jfel van der Kaar ruften, machte 'ne luaß, ftallte 'ne wier in't Stell, taug 'me en paar ümer de Riwwen, un furt genk et, hiäfte mik nit faihn? — un de Kuntelöhr käik iämme verbyiftert noh.

Piffig.

Antönncken, en Jüngesken van acht Johren, harr myit no'r Schaule te gohn, un kam äines Muar= gens 'ne ganze Stunde te late. De Magister schannte un saggte: „Hyi, verbessenbäier dik mol: brümme küm= meste sau late?" — Antönneken saggte: „Heer Magister! ik kann der nixen tau; et was sau glatt, de ganze Wiese was äin Pis; wann ik äinen Schritt süärwes doh, dann gläit ik twäi wier terügge." — Do lachede de Magister un saggte: „Wann dat is, bin is et dann awer müglik, datte niu hyi bist?" — Antönneken bedachte sik stump un kuart un saggte: „Heer Magister, dat well ik ug seggen: ik genk antleste ächtereeß, ase wann ik wier häime wöll; do machte sik dai Sake."

Baar un Suhn.

De Baar saat süär'm Uawen un brait sik de Schienen, un de Junge saggte op der Bank un jäiwede, ase wann hai 'ne Heuwagen schliuken wöll.

„Baar!"

„„Bat weste, Junge?""

„Baar! ik wäit nit, biu myi weert — dat Miul gäit myi siuter van sik selwer uappen."

„„Na, Junge, dann hör' ik et wual, ik mott byi'n Stücksken vertellen gigen den Schloop. Dann hör mol nyipe tau! As' ik nau in de Welt genk un met hüllten Näppen un Maußliepels husäierde, do kam ik ok no Hawerspannigen, do het de Fläiske Steerte as' en Aarm lank, un de Hunde trecket Hansken an gigen de Külle.""

„Jömmer, Baar, is dat wohr?"

„„Gewiß, Junge! diu weerst doch dyime äigenen
Baaren gloiwen? Jä, un denk dyi: do sind be Immen
sau graut, ase byi us te Lande de Schoope, un slaiget
nit, näi, sai soiert op 'ner Jselkaar.""

„Jömmer, Baar! biu konnt sai dann in de Byikers
kummen?"

„„Jöß, Junge! bat briukest diu do ümme te anken?
Do saihen sai no!""

„Jömmer näi, Baar! dat is myin Liäwen nit wohr!"

„„Junge! west' et gloiwen, oder diu krist be Schwere=
nauth!""

„Näi, Baar; un wann yi myi diusend Daler giätt,
ik gloiw'et nit."

„„Bat, Junge? heww' ik dyi myin Liäwen wat
füärluaggen?""

„Joh, Baar, wualmol."

„„Bat, verluaggene Junge? ik? dyin Baar?""

„Joh, Baar!"

„„Bat?! diusend schaiwe Nauth! sau wat mott ik
myi seggen loten van sau 'me Bengel? sau kürst diu
van dyime Baaren? Jä, gloif ments, dat härr' ik
myinem Baaren seggen söllen, dann —""

„Jä, yi sollt ok wual 'ne roren Baaren hat hew=
wen!"

„„Nixnutz! 'ne biättern, ase diu! dat gloif awer
ments! un diän sast diu myi doch nau nit schlecht
maken!"" Un hai gräip 'ne Spliete vamme Uawen un
woll dem Jungen det Fell berai'n; dai awer worte sau
alliärt, ase wann 'ne Wispelten stuacken härren, un rette
sik ter Stuawen riut, un hiät den ganzen Owend nit
mehr klaget, barr 'me det Miul van sik selwer uappen
genge.

Gutt iuttenäin gesatt.

De Kutiker imme Gasthuawe te Sau st harr den ganzen Dag soiern mötten un was sau maie as' en Hund. Awer do was nau äine füärnehme Dame, dai mochte partiu biän Owend nau afreisen, un de Wäiert saggte: „Johann! du mußt noch einmal auf den Bock!" — „„Heer! ik baue van Dage keinen Hantast mehr — ik kann't nit!"" — „Johann! die Dame muß durchaus fort!" — „„Is my äindaun — ik soiere nit!"" — „Du kriegst zwei Thaler Trinkgeld." — „„Un wann it 'ne Schiepel Kraundalers kryige, ik soiere nit — de Menske is kein Püttthaken!"

De Wäiert genk rin, un de Kellner kam un flat= täierde den Kutiker. Awer hai bläif derbyi: „Ik bau et nit — de Menske is kein Püttthaken!" — Dai Dame kam selwer un helt an van Himel ter Eren un kräig den Geldbuil riut — awer de Kutiker saggte: „Rappelt yi ments tau mettem Gelle — ik bau' et nit!"

Un kein Menske imme Hiuse wußte Roth. Ant= leste kam de Hiusknecht un saggte: „Heer! latt mik mol met 'me redäiern!" — „„Meinetwegen!"" saggte de Wäiert; „„doch das siehst du ja, mit dem Querkopf ist nichts anzufangen.""

Un de Hiusknecht genk no'm Kutiker innen Stall un saggte: „Johann! weste nit soiern?"

„„Näi, ik bau' et nit, Meerten!""

„No gutt! dat kannste maken, biu be west. Awer vyi wellt us doch dai Sake mol vernünftig iutenäin= setten. Suih mol: Entweder, diu soierst: nit wohr?"

„„Jiä.""

„Oder, diu soierst nit: nit wohr?"

„„Jiä.""

„Oder: diu böſt keiut van beiden — is et nit ſau?"

„„Jösjoh, Meerten! ſuih mol an! Dat is wohr!"" raip Johann un ſchlaug ſik verwündert füär de Bleſſe. „„Niu is mꝑi dat Dinges klor! niu well ik ſoiern! Wann emme doch ſau 'ne Sake örntlik iutenanderſatt weert!!!"" Un hai ſpannere wier inn un ſoorte.

Schwameldirk.

(En Faſtowendsſtück.)

Kasper: Jk ſchmꝑite de Karten dohenne — dat Dippen is lankwꝑilig!

Melcher: Jk ſin's geren teſriän; ꝑi hett mik ſau vake bäit macht, mꝑin ganze kleine Geld is ſchꝑiwes.

Balzer: No, wanne meint! if hewwe mꝑine drei Katzmänner oppem Droigen. Awer häimegohn — dotau is et doch nau te froih, uſe Ammegraitens het den Saloot nau nit rett. Saiht! do gäit de Schwameldirk ſüär'm Hiuſe hiär: klopp 'ne an't Fenſter un raup 'ne rin, dann wellve ne Schooptopp[5]) maken, un loten us den Dirk was ſüärſchwameln, dann hevve doch wat te gnäiſen.[6])

Kasper: He, Dirk! hedo! bo weſte dann hennebieſen? diu weſt doch nit mehr in't Heu? ſuihſte nit? hꝑi ſtrecket uſe Hiärrguatt den Aarmen iut, do draff me nit droige verbꝑi gohn! kumm, kaup dꝑi äiſt ennen!

Dirk: Auh — it woll no'm Schmittenjohaun, dai ſoll mꝑi iäwen düſe Kauhkiege wier maken. Jk ſin ꝑilig, de Häiere kümmet balle — ꝑilig, ꝑilig!

Melcher: Joh, dat hört me an dyinem Kuiern, diu japest jo örntlik no Ohme — kumm, drink doch äist mol!

Dirk: Meinste, et wör wual gutt? No dann! ik well rin kummen, awer ments fyif Miniuten — keine Kitze lenger. Yilig, yilig!

Balzer: Gurr'n Dag, Dirk! Kerel, biu schweste!

Dirk: Jä, Balzer! Yiwer süär't Hius, Suarge süär de Kinner! ik mott nau ryike weeren, nau Geld byinäin schlohn op dür Welt! düse paar Lappstuiwers, bat sollt myi dai?

Kasper: Joh, fryilik, bat sollt se dyi? drink der Schnaps süär, dann kummet se dyi doch te gubbe.

Dirk: Schnaps, siefte? näi, Kerel! Bäier is de Mann, un Hawer is det Piärd; Schnaps is Gift, un de Duiwel sittet in der Schnapstunne. Heda! Wirth=schaft! en Gliäßken Bäier! —

Melcher: Sier bilkem Jubeljohr drinkest biu dann keinen Schnaps mehr? un dyine whyisen Lehren sind doch gewiß nau keine drei Dage alt.

Dirk: Dann awer doch drei Stunden. If harr' mik dün Muargen hellest ploget un myin Vermügen vermehrt — yi wietet jo, bat ik süär 'ne graffe Natur hewwe, un bat ik anpacke, dat mot flaigen un jucken.

Balzer: Joh, dat wiete'we wual, biu hiäst ümmer sachte gohn looten; un batte hiäst, met Laupen hiäst et nit kriegen.

Dirk: Dann kennste mik schlecht. Kurzum: ik harr' mik dün Muargen ploget, un de genk ik, aje Kasper siet, bo use Hiärrguatt den Aarmen iutstrecket, un gonnte myi ennen.

Kasper: Äinen? oder biu viel?

Dirk: No, op drei mehr oder wenniger kümmer't nit an. Un de wort' ik doch sau beduiselt imme Koppe,

un myine Bäine wören nau duseliger ase myin Kopp,
un Alles soh it dumwelt, un de Welt laip runb ümme
met myi. Un as' it häime gent, do was et grade, ase
wann de Stäine op der Stroote nit mehr saste wören,
ümer jeden hewm' it mik schüppet, un twäimol laggt' it
lengelanges imme Wiäge; saiht, de Hand hewm' it myi
verstiuket. It kam häime un satte mik byi'n Disk, un
bat myi nau myin Liäwen nit passäiert is, it peck met
der Gowel in de Soppe, un met dem Liepel in de droigen
Tuffeln, un alles gent myi sau twäß runner, ase wann
it 'ne Sparrwagen imme Halse sitten härr'. Un bat
mik am mäisten ärgert hiät: myin Dochter stallte sik an,
grab ase myine siäll'ge Frugge, wann se den Brumm
habbe, un saggte, it söll mik wat schiämmen, dat it byi
hellem Dage besuappen häime keme. Sau'n aist Miäken!
sauwatt mott me syi seggen looten van syinen äigenen
Blagen! jä, me tütt Kinner op! Denket ug: it besuappen?
un was doch sau nöchtern, ase gißunders auk; yi wietet
jo wual, it sin en Muster imme Duarpe, un goh keinmol
ümer myine Moote rüwer.

Melcher: Joh, dat is wohr — mehr as'en Ömmer
vull kein inzigmol.

Dirk: Schwyig stille, alle Tiännewyiser! nau keinen
Kannenkrauß vull. As' it drei Tuffeln büär den Hals
runner stott habbe, laggt' it mik op de Bank hinner den
Uawen, un meinte nit anders, ase it härr' en hißig
Faiwer, un dachte all an myin Testemänte.

Balzer: Jömmer, Dirk! hiäste us dann auk be-
dacht? it wöll mik sau geren mol ryike iärwen.

Dirk: Diu sast auk nau keinen rauen Voß hewm-
wen! an byi wör't schlecht bewandt! joh, wann diu
sau'ne nöchternen Mensken wörst, ase it! Och düse,
(auf sich selbst zeigend) düse! dat is 'ne Kerel! Schade, datte
unner de Eere mott, wanne mol stirwet! Awer bat it

jeggen woll — bo was if boch anne? recht! if ischlaip
inn, un bo if wach worte — jöjes biu Welt, bat harr'
if Koppwäih!! if meinte jau, be Hoore wören nihi iutem
Koppe jprungen un if friege Hörner ai' en Duarpojje.
If dachte henn' un hiär, biu if jau 'ne Spauf innen
Kopp friegen häbbe; biu hiäft boch nix giätten, dacht' if,
bat Gift is, un keinen Hoggefloß runnerichluacken, bai
byi twiäß imme Magen liet? un hiäft boch kein Water
drunken? — yi wietet, bat gitt Lyikwäih, biärümme
hält jif en gejcheibt Menjfe an wat anders — näi, if
fonn myi nix bebenfen. An't leßte jell myi in, bat if
iimme tain Uhr bat äine Schnäppsfen drunken harr'.
„Halt!" dacht' if, „Schnaps is Gift!" jaggte be jiäll'ge
Dofter Schwyinebloje, aje iämme de Flamm iutem Halje
ichlaug; „un de Duiwel jittet in der Schnapstunne!"
niu, Dirf! brinfefte feine Drüppel mehr van diäm aisfen
Tuige, un wann diu nau hundert Johre de Eere trampejt!
Bäier is de Mann — jä, bat if jegge, hiät Grund —
hebo, Wirthichaft! nau'n Gliäßfen Bäier!

Kasper: No, bat is gutt, bat ve dif enblif vamme
Schnapje het! Arwer bat jtäijte do midden in der Stuawe,
un hälleft dyinen Ryim, aje wann be byim Hiusbüähren
be Priäcke helleft? Sett dif! juih, Balzer hiät de Karten
all mijfet un den Baum met twiälf Strieken oppen Dijf
mohlt — vyi wellt 'ne Schoopfop mafen — Melcher un
diu jind byinäin! if giewe an.

Dirf: Jös näi! myine Kauhfiege! if jin yilig! —
No, wann't partiu jyin matt! dann gif jixe! awer ments
äinen Baum! tain Miniuten! dat Kartenjpiel well if
boch auf nau ajluawen — moren, ober iiwermoren —
diin Dag nau nit — dat well iiwerlaggt jyin.

Melcher: Recht jau! awer niem de Karten un
jegg dyine Trümje an; if hewwe väier fleine.

Balzer: jyiwe!

Dirk: jässe! Schüppen is Trumpf! Melcher, spiel'
us mol op! den Allen! un den Bloen rint! recht jau!
de Andern hemm' ik selwer! Kasper is sau jann, ase' ne
Müske! wisk' us drei! Schüppen is Kalöhr! Balzer
gif, un ik well ug berwyilen en Stücksken vertellen, bat
myi gistern passäiert is. Do hemm' ik 'ne gubben Dag
hat! twäi Berlyiner verbaint! ja, ik segge ug: ik schloh
nau Geld byinäin! un bat ik segge, hiät Grund. Ik
mochte füär ennen Kaupmann den Packen no Niestjelle
driägen; un oyi gengen no'm Kramer. Ik woll mit
ächten in't Stüäweken setten — awer näi! ik mochte
garaus un gariut met in de Heerenstuawe. Do is
et awer schoine inne! ackroot as' in der Kiärken! Biller,
liuter van der Jagd! un 'ne Staul hinner'm Diske, de
konnt wual väier Mann inne sitten, met güll'nen Niägeln!
Niu hett' et: te Diske! un ik satte mik, un do läggten
se emme sau'n graut, witt Plett sau twiäß mibben iiwer't
Lyif — hyi sau hiär — as' ik myi dachte, dat me nit
schlawwern söll — un do —

Kasper: Jä, un do — niemeste dyine Karten
in de Hand un siest dyine Trümse an: Balzer hiät
jässe saggt.

Dirk: Au bat! hundert un 'ne Bütte vull! Ka=
löhr is Trumpf! Balzer, spiel opp! — Saiht, do kriegen
ve äist 'ne sette Soppe, dai was sau giäll ase Saffron;
un dann — Bat? biu süädderst Trumf? dat jaste wual
läib weeren   biusend schaiwe Nauth! biu blyiwest der=
anne? — richtig, Melcher, twäi Luie kritt nix, un dat
sin ik un biu — na, wisket ug achte!

Melcher: Suiste, alle Foilebüchse? dat kümmet
derван! biu söst dyin Schwameln looten un op de
Karten passen! bai mäket dann Kalöhr, wamme keine
Dame hiät?

Dirk: Bat! be twäi rauen Buren, un väier lebän=
bige Schüppen in ber Hanb? bai soll ik verpaſſen? bo
mak' ik jebesmol Kalöhr op —

Melcher: Un kannſt ok jebesmol verlaiſen, wann
byin Mann keine hauge Wänzels hiät. No gif, un ſpiel
met Anbacht!

Dirk: Sau? ik mott giewen? bann kummet boch
be Karten mol in ehrlike Hänne! Balzer harr' ſiutelt
un ſik alle Trümpje byinäin ſtiäcken — batt ſegg' ik,
un bat ik ſegge, hiät Grunb — väier Damen un be
beiben beſten Buren in äiner Hanb, bat is ſiis nit
menſkenmüglik — Balzer, niem myi bat nit üwel: et is
nit met richtigen Dingen taugohn.

Balzer: Niu hör mol an, büſe Menſke! batte
jräit is! hai kollert jo grabe aſ' en Schriuthahne!
Häbben byi 'ne bomols wierſriggen loten, bo ve ſyne
Annekatryine innen Kiärkhuaj briägen habben! härr' ve
'ne wierſriggen loten! bann ſöll iäme bat Fräie wual
vergohn ſyin. Ober ſegg: hiäſte giſtern byim Kramer
nix hat aſe Moſtert un Mierräik, batte biin Dag ſau
jriät biſt?

Dirk: Dat gloiw' awer ments nit! Saiht, byi
habben Soppe, un bo Rinbſläiſk met ſau 'ner ſtyiwen
Brögge briiwer un bann —

Kasper: Au, ſchwyig ſtille, alle Droolepäiter!
byi ſinb all lengeſt ſaat van byinen Trachtemänten —
gif Karte, un benk an't Spiel. — No bann! väier
van ber Nigen!

Melcher: Väier met! vamme Küinig!

Balzer: Fyiwe!

Dirk: If paſſe.

Kasper: Sau! bo hevve boch bi ä n Schrigger
ter Rugge bracht. Balzer! biu hiäſt ſyiwe? bann mak
ik Kalöhr! Trumpi oppen Diik! — Niu biu, Balzer,

Trumpf! — un Trumpf! — Farwe! — recht fau! — diän kann it — Frijkarte! — un Hiärtenaß! Dirk, bat fiefte bann niu? Baum wiäg! betaal myi 'n Kaß= männeken!

Dirk: Kerels! yi fyib jö nau fchlimer afe myine Braiers! — Jä, myine Braiers! och, bat myi bai all fchatt het! wann it bran benke, wert et myi flau — it wör lengeft 'ne ryiken Kerel un könn byi'm Kramer ümmer in de Heerenftuawe gohn; awer myine Braiers, myine Braiers! och Guatt, it braff der nit an benken! bai het myi fchatt wennigftens — joh, wennigftens — — — fufzig Daler!!! — Mariechen! tapp myi nau'n Gliäßken Bäier, barr it et vergiätte! — No Kasper, gif Karte! Melcher, fchryif us 'ne niggen Baum an! büttmol follt fe kein Stiftken hewwen! oyi wellt iänne 'ne Bock maken, 'ne Bock met Hörens! — Och, myine Braiers!! — Awer myin Dochter is gutt! bai bai naumol kritt! en Engel op Eeren! kuacken, afe wann't te Meikede in Biärgmefters lohrt häbbe! un en Gemaithe afe Hunig! ackroot afe myine fiäll'ge Frugge! (gerührt): — Ach! bat was en Menfke! fau ente weert of op Eeren nit wier junk! ach, bat harr mik bai laif! näi, yi konner't of fau gar nit gloiwen — — (in bem= felben weinerlichen Tone) — it paffe! fpiel ments opp! — Ach, myine Frugge! Thrönen heww' it grienen, afe wann be Dak ftrullet byi Döggewiähr! innen Kannen= krauß gott fe nit inn! un wann it der nau an benke, bann weert et myi fau jömersk, un it wöll wmal fau oppen Disk bucken un gryinen Liäcker in't Holt! — (auffahrenb —) Bat? yi wifket drei?!

Melcher: Jä, fuih, bat biu füär 'ne Mufikanten bift! hiäft do den Bloen twäimol befatt, un hiäft keinen Stick macht! biu föft oyin Foilen loten, biu alle Schlau= tentäiweš!

Dirk: No, no, if well't nit mehr daun, un well unßipe oppaßen — gif Karte! — (weinerlich) — awer mßine Frugge! if kann se nit vergiätten, un wann if sau alt weere ase Mathuseläim. Denket ug: Sundag hewm' if nau grienen as' en Blage — mßin kleine Antünneken, en Kind, sau witt ase Milk un sau raut as' en Äppelken, un sau schoine as' en Bild — (schmunzelnd) — hai glßiket ganz mßi, ase wanne nßi iutem Gesichte schnien wör — (weinerlich) un do henk van mßiner siäll'gen Frugge nau'n Kläib imme Schappe, Kattiungebrück, verschuatten giäll, met grainen Strßipen brinne — un do kümmet mßin Dochter hiär un schnitt et iutenander un nägget usem Antünneken en Kapüttken beriut — if stohe Sun= dag Muargen op, sette mik bßi'n Kaffäi, un op äinmol gäit de Düähr op — un bat saih if? Antünneken in sßinem gestrßipeden Kapüttken, un siet „gurr'n Muargen, Vatter!" Do was et mßi awer, ase wann de Stuawen= blßhn op mik fallen wör, un mßine Frugge sell mßi in mßinen Gedanken in un if meinte sau, if söh sai do rümme gohn in iärem verschuatten Kläie — (auffahrend) sömmer Kinners! ßi wißket wäier? was daun Kalöhr Trumpf?

Melcher: Jä, alle Kaffedüppen! söst Acht giewen! brümme stiekeste nit, wann diu alle Hänne vull Trümpe hiäst? if dau' et balle nit mehr, wann diu dßin Nölen nit läst! sai maket us 'ne Bock, ehr v'et us versaiht!

Dirk: Sßi stille, Melcher! dat sollt se doch nit serrig brengen! dofüär is Dirk nau do; op de Hinner= bäine well if mik setten. Jü! Balzer, gif! un gif mßi mol tain Trümpe in säß Karten! — Mariechen! nau'n Gliäßken Bäier! — Sau, Kind! dat is was Echtes! do is jo fingerdicke Schium oppe! diu sast ok 'ne gurren Mann hewwen! Wann diu mol friggen west, dann siest' et mßi! if verschrßiwe dßi ennen met der Post. —

Trumf! näi, ſtille! if mott bedainen — denket ug doch mol an, Kerels! myin Dochter kräig nailik be Flieren innen Kopp un woll friggen! jeder Bugel oppem Tiune härr' ſyin äigen Neſt, ſaggt' et, un iät keme in be Johre un möchte ſik füär en äigen Blyif ſuargen — et müſte wual Ennen, un dat wör 'ne ganz ſcharmanten Burßen met kriuſen Horen un ſtracken Bäinen; hai könn of en wennig be Flaute blojen un ſpielte mangeſt met den Friggeder Muſikanten den Faſtowend — dat lutte Alles ganz gutt — Awer, bat Diuſend! yi wiſket ug wier drei? dat begryip' if nit! un het ments nau twäi amme Baume? un byi hett nau keinen wiſket? dann is Ka= löhr Trumf, ehr' if be Karte oppniämme!

Melcher: Niu wachte doch äiſtmol! ſegg' doch äiſtmol wat an! wannbe iäwen annen Baum kummet!

Dirf: Eh bat! Kalöhr is Trumf! ryiten ober briäcken! — Alſau: myin Dochter kürte van Friggen, un ſenk ſau met halwen Woorden an te kroßeln un te ſtubäiern, if ſöll met iämme no'm Gerichte gohn un Üwerbrag maken, if ſöll't myin Liäwedage ganz gutt hewwen, fryien Tuback un jeden Muargen myinen Schnaps — bo kümmeſte myi awer recht! ſaggt' if — boſüär ſuihſt biu byinen Baaren an? (biyig) bat? if ſall mik innen Suargeſtaul ſetten un tellen be Flaigen? nümmer= mehr!! Och Guatt! bat mot me ſik ärgern ümme be Blagen! Glücklik bai Menſke, bai keine Kinner hiät! No, me mott ſe niämmen, wann ſe kummet; et ſind Gowen Guabbes, me braff ſe nit anmuilen — awer dat Miäcken! if kryige ber gryiſe Hoore van — if, un't Wiärk üwerbriägen? nümmermehr! ſau lange, aſ' if nau 'ne Klogge wiegen kann! iät kann jo gohn met ſyime Frigger! hai be Flaute, un iät be Klanette! un dann konnt ſe Muſyik maken op allen Kattenkiärmiſſen: awer if banze nit no iärer Pyipe — if myi be Tubacks=

krümeln in de Bloſe tellen loten? iſ 'ne Füärmünder
byi'm Schnapſe hewwen? näi, iſ heite Dirk, un bat iſ
jegge, hiät Grund — Mariechen! brenk myi 'n Schnäps=
ken! iſ well doch biäm nixnußigen Miäcken wyiſen, dat
iſ Heer ſin un ſelwer myinen Schnaps füäbbere!

Kasper: Dat was awer 'ne netten Vorſaß! biu
biſt 'ne ſcharmanten Mäßigkeitsbrauer! et is jo Gift
imme Schnapſe, ſäggteſte iäwen.

Dirk: Kasper, bat kennſt biu nit! altens Gift,
un altens Medezyin — ſau ſiätt de Dokters auk —
Medezyin, wamme ſik ärgert hiät ümer de Blagen, un
wamme bat kalle Bäier im Magen hiät — Mariechen,
gif myi nau Ennen.

Melcher: Joh, iſ giewe byi ennen — awer hinner
de Ohren, un nit in't Glas! Suih, biu alle Thäikitel!
de Bock is ferrig! niu lot dik iutlachen! Joh, Balzer!
mol'ne ments recht graut oppen Disk. met Hörens aſ'
en Aarme lank; awer füär Dirk alläine! iſ ſin der kein
Schuld anne! bai ſöll oppaſſen, batte annen Baum kerne
un Strieke wiſken könn! ſchwamelt do, un ſoilt, un
brohlt, un is doch kein geſcheidt Woort in Allem, batte
ſegget! Niu kannſte den Buil taihn un betahlen, un de
Schande kannſte in be Taſke ſtiäcken; den Spott hiäſte
üimmenſillß!

Dirk: Nu joh, joh! ſyi ſtille! iſ well de Schuld
hewwen! Awer bat helpet myi bat ganze Kartenſpiel,
wamme der keinen vernünftigen Discurs byi hiät? ſall
me bann ſitten ſau ſtur un ſtyif aſe de Kiärkenthauern
un ſeggen kein Woort? Bat meinſt biu tertau, Bedder
Balzer?

Balzer: Näi, iſ hall'et met byi, un hewwe byi
met Andacht tauhoort; un wündert heww' iſ mik ments,
bat biu van äinem Schnaps dün Muargen ſau krank
woren biſt, un bat byin Dochter in der Geſchwindigkeit,

— 179 —

aše vŋi twäi Boime ipielt het, äinmol gutt un fruamm, un twäimol aišt un üwel wiäšt iš.

Dirk: Niu šuih mol an, biu Našewŋiš! biu kannšt gewiß de Floihe haušten hören un dem Mann im Monde šŋine Lŋibören tellen; biu wešt mik wual in der Rede fangen? Dotau bište awer nit kumpabel! do biște nau viel te junk! Mŋin Dochter iš gutt, un do blŋiwer't bŋi — it heite Dirk, un bat it fegge, hiät Grund — iät fuarget mŋi alle Sunbag füär'n frišt Himeb, fchmiärt mŋi de Schauh, un kann kuacken aše Paštauers Kükinne — 'ne grŋiše Graite, do könn de Kurfüršt van iätten! — Jä! äinen Spaß mott it ug doch nau vertellen! It un mŋin Dochter gengen düše Dage no'm Biggešten Markebe; it bachte: biu mošt dem gubben Kinne doch auk mol en Plaſäier maken, un faſt iämme 'ne echten Zaloppenbauk kaupen, un wann't bŋi 'n Daler koštet! Un aše vŋi bŋi'm Dalhamer hiärkemen, do štont do — — awer biušenb krumme Nauth! bölket do de Kögge all op der Strooten? fchloh doch en lahm Ziel brinn! be Häiere iš do, un mŋine Kauhkiege iš nau nit ferrig! Gurr' Nacht, gurr' Nacht! ŋilig! ŋilig! Ŋiwer füär't Hiuš! Vermügen vermehren! Geld bŋináin fchlohn! gurr' Nacht, gurr' Nacht! (ab).

Kasper: Dai Menfke kann drohlen! hai iš un blŋiwet be Schwamelbirk un fall met innen Ge= meinberoth. — Niu gurr' Nacht tehaupe!

Melcher: Bat meinšte, Balzer? föllen uše Amme= graitens be Saloot niu wual ferrig hewwen?

Balzer: Jo, it gloiw'et; et fall wual Tŋit ŋin füš weert uš be Pannekauke fau toh aše Liähr.

Alle: Kummet, kummet! gurr' Nacht, gurr' Nacht! —

12*

Bin't Hannadam genk, do hai Kläi schmoikede.

„Büninger Tuback AB un Ruiter — jä, dat is wual en nett Kriut! Hai hält in der Phipe, hai dampet gutt, hai ruiket gutt un schmecket saite ase 'ne Wallnutt! Amer dai Pännige, dai laiwen äinuntwintig Pännige! Dat Dinges woort' ik läib un schaffede myi Velmeder Krülltuback an — hai gesell myi, hai was binoh sau dugendsam, ase dai äine auk — awer auk wier bäi Pännige, dai laiwen drüttain Pännige! dai gengen myi schwor vamme Hiärten, schwor iut der Taske, un ik dachte: „eh bat! syi gescheidt un schmoike Strank!" Un ik schmoikede Strank, den besten, dai iut der Diällbrügge riutkümmet, un an Fierdagen van Lauhmann's Käsperken te Bryilen, füär säß Pännige dreimol ümm' et Lyif. Use Köster tworens genk myi ümmer iutem Wiäge, awer myi schmeckede gutt (ik hewwe 'ne gubbe Buast, mott' yi wieten), un ik lot' 'ne ok nau bit der Stund in syiner Ehr' un Würden bestohn — villichte schmoiker' ik 'ne nau; awer bo hoort' ik (un gesiägnet syi dai Dag, bo ik et hoorte), et wör' 'ne nigge, graute Erfinnunge in der Menskheit opkummen — ik hoorte, me könn ok droigen Kläi schmoiken. „Sapperlaut! dacht' ik, dat prowäierste auk! Dunner= kättken! bat wör' dat nette, wamme ok Kläi schmoiken könn! Strank is tworens nit allte buier, me kann Mann derbyi bliwen, awer Kläi — Dunnerkättken! dai wässet emme so ganz ümmentsüs in't Miul!" Sau dacht' ik, sau macht' ik: un ik segge dat un blyiwe derbyi: et gäit myi nix ümer 'ne gubbe Phipe vull droigen Kläi. Narren tehaupe all, dai diän buiern Tuback schmoiket! Ik well den Duiwel daun un schmyiten diän japergen Kreemers de Pännige innen Hals! Kläi blyiwet Heer! Diäß

kamme kryigen sauviel ase me well, un kostet nau keinen
rauen Voß nit. Saiht: do hemm' ik myin Säihundsfell
alltyit vull van, un is et lieg, dann goh' ik oppen Balken
byi de Banse, un de Sack is wier vull. Ik deile met
myine Ossen, un de Osse weert myi diärümme keinen
Schmacht lyien. De Köster tworens gäit myi niu nau
söbber iut dem Wiäge; awer dat wäit me jo wual, dat
is 'ne niggelken Meniken, diän lätt me geweeren. Un
de Kreemer siet jeden Dag, sau vake ase myi 'n Schnäpsken
ingütt: „Hannodam!" siete, „Kläi is Kläi!" — ‚Jo wual,
jegg' ik, Kläi is Kläi, is Zucker füär den Ossen, is Hunig
füär mik un jeden gescheibten Meniken! En Dämpken
ase Syibe! en Smak as' en Nüttken! en Rük as' en mill
Äppelken! Diu japest wual no myinen Pännigen? Jape,
dat byi de Struatte biestet! Ik behalle myin Gelleken
in der Taske un schmoike Kläi."
 Sau lutte Hannodam syin Luafgesank op den
Kläi. Hai harr' ne sau vake sungen, dat hai 'ne ad
ryigas van biuten konn, un fehlte keine Baukstawe dran.
Et was 'ne gyizigen Stengel, dai keime Kreemer 'ne
Stuiwer gonnte. Hai verstänkerde met syime Kläi de
Stroote düär't ganze Duarp runner, syine Stuawe rauk
ase de Kauhstall, bo se der kranken Wittkopp det Nür
roikert; un kam hai in den Gemeinderoth, dann stop=
pede syi de Schultheiß det Schnuiteplettken in beide
Naslüäcker. Ok Brocke's Graußvaar was vake ärgerlik
genaug, wann Nower Hannodam des Owends no'm
Nachtmes kam, sik op de Bank ächter'm Uawen schmäit,
de Bäine an der Wand ropstreckede un met syime Kläi
de Stuawe sau duister schweelte, dat de Lampe nit mehr
brännen woll un de olle Mutter füär luter Verdüm=
punge kein Ohm mehr halen konn.
 „Bat mein' yi, Graußvaar?" saggte de Schwyiger=
suhn, „söll me't dann gar nit serrig kryigen können, dat

hai dei Kläifchmoiken läib wöörte un helle fik wier an
'ne richtigen Tuback? dann könn hai myintwiägen alle
Owende kummen un vertellen us fyine Stückskes, dai
me all hunbertunfiewenbiärtig mol hoort hiät, un frogen
no Niggemeer iut der Tyibunge — ik härr' nix bergigen,
awer hai möchte 'ne richtigen Tuback fchmoiken."

„„Jä, jä, Hiärmen!"" faggte be Graußvaar, „„dat
is en fchwor Dinges! Bai well iämme dat feggen?
Diu wäift jo wual, bat hai füär 'ne wingeskcn Braken
is. Allerbinges, me möcht' et iämme fau ganz met
Glimpe byibrengen.""

„Nu bann, Graußvaar! fauwat wiet' yi te maken."

„„Hiärmen! ik well mol brüwer klamuifern — —
halt! ik wäit et — van Owend nau fall hai fyin Kläifchmoiken afluawen füär Liäwenstyit.""

„Graußvaar! biu benn?"

„„Dat kann byi äinbaun fyin, Hiärmen! De Klocke
hiät fiewen fchlagen, et is amme Driäppen, bat hai
kümmet. Sett bik byin Disk un niem 'ne Lappen Tyibunge füär bik un bau, afe wann be lüfeft. Un frog'
ik bann wat, bann mofte bo nette op inngohn; äinbaun,
hatte feggeft; frog ik witt, bann amfe biu myintwiägen
fchwart — äinerlei, wann be ments wat feggeft — no,
biu bift jo nit oppen Kopp fallen.""

„Graußvaar, ik verftohe," faggte Hiärmen.

Dat Dinges was gutt — Hiärmen faat byi der
Lampe un laufte, be Düähr genk uappen, Hannobam
kam rin, fchmäit fik lengelank op be Bank, fchmoikebe
Kläi un bampebe af' en Kuall imme Biärge, un fpiggebe
innen Buagen.

„Nu, bat girr't bann Nigges?"

De Graußvaar amfebe nix, un Hiärmen laufte.

„Bat girr't bann Nigges in der Tyibunge?"

Hiärmen amsede nix, un de Graußvaar joh be=
dächtig füär sik diäll.

„Büninger Tuback AB un Ruiter — jä, dat is
wual en nett Kriut! hai hält in der Pyipe, hai dampet,
hai ruiket gutt, un schmecket saite ase 'ne Wallnutt! Awer
dai Pännige, dai laiwen äinuntwintig Pännige." Et
cetera — Hannodam stemmede iyinen Luasgesank oppen
Kläi an. Awer de Graußvaar joh bedächtig füär sik
diäll un amsede nix. Antleste doh hai 'ne daipen Söcht
un saggte: „Schrecklich, ganz schrecklich! bai hiät iyin
Liäwen saurat hoort!!"

„„Ümme Guabbeswillen, Nower, battann?"" saggte
Hannodam. Doch be Graußvaar amsede nit un soh
iimmer bedächtig füär sik diäll. En Thyitlank, do senk
hai wier an te söchten: „Schrecklich, förchterlich, ganz
förchterlich! Bat säggteste, Hiärmen? bat stont in der
Thyibunge? biuviel Mann häbben se stiäcken mötten?
siewen?"

„„Näi, Graußvaar, achte,"" saggte Hiärmen un
lauste föbber.

„Kinners! bat en Schicksal!" söchtede de Grauß=
vaar. „Acht Mann! Un bat stont do? met emme
Braudmesser?"

„„Näi, Graußvaar, met emme Knickfänger.""
„Un midden in't Lyif?"
„„Joh, Graußvaar, midden in't Lyif.""
„Un bat de Diärmen beriutkeemen?"
„„Joh, Graußvaar, äinem ok be Säile.""
„Un väier sind glyik stuarwen?"
„„Joh, Graußvaar, ganze väier.""
„Un be andern väier het se wier taunägget?"
„„Joh wual, Graußvaar! awer äiner bervan is
dem Dokter nau unner der Notel stuarwen.""

„Schrecklich, schrecklich! bat en Schicksal! Sau te Daue te kummen! Muargens gesund, un te Mibbage baut! Schrecklich, schrecklich!"

Hannobam konn't nit lenger inthallen füär Nyigier, hai taug Dämpe iut syime droigen Kläi ase Hagel= wolken un frogede: „Ümme Guabbeswillen! bat is dann geschaihn? bat is dat füär 'ne griusame Ge= schichte?"

De Graußvaar amsede nit, hai was ase faste ge= nagelt in syinen Gebanken. „Awer, Hiärmen, biu gäit et dann diän leßten brei? het se Huappnunge taum Liäwen ober taum Stiärwen?"

„„Graußvaar! me wäit et sau recht nau nit; awer äiner, meinte be Dokter, söll doch nau wual in be Raiwen gohn.""

„Un büse brei (stont bat nit bo, Hiärmen?) mottet alle Verrelstunde en Punb Schmiärsäipe met Schniuf= tuback inniämmen? sau hiät be Dokter verornäiert?"

„„Joh wual, Graußvaar! un alle halwe Stunde en Klistäier van Baiken=Aske.""

„Kinners! bat en Schicksal!! Griusam! schrecklich!"

Hannobam biwerde füär Ungebulb un schmäit Wolken inter Stuawe as' en Gewitter te Gehannsbage: „Näi, Nower! niu segget myi boch ümme diusenb Guattswillen: bat is bann passäiert? yi motter't myi seggen, ober if sticke mit füär Nyigier!"

De Graußvaar käik op äinmol ganz verwiindert in ter Höchte: „Suih mol an! Hannobam, bist biu bo? if harr' bik nau gar nit saihn. Gurren Owend, gurren Owend! biu gäit et bann?"

„„Gutt, gutt, Nower! Awer bat is bat in aller Welt füär 'ne griusame Geschichte? bat stäit in ber Tyibunge? Dat hoorte sik jo ganz gruselig an!""

„Joh, Hannodam! do hiäste Recht: et weert emme ganz gruselig derbyi, wamm' et sik sau recht süärstellet. Hiäst diu dann nau nit dervan hoort?"

„„Näi, keine Kize, Nower! Latt hören, latt hören!""

„No dann! et lätt sik sixe vertellen — hör tau! Imme Berleburgesken Lanne, imme Duarpe met Namen Giärkhiusen, nit allte wyit van hyi, do was en Schnyider, dai vertallte imme Wäiertshiuse, et wör 'ne nigge, graute Erfinnunge in der Menskheit opkummen; hai härr' hoort, me könn niu all dai laiwen Tubacks-pännige sparen, me briukede niu kein Geld mehr iutte-giewen süär diän buiern Büninger oder Velmeber, me könn plaz diässen ok droigen Kläi schmoiken."

„„Nower! un dat kamme ok, un dat segg' ik auk.""

„Mag syin, Hannodam! un ik wäit wual, diu hiäst et terjohr auk mol prowäiert. Awer te Giärkhiusen is graut Malöhr derbüär entstohn. Gif Acht! — Alsau, dai Schnyider harr' dat vertallt; un dat hoort 'ne grauten Buren met iyinen drei Sühnen; dai väier drunken des andern Muargens met twäi Knechten un twäi Dag-loihners Kaffäi un gengen tehaupe riut oppet Feld un wollen Hawer mäggen. Sai kemen an 'me Stück Land verbyi, do stont droigen Kläi in Hoipen, un de Bure saggte: „Kinners, niu latt us mol prowäiern, of dai Schnyider en wohr Woort saggt hiät — hyi well vyi us alltehaupe mol be Pyipe met Kläi stoppen." Sai stoppeden, sai schlaigen iärk Fuier, sai schmoikeden. „Dunnerkättken!" saggte de Bure, „dai Kläi dampet gutt un schmecket gutt — niu well ik mehr den Duiwel daun un schmyiten diän japergen Kreemers be Pännige innen Hals!" Un dai andern siewen saggten ackroot sau. Awer Jomer un Elend! bin genk et dernoh!! Sai hadden nau nit de drübbe Schluk Hawer mägget, do

ſaggte de Bure: „Kinners! if wäit nit — et weert myi
ſau ſeltſen!"

Hannodam kräig 'ne Tuck oppet Hiärte, nahm de
Pyipe iutem Munde un ſpiggede iut. „Seltſen wörte't
iämme, ſaggte?"

„„Joh, Hannodam! ſau ſaggte; un nit lange, de
ſaggten ſyine Sühne un Knechte un Dagloihners allte=
glyike: „Diuſend! bat weert myi kurjauß!"

Hannodam ſpiggede tem twedbenmol — de Grauß=
vaar vertallte ſöbber: „Un alltehaupe worten ſai op
äimol ſau ſchwack, de Saiße ſell 'ne iut der Hand, ſai
fengen an te anken un te ſöchten, un de kalle Schwäit
brak 'ne iutem Geſichte."

Hannodam ſöchtede ſelwer un ſenk an te ſchwäiten
un wiſkede ſyi metter Mogge füär der Bleſſe hiär. De
Graußvaar vertallte ſöbber: „Kinners! if biewre amme
ganzen Lyiwe, ſaggte de Bure; if gloiwe, uſe Kaffäi is
van Muargen te ſtarke wiäſt."

„„Dat ſoll ok wual ſyin! joh gewiß, ſai habben
te ſtarken Kaffäi drunken,"" ſaggte Hannodam un haalte
ſau daip Ohm, aſe unnen iutem Pütte: „„ſtarken Kaffäi,
jä, dat is Gift, et is myi ſelwer rake ganz ſchlecht dernoh
wooren."" Un hai nahm wier de Pyipe ter Hand,
druchte mettem Diumen de Aſke diäll un ſenk wier an
te dampen.

De Graußvaar vertallte ſöbber: „Näi, Hannodam!
de Kaffäi harr' kein Schuld deran. Hör tau! — „Kin=
ners!" ſenk op äinmol de Bure an te raupen, „ſaiht
mol hyi! myi weert det Lyif ſau dicke — de Knoipe
biäſtet myi iut der Büxe." — „„Myi grabjau! myi
auk!"" raipen dai andern ſiewen. „„Kinners hintau,
biu weert uß!"" Un dat Dinges genk ſau ſöbber, ſai
ſchwüllen un ſchwüllen — — — — —

(Hannobam satte de Pvipe wier af, spiggede un sollte syi nom Lyiwe.)

„. . . . sai schwüllen un schwüllen, det Lyif worte af' 'ne Trummel, af' 'ne Sültemaus=Stanne, af' en Kuiwen —

(„„Marjauh!"" raip Hannobam un schrempede sik süär Schrecken.)

„— — — af' en Kuiwen, af' en Kiärkthauern. „Kinners! it-biäste!" raip be Bure, un all bai Andern schriggern grabsau: „it biäste — bai Kläi, bai Kläi!! hiät Nümmes en Messer? stiäcket mik! stiäcket mik — — — —"

(„„Himelster Vatter!"" raip Hannobam un helt syi bet Lyif bun.)

„. . . . stiäcket mik! süs biäst' it!" Awer keiner harr' en Messer byi syi — un op äinmol, biuß! gafft' et 'ne Knall . . . ."

(Biuß! sell bem Hannobam be Pvipe biäll, un hai was witt ase Kryite.)

„. . . . 'ne Knall, ase met der Kaniune — be Bure was mibben intenäin buasten un laggte do un was daut."

Hannobam peck syi 't Lyif in beibe Hänne un raip: „Schrecklich, schrecklich! jömmer, bat en Schicksal!"

„Jä, Hannobam! bat en Schicksal! bat maggeste wual seggen. Awer hör söbber! — Bo myin Bure be laggte, do kam en Jägger dohiär; bai horte bat Jalpern un Günseln van biän andern siewen, genk brop luaß un raip: „Bat is? bat is?" — „„Mann! hewm' yi kein Messer byi ug? vyi mottet stiäcken weeren, ase 'ne Kau, bai te viel Kläi friätten hiät!" Un myin Jägger nit siul, taug syinen Knicksänger riut un stak äinem no'm andern mibben in't Lyif; iut biäm Luacke kam 'ne Wind riutergeblosen, bat bet ganze Hawerfeld büärnäinwäggebe.

Un würklich: jedem woorte dat Lyif wier dünn un schwank;
awer dem äinen hengen de Diärmen beriut, dem andern
iaugar de Säile, un drei stürwen iau ioortens un laggten
daut niäwen dem Buren. Riu worte tworens no'm
Berlburgesken Dokter schicket, de Dokter kam un iaggte:
„Foiert ug de Dunner un schmoiket Kläi! Me iöll
meinen, dat möcht' yi doch van 'me Stücke Väih wieten,
bat Kläi iüär'n geföhrlik Dinges is. Kläi schmoiken is
iau schliem, jo, nau schliemer, aie Kläi friätten; grade
dai Damp, do iittet dai ganze Kraft un dat ganze Gift
inne; dai Damp, dat is iau quasi dat Extractum dervan."
Un hai kam hiär un näggede diän väiern, dai nau
lebändig wören, dat Lyif wier tau, awer äiner starf
iämme nau unner der Rotel; un of dai andern drei
wier gutt weert, dat wäit me nau nit; de Dokter hiät
'ne verornäiert, alle Verrelstunde en Pund Schmiär=
iäipe met Schniustuback inteniämmen, un alle halwe
Stunde en Klistäier van Baiken=Aike. Et iall mik
wündern, bat vyi moren dervan in der Tyidunge liäiet,
of ie nau liäwet, oder of ie daut iind. Wamm' et iik
iau bedenket, et is schrecklich! griuiam schrecklich! Dai
Geschichte is myi all dün ganzen Rummebag düär'n
Kopp gohn, un af' et buister worte, ienk ik örntlik
derfüär an te grüggeln. Räi, iauwat hiät me doch
iyiner Lebstage nit hoort. — Awer, Hannodam! biu
is et? biu schmoikest jo nit mehr."

„„Oh — oh —" ituerde Hannodam, „ik hewwe
de Pyipe mol en wennig daut gohn loten.""

„Dat iaih' ik, Hannodam! Awer brümme? iällt byi
villichte ächterhiär ichwor oppet Hiärte, dat biu ielwer
mol terjohr 'ne Pyipe vull Kläi prowäiert hiäst?"

„„Joh — näi — ik — — no, ik hewwe van Owend
kein Vermaak mehr amme Schmoiken."“

„It gloiwe, Hannodam, diu bist angesthaft woren. Wann it dat wust härr', dann härr it dyi dai Geschichte laiwer gar nit vertallt. Un bat saih it?! Diu bist op äinmol ganz witt ümme be Nase."

„„Nower! joh, et weert myi sau spaßig . . . . et weert myi sau seltsen . . . . sau kurjaus . . . ."""

„Der Diusend, Hannodam! bat fehlt dyi dann?"

„„Nower, it wäit et selwer nit . . . . it hewwe sau'n Druck oppem Lyiwe . . . . et is myi sau opge= blosen . . . ."""

„Bat siefte, Hannobam? opgeblosen?"

„„Jo wual, Nower . . . . sau opgeblosen . . . . et spannet sik sau . . . . it schwelle . . . . it laupe ganz op . . . .""""

„Hannodam! diu mäkest Spaß! Wann it dyi ver= telle, bat acht Luie schwullen wören, bat kann dyi doch nix daun! bovan schwellest biu doch selwer nit; bai Luie imme Berlburgesten habben Kläi schmoiket; bo harr' bat Dinges Grund; awer bat hiäst biu doch nit. Diu hiäst jo doch van Owend Tuback schmoiket."

„„Joh . . . . näi . . . . joh . . . . Nower, näi, it well't oprichtig bekennen: it hewwe dün ganzen Dag un biin ganzen Owend nix ase Kläi schmoiket."""

„Bat siefte, Hannodam? würklich? biu hiäst Kläi schmoiket? Sapperlaut, bo mäkest mik awer selwer schreck= haftig — Wyis! lot dik mol besaihlen — wahrhaftig, en wennig opschwullen biste ··· — awer syi biärümme nau nit foorts bange, et gäit billichte nau wier sau füär= üwer. Hiärmen, boch füär alle Gesohr krigg laiwer en spitz Messer byi be Hand — me kann't nit wieten . . . . un ok en Pund Schmiärsäipe — Schniustuback heww' it in ber Taske — Mutter, Baiken=Aske hiäst biu jo auk wual in Füärroth?"

„„Och Guatt! och Guatt! if aarme Keerel!"" raip Hannodam, „„düt is myin Daut!""

„No, no, Hannodam! if denke, sau kuim sall't nit weeren! Un of met diäm Stiäcken well vyi äist nau mol wachten. Wann sik de Kögge oppem Kläi verfriätten het un schwellet, hewm' if altens hoort, dann söll me 'ne, ehr me se stiecket, det Lyif met 'me Strauhwisk ryiwen, dann geng' et mangest van selwer wier füär= üwer. Kumm! pack mif annen Aarm — if un biu wellt mol riutgohn oppen Huaff — do weer' vyi wual sau'n Stücke Strauhwisk sinnen. Kumm!"

Un 'de Graußvaar un Hannodam gengen riut un keemen üwer'n Tyitlank wier rin. „Nit wohr, Hann= odam? dat hiät en wennig guttbohn."

„„Joh, Nower! et hiät en wennig batt — et is myi wat lichter woren — dai Spannung imme Lyiwe hiät wat nohlooten.""

„Lot mol saihlen, Hannodam! Glücklich, biu bist iut der Gefohr, dyin Lyif is wier schwank. O, bat 'ne Freude! if kann dyi seggen, et was myi selwer nit wual byi diär Sake!"

„„Nower, un myi gewiß nit!""

„Wäiste bat, Hannodam? Vyi sind naumol met der Angest dervan askummen, un op dün Schrecken, denk' if, briänne vyi us beide 'ne gubbe Phyipe Tuback an!"

„„Joh, Nower, Tuback! richtigen Tuback! Kläi nümmermehr! In myime Liäwen keine Phyipe droigen Kläi mehr! Tuback blyiwet Heer. Awer Nower! if hewwe keinen byi myi — syib sau gutt . . . .""

„Dä, Hannodam! stopp mol met myi! Un moren gäiste no'm Kreemer un süäbberst byi myine Sorte, Littera A; if webbe, hai gefellt dyi un is of nit te buier."

„Joh, Nower, Littera A well if schmoiken un mif fröggen, dat if naumol sau gnädig dervan askummen

ini. Awer Kläi — näi, Kläi myiner Liäwedage nit
wier." " — —

Asе dе Pyipen lieg wören, saggte Hannodam Gurr'
Nacht un genk häime. De Graußvaar awer lachede
schmunzer un saggte: „Hiärmen! dat hevvyi ferrig bracht:
iyine Stänkeryi sin vyi quvit. Et is wohr: met Kuiern
lätt sik doch iimmer nau viel seggen."

Twäi Pügel.

Franz Antun Schlautenpoiter kam in de
Staat oppet Market. Do was en Bugelhändler, dai
harr' allerlegge Gedierze, Flaßfinken, Dummpapen, Ka=
nalljenvügel un of 'ne Papagai, dai konn kuiern. En
Heer Baron kam des Wiäges un senk an te handeln
iimme diän Papagai; sai worten äinig, de Baron be=
tahlte 'ne Luggedohr un nahm diän Bugel met. „Diusend
Krummenauth!" dachte de Schlautenpoiter, „'ne ganze
Luggedor füär sau 'ne kleinen Bugel! Met diäm Baron
is gutt handeln! Do lätt sik en Geschäst met maken."
Un hai genk häime, nahm den fettesten Ganten, dai
oppem Huawe was, un wiäg dermet no'm abligen Plasse.
„Heer Gnoden! ik hewwe hyi 'ne scharmanten Bugel;
iyib sau gutt un kaupet 'ne myi af." — „„Nun ja!
eine gute sette Gans — die kann man wohl gebrauchen.
Was wollt Ihr dafür haben?"" — „Heer Gnoden! ik
dächte, twäi Luggedore, dat wör wual nit teviel." —
„„Wie? seid Ihr verrückt? zwei Louisbor für eine
Gans? Das hab' ich in meinem Leben nicht gehört.
Ein Thaler dafür — damit ist sie hinlänglich bezahlt."
— „„Heer Gnoden! dann begryip' ik ug nit! Yi gafften
och oppem Markede diäm Bugelkerl füär sau 'ne kleinen
Bugel 'ne Luggedor; düse Gante awer is wual nau

ỹỹịṃol ịau graut un nau tainṃol ịau ịchwor."" —
„Ja, Bauer! daß iſt was anders. Der Vogel, den ich
auf dem Markte kaufte, der konnte auch iprechen; das
kann Eure Gans nicht." — „„Dat iß frwilik wohr, Heer
Gnoben! Düſe Bugel fuiert allerbinges nit, awer hai
denket biäſte mehr.""

De Münſterländer betahlt den Schmiär.

En Surländer un en Münſterländer ſeeten tehaupe
imme Wäiertshiuſe. Nit lange, do genk et aſe gewühnlik:
de Münſterländer fenk an, ihin Münſterland te prohlen
un det Surland ſchlecht te maken, un ihin äiſte un leſte
Woort was: „Et giff apatt men een Mönſter." Dat
genk dem Surländer twiäß gigen de Hoore: „Yi dummen
münstersken Pumpernickels! bat mein' yi ug wual?
Multhoipe ſind uge Biärge, Schloite ſind uge Springe,
un rechte Galle hiät keiner van ug imme Lyiwe; Alt=
bäier un Pumpernickel, dat iß uge ganze Allerhillgen=
Letenigge; un bat diu bo ſeggeſt, et gäffte ments äin
Münſter, bat iß gutt; denn et iß en Glücke, darr't der
keine twäi git; an biäm äinen iß mehr aſe teviel." —
„„O du grome Surlender!"" ſaggte de Münſterländer,
„„ſegg' es, uſe Wallhiegen, ſind bee nich es ſchöin? un
uſe Kohlempe met 'n Schemm derför? Un lot du men
gut ſiin: en Gleßken Oltbeer iß apatt nich laige. Un
well heff wul in be ganze Welt ſoo 'ne nette Sproot'
es wii? Wenn do tem Büiſpell ſo 'n nett Wicht iß un
ſo 'n netten Keel, un he heff er be Liewe erkleert, un
ſe ſegg to em: „O laiwe Janbeend, wat heff 't bi ſo
geene! wat mag if bi ſo geene liiben!" — lütt dat nich
es ſo ſöte es Sſucker?"" — „Och diu Päiter Drwole=
ſutt!" ſaggte be Surländer, „brenk us boch nit op bat

Thäimen! Uge Sproke — na, dai lutt ackroot, ase wann
en alt Moierken kuiert un hiät keinen Tahn un Stump
mehr inme Miule! Wann bo byi us sau 'n Däiern
segget: „Hamberend! it mag bik verduiwelt geren lyien,
un te Sente Meerten well vyi us friggen" — da lutt
doch wual nau bonoh! bo is doch nau Fuier berächter!" —
„„O du butte Surlenber!"" saggte be Münsterländer,
„„bliff bu doch mit biinen Surlenbs=Platt in'n Huse!
Mönsters=Platt, bat bliff apatt Heer — kik es, bat kürt
be Engel in'n Himel."" — „Och biu schwamelge Münster=
länder!" saggte be Surländer, „blyif doch terhäime met
uger Foilefutteryi! bo is känn Salt un känn Schmalt
anne. Awer Surländst=Platt, bat kuiert use Hiärrguatt,
un regäiert be ganze Welt bermet." — „„Ne,"" saggte
be Münsterländer, „„bat is to vell; un wann bu bat
nich innsüst, bat use Sproke be best' is, dann brukst biu
apatt biinen Verstand nich."" — „Un biu," saggte be
Surländer, „biu hiäst gar keinen, un allbiärümme well
ik ok nit söbber met byi bispetäiern. Awer 'n duraweln
Füärschlag well ik byi maken, it webbe, bai gefällt byi.
Use Stryit üwer de beste Sproke lätt sik op 'ne ganz
praktske Manäier tem Enne soiern. Suih, gigenüäwer
bo wuhnt 'ne Mäßler. Do goh byi henne un kaupet
us 'ne Jälle Liäwerwuast. Dann nimest biu bat äine
Enne van der Wuast in byin bräie münsterländske Miul,
un ik bat andere Enne in myinen syinen surländsken
Mund, un fanget beide an te mümeln, un dobyi blyiwe
vyi siuter anme Kuiern, ik op surländsk, un biu op
münsterländsk; un bai dann 't äiste luaßlätt, bai hiät
verluaren, un syine Sproke is be kuimeste van biän
beiden; bai awer bun hält, bai hiät gewunnen, un syine
Sproke blyiwet Heer, un bai Andere mott be Wuast
betahlen un ok bat Gebränke berbyi. Biste biäß te=
friän?" — „„Topp,"" saggte be Münsterländer. „„bat

is nich laige, dat gesellt mi; kumm, lot' us es gliits den
Püngel hasen; un, glöf men, if sall saste innbiiten." "

Un sai haalten iärk vamme Mätzker 'ne Jälle
Liäwerwuast, gengen dermet in't Wäiertshius terrügge,
laiten sik 'ne grauten Krauß Bäier tappen, un dai Sake
konn süärwes gohn. Sai stallten sik süärnander, jeder
nahm det Enne van der Wuast innen Mund, käik dem
Andern stur in't Auge, un sengen beide an te mümeln
un te kuiern. „Hiäste se packet?" saggte de Surländer
un bäit de Tiänne styif oppenäin. — „„Jau!"" saggte
de Münsterländer un machte det Miul rund un graut
as' en Twäidalerstücke, un — de Wuast was slaiten.
„Gewunnen!" raip de Surländer, „myine Sproke is de
beste, un de Münsterländer betahlt den ganzen Schmiär.
Byisat, det Surland sall liäwen!"

De fruamme Scheeper.

De Scheeper Wendelyines lait de Schoope op der
Hiärwestwiese im Stieke un kam det hauge Auwer rop-
gelaupen, bo de Schulte un syine Knechte den Hawer-
haup oprichteden un det Stoppel harkeden. „Läihnt mvi
mol sir uge Schmachtharke!" —

„Wendelyines! bat weste do dann met?"

„Läihnt myi 'ne Schmachtharke," saggte de Scheeper
un laip met der äisten besten Harke wiäg. Sai kieken
iämme tehaupe noh un söhen, biu hai unnen op der
Wiese de Harke van äinem Enne no'm andern taug, lant
un twiäß, hott un haar.

„Is dai Menske nit mehr recht helle?" saggten de
Knechte oppem Hawerstoppel; „bai brinket dann 'ne
Schmachtharke op der Wiese?"

De Scheeper awer kam vergnaiget met der Harke
terügge un saggte biusend Dank füär't Läihnen. „Awer,
Wendelyines." saggte de Schulte, „bat hiäst diu byi
dann siiär 'n kurjans Plasäier op der Wiese macht?"

„Heer Schulte, et was myi 'n Malöhr passäiert:
ik harr' myin Biäh=Geschirr verluaren un was sau un=
glücklik af' et Water beyp is. Niu heww' ik de Wiese
op un af harket, un hewwe derbyi taum hillegen An=
tunnies biätt; un't hiät batt: ik heww' et glücklik wier=
sunnen."

„Dyin Biäh=Geschirr?" saggte de Schulte; „bat
is dann dat?"

„Saiht hyi!" saggte Wendelyines un taug syinen
— — Rausenkranz iut der Taske.

De Knechte lacheden hellop, de Schulte awer saggte
ernsthaft: „Düse Scheeper mäket syime Patraun, dem
hillegen Wendelyines, keine Schande."

En Wunder.

Bat nirgends in der Welt passäiert, dat kann in
Assinkhusen passäiern: do is saugar äinmol de Sun=
dag oppen Fryidag fallen.

Do was viel Volkes tehaupe op der Kigelbah ächter
Styinen Hiuse, un't worte redäiert un dispentäiert
üwer düt un dat. Do was ok 'ne dantgubben Kerel
dermank, Fryidag met Namen — dai schmäit dreimol
alle Nigen no der Ryige, un dat ärgerde 'ne andern
gubben Kerel, Sundag met Namen, 'ne kleinen Stump,
awer 'ne grauten Gelohrten — dai harr' dreimol an der
Ryige 'ne Piudel schmieten, un senk met biäm Fryidag
Kredäll an. „Hör mal, Freitag!" senk hai op hauduitsk

:3*

an, „du schiebst Kegel wie ein kleiner Gott; aber in einem
Stücke bin ich dir über, und das ist die heilige Theo=
logie." — „„Theologie! diu un Theologie! Quatt stoh'
us byi!"" saggte Fryibag un lachede, dat m' et bit unnen
in Schmittjans Hiuse hören konn; „„hai' dyine Schoope
un suih tau, dat diu dyine Wulle örntlik betahlt krist."" —
„Na, mein lieber Freitag! ich werde dir eine Frage aus
dem alten Testament vorlegen, die soll dir Kopfweh
geben." — „„Hiär dermet!"" saggte Fryibag; „bat diu
vam ollen Testemänte wäist, dat schniuw' it met twäi
Fingern in de Nase."" — „Na, mein lieber Freitag, so
schnupf' mal und niese dabei! War der Rabe, den Noah
aus der Arche fliegen ließ, ein Männchen oder ein
Weibchen?" — Un Fryibag saggte un lachede: „„Hahaha!
en Männeken was et."" — „Beweis!" saggte Sundag.—
„„De Schrift segget,"" saggte Fryibag, „„dai Rawe
wör nit wier häime kummen. Bai blyiwet dann wual
Owends biuten? det Wyif oder de Mann? Ik webbe,
dyine Frugge sittet jitzunders bugendsam terhäime; awer
of.diu blin Nacht häime kümmest, is 'ne graute Froge.""
— „Läßt sich hören," saggte Sundag; „aber ich be=
haupte trotz deiner Weisheit: der Rabe war ein Weib=
chen." — „„Bewyis myi dat!"" saggte Fryibag. —
„Du weißt, mein lieber Freitag, die Rabenweibchen
legen Eier." — „„Dat wäit it lengest,"" saggte Fryi=
bag. — „Also, mein lieber Freitag! Dieses Raben=
weibchen hatte 350 Tage lang sein Ei festgehalten —
nun flog es hinaus; in's Wasser konnte es das Ei nicht
fallen lassen, es mußte ein Nest bauen -- und Rom
ist nicht in einem Tage gebaut, weißt du — und ein
Rabennest auch nicht. Und darum und alldeshalben kam
der Rabe nicht zurück. Verstehst du mich?" — „„Hu hu
hu!"" lachede Fryibag, „„dai Bewyis is jau schwak
oppen Bäinen, ase 'ne lahmen Hittebock."" — „Was,

was?" ſaggte Sundag hißig, „weſſen Beweis iſt ſtärker?
der beine oder der meine?"

Un dai beiden kamen innen Strhit, bai den beſten
Bewhis hat härr', un geraißen ümme Vatter Noah ſhinen
Rawen teleßte ſau innen Giſt, dat ſe ſik äinen dummen
Jungen no'm andern annen Kopp ſchmieten, ſik miet
Fuiſten trachtäierben, ſik pecken un fraſſelben un talmeden
un — biuß! — beide teßaupe biällſchlaigen un an der
Eere laggten. Un Frhibag laggte unnen, Sundag uawen,
un dai ganze ümrige Kumpanhi raip: „Wunder ümer
Wunder! do is de Sundag mol oppen Frhibag fallen!"

Geographie.

Do genten no der Liänne tau, nit allte ſeer van
Schönholtſen, do legget en Dinges, dat ſinn' hi
op keiner Landkoorte nit, awer ſe het der doch auk 'ne
Magiſter; un dai Magiſter, diän ik meine, ſtammede
nau iut der Thit, bo me de Magiſters iut Bußbaum=
holt timmerde. De Thien ſelwer awer habben ſik ver=
niggert, un de Schaulenſpekter harr' op der Kunſeränz
haug' un hillig anbeſuallen, et möchte mehr Gewichte
op de Geographie laggt weeren, un de Kinner, dai met
vertain Johren iut der Schaule kämen, ſöllen in der
Welt Beſchäid wieten.

„Dat lätt ſik maken," ſaggte uſe Magiſter. Un glhik
des andern Dages ſaggte in der Schaule: „Jungens!
jeder van ug brenget moren 'ne Kiſerlink met, ſau ſchwor
aſe hai driägen kann!" De Jungens paräierben, un de
Magiſter ſaggte: „Saißt hhi: ditt Bauk hett me 'ne
Geographhi; do banjet mhi mol dai Stäine alltehaupe
op . . . . . ſau . . . . ganz nette . . . . dat herw' hi
gutt macht. Wann nu nit genaug Gewichte dropp

laggt is, dann wäit icke 't nit, un de Schaulenspekter weert tesriän syin. Un bün Nummedag kumm' yi wier un brenget en düchtig Domes met! ik well ug Beichäib wyisen in der Welt."

De Jungen's döhen't, un de Magister genk ümm' en Uhr äine met syiner Kumpenyi luaß un oppen haugen Biärg. „Niu stott ug mol all' in äine Ryige un brägget der Sunne den Puckel tau. Sau — niu saiht: rechter Hand — wiet' yi, bo Muargens de Sunne hiärkümmet, do üwer diän haugen Knapp rüwer, do legget Meskede en scharmant Dinges; do lätt use Wäiert op Kiärmisse syine Krengels un Stiuten hiär halen, un wann yi graut syid, mott' yi dohenne no'r Musterung, un en Gerichte is do — do konn yi villichte mol wat te daune hewwen. Miärket ug alsau: do rechts üwer diän Knapp rüwer. Awer niu söbber: luchter Hand, wiet' yi, bo Owends de Sunne dal gäit, un dann nau 'ne kleinen Wiek üwer de linke Schuller rüwer, op jensyits der Liänne, un ächter diäm Biärge un diäm Biärge un diäm Biärge un nau'n bittken söbber, do legget Aulpe — auk en syin Dinges, un do kummet dai grauten Pannen hiär, bo uge Mömme des Fryidags den Kauken inne bäcket — un do is auk en Gerichte, un nau 'ne Kleinigkeit höchter aie te Meskede — do konn' yi auk villichte mol wat te daune kryigen — awer ik rohe ug: weert myi keine Prozäßtreemers! — Alsau, wual opgepasset: do luchter Hand rüwer. — Niu awer kyiket mol ganz strackiut, do bo dai böise Wind hiärkümmet, do üwer S c h l u w w e r - h i ä r m e n un Klauster Brunnen rüwer: do legget A r e n s p e r g, dat is en wahn schöin Dinges; hu! do sind stöbige Luie! do suiht me mehr Frackröcke aie Kierels; un do is en g a n z, g a n z h a u g e Gerichte, bo Meskede un Aulpe ments en Prvisken Toback gigen sind — et könn syin, dat yi do a u k mol wat te daune

kryigen können — awer Guatt bewahre ug derfüär!
denn bai do äis prozäſſet, dai hiät balle iutprozäſſet.
Doch ſüär den Fall: dorüwer, do üwer'n Schluwwer=
hiärmen rüwer, do legger't. — Niu iättet uge Domes
un ſegget, yi wüßten Beſchäid in der Welt. Bat if ug
wieſen hewwe, is mehr aſe genaug ſüär ug — ſöbber
kumm' yi uge L'iäwen nit."

An der Brügge te Köllen.

De Waldeggers, ſegget me, kämen nit allte ſeer
in der Welt rümme; un Bryilen un Volkmiſſen
is all wyit. Awer äin Waldegger reiſede (if wäit nit
brümme) bit genten no Köllen un kam te Dür an
de Rhyinbrügge. Hai woll ſtrack drüwer gohn; bo worte
iämme awer tauraupen: „He, Freund! zwei Pfennig
Brückengeld bezahlen!" Hai dräggede ſik wingest ümme
un ſaggte: „Bat? bo ſall if Geld ſüär betahlen? Diuſend=
ſternauſe! dat dau' if ocker nit! Dann goh' if laiwer
ümme dat Syipen rümme." Un hai genk am Rhyine
ropper — bannehr dat hai awer derümme rümme
kummen is, dat wäit if nit.

Scheeper=Sprüke.

Oppem Jäbbelmannsplaſſe te Dinges was' ne allen
Scheeper, un ſyin Hund was binoh ſau alt aſe hai ſelwer.
„Näi", ſaggte äines Dags de Verwalter, „Hanjürgen,
diu moſt 'ne andern Hund hewwen! Düt Dyier, bat diu
do hiäſt, is jo ſau alt aſe Mathuſeläim; hai ſütt iut,
aſe wanne de Atzeln härr, kein Hoor mehr oppen Rügge
kein Tahn mehr in der Schniute! Tui' 'me 'ne Wied

ümmen Hals un hank 'ne annen äisten besten Baum, un
ichaff byi 'ne andern an."

„„Heer Verwalter!"" saggte Hanjürgen, „„segget
myi nix op myinen Hund! Sau lange ase ik hyi Scheeper
sin, kann hai hyi Ruie syin.""

2.

Dai selstige Scheeper harr' all mannigem Schoope,
bat verrecket was, det Fell über be Ohren trocken; un
syin Sprük was, wann en Schoop krank was un woll
nit wier gutt weeren: „Ik gloiwe, et giet en Fell." —
Nun was äinsmol ok syine Frugge krank, un be Ver=
walter frogede: „No, Hanjürgen! bun gäit et ber
Frugge?" — „„Och!"" saggte Hanjürgen, un be Thrönen
huckelben iämme richt über be Backe runner: „„Heer
Verwalter! ik gloiwe, et giet en Fell.""

3. Z.

Et is weltbekannt, bat be Münsterländers met bem
Baukstawen Z imme äiwigen Kryige liäwet, bat sai tem
Byispiel süär Zucker ümmer Ssucker segget; bekannt,
bat ginne münster'ske Profässer, ase be Stubänte sswei
lauste süär zwei, wuiste an te schennen senk un saggte:
„Dumme Junge! biß schon so groß, un kannß noch kein
Ssiett aussprechen? Du muß nich sagen sswei, nein,
bu muß sagen, wie ich, bu muß sagen sswei."

Sau was ok 'ne münster'sken Stubänten, bai harr'
syin latyinsk Heft ümmer krimmlig vull van rauen
Stricken, un berunner stünnen ümmer twäi Baukstawen

„S. s.", dat soll heiten: „Sehr schlecht". Ainsmols was
hai met syinen Consorten tehaupe, un de äine saggte,
hai härr' ümmer sehr gut derunner stohn, de andere
gut, wier en andrer befriedigend. „Un myin Nüm=
merken is auk nit te verachten," saggte use Stubänte;
„myi schryiwet de Perfässer ümmer „S. s." derunner." —
„„Na, dat is doch nix apartes,"" säggten de Andern. -
„Nit?" saggte hai, dat sall doch heiten „sso ssimmlich",
un do sin ik gutt met tefriän."

En stump Vertellecken.

De Pastauer helt 'ne Priäcke üwer'n Daut un de
Äiwigkeit, un schlaut met dem Woorde: „Sterben ist
mein Gewinn." — „„Un myin Schade auk nit,"" saggte
de Köster imme Lätter, „„denn t' mäket allemol twintig
Stuiwer."" "

De Ortsvorsteher un syin Boort.

En Ortsvorsteher imme Bauhweitenlaune kräig Lust
un woll sik den Boort wassen loten; awer syine Frugge
schannte aj' en Krüpel, un je lenger syine Stoppeln
wössen, je lenger worte det Kapittel, bat hai te hören
kräig. Hai klagede syine Schmiärten dem Nower, un
de Nower saggte: „Schwyig still! dat well vyi wual
maken; Sundag kumm' ik no dyi un drinke Kaffäi byi
dyi."

Sundag Numedag kam de Nower un satte sik byi
'n Kaffai. „Frau Vorsteherske! yi saiht jo sau ver=
braitlik iut." — „„Och,"" saggte de Frugge, „„söll ik
nit verbraitlik syin? Et is doch hillgen Sundag, un

myin Menſke hiät ſik in väier Wäicken nit puhet. If
machte iämme van Muargen det Water häit, un gaffte
'me Säipe un Meſſer in de Hand, awer näi — hai doh
et doch nit. Nower! it ſegg' ug, if mag 'ne gar nit
mehr lyien, ſau aikt iß hai woren, un düſe Voort ſtoiert
us nau den laiwen Frieden imme Hiuſe."" — „Frau
Vorſteherſke! dat gloiw' if ug geren; un 't iß wohr, hai
was viel netter, aſe hai ſik nau puhede." — „„No, yi
imb doch nau 'ne vernünftigen Mann, Nower, un denket
grade aſe if; ſettet op! if gaite ug nau 'n Schölken in.
Hörſt' et niu, Mann? uſe Nower denket vernünftiger
aſe diu."" — „Awer, Frau Vorſteherſke! bat kann uge
Mann derſüär? Det Geſehe well 't niu äinmol ſau
hewwen." — „„Biu? det Geſehe?"" — „Jo wual, Frau
Vorſteherſke! Wiet' yi bat bann nau nit? Et iß en nigge
Geſehe riutkummen van der Regäierunge, bat jeder Orts=
vorſteher 'ne Boort hewwen matt. Et iß van wiägen
diäm Reſpäck, diän alle Luie imme Duarpe ſüär iärer
höggeſten Owrigkeit hewwen ſollt." — „„Nower! dat
iß doch wual nit müglik! Wann en Vorſteher ſüs keinen
Reſpäck hiät, un ſall 'ne äiſt düär 'ne Boort kryigen,
na....!"" — „Datt ſegg' if auk, Frau Vorſteherſke!
awer bai kann gigen 't Geſehe?" — „„Jä, niu denket
ug doch mol, Nower! Wann niu en Menſke gar keinen
Boort hiät, un kann of keinen kryigen, ſelwer wann hai
Hunig van biuten derümme ſchmiärt taum Trecken, un
Haunerdreck van inwennig taum Dryiwen — if well
ſeggen, dai ſaun 'n Fraumensgeſichte hiät, bann könn
dai jo gar kein Vorſteher blyiwen?"" — „Doch, Frau
Vorſteherſke! do helpet de Regäierunge. Bai gar keinen
Boort hiät, dai tritt ennen geliewert un mott 'ne ſik
ſaſte piäcken in't Geſichte." — „„Näi, Nower! ſau 'n
Geſehe!! me ſöll doch meinen, de Regäierunge härr' ſik
ümme ganz andere Saken te kümmern."" — „Awer

dat ŋi dat nau nit wußten, Frau Vorsteherſke? De
Vorſteher van Dullen = Lannmecke hiät dat Schrŋiwens
all vergehne Wiäcke taugeſchicket krigen, un glŋik den
Boort derbŋi, wwilen hai ſelwer keinen hiät, Schnurr=
boort un Backenboort tehaupe. Ŋi häbben ſaihn ſöllen,
dat dat glŋik Frochten in ganz Dullen=Lannmecke gaffte!
Ŋi ſollt ſaihn: ſau balle aſe de Amtsdainer vanime
Brummeſter mol wier hŋi in't Duarp kümmet, brenget
hai ugem Mann detſelftige Schrŋiwen met." — „„Nower!
näi, düt begrŋip' ik nit! ſau 'ne Dummheit! ſau'n
Faſtowends=Geſetze!"" — Un ſai genk met der Kanne
in de Küke, limme naumol nohtegaiten, un ſchannte in
ſik ſüär Verdraitlichkeit.

Aſe ſai biuten was, läik de Vorſteher mol tem
Fenſter riut un ſaggte: „Suih mol an, Nower! dai
Menſke kümmet jo aſe geraupen! De Amtsdainer kümmet
ſtrack op mŋin Hius an un hiät en Schriftſtücke unner'n
Aarm. Ik well dŋi ſeggen, dat derinn ſtäit — dŋi
Buren möchten dai Köſten ſüär den niggen Wiäg, diän
vŋi bugget het, ſelwer driägen, un de Regäierunge gäffte
us nix ter Baate. Loot gewehren! Dat ſall mŋine
Boorde te gubbe kummen!"

De Frugge kam wier rinn un ſchaunte nau ümmer
in ſik. Et worte an de Düiähr kloppet. „Herein!" raip
de Vorſteher, un de Amtsdainer kam rinn. „En Griuß
van Heeren Amtmann un ſchicket ug dat Dinges." —
„„Ah ſau, Kaſper! diu brengeſt us dat nigge Schrŋiwen
van der Regäierunge."" — „Ja woll, Heer Vorſteher!"
— „„Un de ſtait inne, vŋi möchten ſe würklich driägen?""
— „Ja woll, Heer Vorſteher!" — „„No dann, Kaſper!
dann mott me ſik derin ſinnen. Goh in de Küke! de
Maged weert dŋi 'ne Schole Kaffäi un en Buter giewen.""
De Amtsdainer genk riut, un de Vorſteher ſaggte: „Niu
iuihſte, Frau! niu hiäſt' et ſelwer hoort: kann it dann

niu wual anders? Myin Boort was myi würklik all
felwer läib woren, befonders, afe biu bün Middag fäggteft,
if föll mol in't Spaigel kyiken: if käif derinn un foh,
dat if gar nit mehr fau nette was, afe füs, un nahm
myi all füär, if wöll mif moren Muargen putzen; awer
niu — biu hiäft jo felwer hoort, bat de Amtsbainer
faggte, byi Vorftehers möchten fe niu äinmol briägen.
Alfau: entweder if mott myi den Boort föbber waffen
loten, ober if kann fein Vorfteher blyiwen, un biu feine
Frau Vorfteherfte. Bat wefte dann niu? fall if myi
den Boort ftohn loten, ober wefte byinen Tittel ver=
laifen?" — „„No dann, myintwiägen!"" faggte de
Frugge, „„wann't äinmol nit anders gäit, dann lot 'ne
myintwiägen waffen dreimol ümmen Hals un dreimol
ümm' et Lyif. Bai kann gigen de Owrigfeit?""
Un ufe Vorfteher lait fyi 'ne ftolten Boort waffen.

Näi, dann nit!

„Ufe Kind is niu byi 'n Salboten, Heer Kaplon!"
faggte de Schültfe; „awer in der Menaafe iätten, näi,
dat fall hai nit; dat wörte myi doch viel te läib daun."—
„„Un dat fall hai doch!"" faggte de Schulte, „„hai fall
Alles metmafen. Dat weert iämme fein Schaben daun!
et hiät myi auf te biämmol feinen Schaben bohn. Un,
fryi riut gefaggt, et is of en Haupen billiger."" —
„Heer Kaplon! bat fegg yi bertau?" faggte de Schültfe:
„ufe Kind is 't van häime gutt gewuhnt; Baunen un
Järften, Sültemaus un Schellergiäfte, dat alles hiät
hai fyin Liäwen nit geren giätten; wann fau der wat
op ufen Difk fam, dann macht' if iämme altyit en wennig
Apartes terechte; awer in der Menaafe, hör' if, do gir't
nit viel anders, un dai laiwe Junge genge myi hungrig

byim Diſke wiäg un wörte myi ſchroh füär liuter Schmacht.
Heer Kaplon! kuiert yi mol en Wort un ſegget dem
Schulten mol, hai ſöll vernünftig ſyin un ſetten uſem
Kinne ſauviel tau, dat hai in der Riſtrazziaune iätten
könn."

De Kaplon harr äinen Gedanken metten Schulten
un ſaggte: „Jo wual, Schültike! äigentlik heww' yi ganz
Recht. Awer heww' yi dann nit hoort, bat in der Thyi=
dunge ſtont? Te Düſſelduarp hiät ſik en Huſar daut=
ſchuatten! dai harr auk nit in der Menaaſke giätten. Niu
bedenket, Schültiſke." — „„O Heer näi, Herr Kaplon!""
raip de Schültiſke in diuſend Schrecken, „„dautſchaiten
ſall ſik uſe Kind nit — näi, dann ſall hai laiwer in der
Menaaſke iätten.""

Plattduiſk in Ehren.

Te Arensperg was en Kanzleiroth, dai hette
Riebe — ik draff ſyinen Namen bryiſte nennen; denn
et was en Ehrenmann no'm Hiärten Guabbes un der
Menſken. Byi ſeeten tehaupe in ſyime Goren in der
Loiwe, un biskuräierden reſoliut op Platt un fröggeben
us uſer Mutterſproke. „Jä," ſaggte, „giät mol Acht!
ik well ug mol 'ne Geſchichte vertellen, dai myi ſelwer
paſſäiert is; ſe is all fiftig Johr' alt, awer ik denke
nau vake met Plaſäier dran. Hört tau!"

Te diämmol wören byi, aſe de Kölsken Thyien ver=
byi wören, op en Thyitlank Darmſtädt'ſk, un ik ſtudäierde
an der Univerſitäite te Gießen. Et wören uſer väier
Arensperger tehaupe; un äinsmols, aſe Auſtern in't Land
kam, mächten byi us op be Söcke un wollen häimereiſen
taur Bakanz. Yiſerbah was nit, Poſt auk nit, oder me
mochte wyit ümmereiſen üwer Frankfurt un was drei

Wiäcken unnerwiägens; kurzum, jeder Studänte genk te
diämmol nau te Faute. Ulse Reisewiähr was sau un
sau; ase wyi in't Amt Böhl keemen, gasst' et Riähnen
met Placksschnai; wyi keemen in't Waldeggeste, do
laggte de Schnai knaidaip, un üimmer depper, je södder
wyi gengen. Awer bat halp et? wyi mochten derdüär.
Wyi gengen äines Middags van Küärbach af un dachten
des Owends byi gudder Tyt in Bryilen te syin. Wyi
gengen un gengen, de Schnai worte depper un depper,
un dobyi senk et an te schlackern un te weeßeln, dat wyi
nit Hand süär Augen saihn konnen. Nit lange, do wören
wyi sau nette vamme Wiäge askummen, dat wyi nit rechts
un nit luchts, nit süärwes un nit terrügge mehr wußten.
Awer stille stohnblyiwen, dat halp us auk nix, un wyi
stawelden un maßäierden derop suaß. Doch dat durte
en Tyitlank, do senk dai, do senk düse an te söchten un
te anken, un dai un düse woll us ohlyiwig weeren. Wyi
sochten de lesten Krümeln Braud iut usen Tornisters
tehaupe, seppern us sau gutt wier op, as' et genk, un
stawelden södder, üimmer bit an't Lyif imme Schnai.
Et worte duister, et worte Nacht, un üimmer nau kein
Duarp, kein Hius. If hell myi nau halwerlei de
Kuraaske dun, awer myine drei Gesellen wollen all reine
vertwyiweln un sengen an te söchten: „Wyi kritt use
Liäwedage Arensperg nit mehr te saihn!" Un äiner
no'm andern worte maraude, un if harr' te schliepen
an iänne un an myi teglyike. Antleste awer do konn
if selwer nit mehr, et worte myi flaim süär den Augen,
un if dachte: „Bai moren hyihiär des Wiäges kümmet,
dai sinnet väier Luie, dai imme Schnai verunglücket
sind," un stallte myi det Kruize süär, bat an diär Styie
satt wörte. Do op äinmol hoorte if genten, daip iut
'ner Grund, 'ne Hahnen kräggen. „Kinners!" raip if,
„hör' yi? Guatt syi gedanket, wyi sind noge byi Luien!"

Un if reppede mif naumol op un wiegede myine Gesellen
an, un äiner lette un schliepede den Andern. Sau genf
et tem haugen Biärge runner, un de Schnai schlaug us
mangest buawer dem Koppe tehaupe. Endlif stonnen vyi
unnen in der Grund amme Water, un nit wyit van us
riustede en Mühlenrad. „Riu is us hulpen!" raipen
vyi alleglyife un gengen op de Mühle an.

Vyi kloppeden an de Düähr. De Mühler machte
uappen, metter Löchte in der Hand, un raip: „Bai
is do?"

„„Ach, guter Freund!"" saggt' if, „„vier verirrte
Wandersleute. Wir wissen nicht ein noch aus, wir sind
so ohnmächtig, daß wir keinen Schritt weiter können.
Können wir für Geld und gute Worte bei Ihnen zu
Nacht bleiben?""

De Mühler löchtede us metter Löchte in't Gesichte,
bedachte sif en Tyitlauf un saggte: „Näi — düt is fein
Wäiertshius."

„„Guter Freund! fönnt Ihr uns denn feins in
der Nähe anweisen?""

„Jä, dat is sau 'ne Safe," saggte de Mühler.
„Hyi nogebyi sind de Wäiertshuiser ror — bo sau twäi
Stünnefes van hyi, in Stadt Bryilen . . . ."

„„Freund! so bitten wir Euch um Gotteswillen!
wir können nicht weiter, wir sind ermattet bis auf den
Tod, wir wissen nicht Weg noch Steg . . . ."""

„Dat dött myi läid, awer düt is fein Wäiertshius,
un Sai maitet söbder gohn."

„„Freund! gönnen Sie uns ein Obdach in dieser
schrecklichen Nacht!""

„Näi, Sai maitet söbder gohn — Bebbens heww'
if nit."

„„Wir sind mit dem Strohlager zufrieden."

„If hewwe of fein Strauh."

„„So räumen Sie uns nur eine warme Stube ein — wir wollen auf harter Diele liegen."""

„It hewwe ok keine warme Stuawe, un kein Holt taum Inbaiten. — Sai maitet föbber gohn!"

„„So gönnen Sie uns nur irgend ein Eckchen, wo wir vor dem Wetter geschützt sind und unsre müden Glieder niederlassen können, und geben uns einen Bissen zu essen.""

„It hewwe ok kein Eckten amme ganzen Hiuse üwrig, un te iätten is der auk nix mehr, un de Frugge is lengest te Bedde."

„„Ein Bissen Brod genügt uns.""

„Un it hewwe ok kein Braud; ik well äist moren Muargen backen. Yi maitet föbber gohn, un ik giewe ug den gubben Roth, dat yi ug nit te lange mehr verlettet; et könn ug süs wat late weren, ehr yi no Stadt Vryilen kummet."

„„Um Gotteswillen, Freund! lassen Sie sich erweichen!"""

„It kann nit helpen, sau läib as' et myi dött — Sai maitet föbber gohn."

„„Freund, ist das Ihr letztes Wort?""

„Jo wuall — ik wünsk' ug glücklike Reise."

Un domet lait hai us stohn, dräggede us den Rüggen tau un peck no der Hiusdüähr. Ik woll reine vertwywiweln un raip: „Kinners, Kinners! niu segget myi ümme Guattswillen, biu soll vyi düt maken!! Ik wäit keinen Roth! un düse Nacht is use Daut!"

Sau as' ik dat Woort saggt harr, kehrte sik use Mühler wier ümme, löchte de us naumol intem Gesichte un saggte: „Na, wann de Heerens verlaif niämmen un sik en wennig tehaupe schicken wöllen — ik well nit seggen, et laite sik doch villichte nau maken."

„„O Guatt!"" jaggt' it, „vyi wellt geren verlaii niämmen. Met 'me Winkel imme Kauhstalle sin vyi tefriän.""

„No, dann kummet gefällig nöger!" jaggte de Mühler, löchtede us tem Hiuse rin, machte de Stuawe uappen — oh, do schnurte det Üäweken sau awetyitlik — un hai satte us Staihle un raip: „Frau! biste nau oppe? dann kumm mol fixe rin!" — „„Gewiß sin it nau oppe,"" raip de Frugge iut der Küke; „„bai söll dann all te Bedde syin? it hewwe jo det Nachtmes nau nit gar."" Un sai kam rin. „Suih, Frau! hyi sind nau frümede Gäste ankummen!" — „„Oh, bat is dat gutt!"" jaggte de Frugge, fröntlik ase en Maibag. — „Se het sik imme Schnai verlaupen un konnt nit söbber in düm wuisten Wiähr, un sind maie un maraude füär Hunger." — „„Do is Hülpe füär"", jaggte sai, „„awer de Heerens maitet sau gutt syin un niämmen füärlaif, mehr met dem gudden Willen ase met der Opwahrunge selwer."" Un sai genk riut un kam met 'me Aarm vull Tuig wier rin. „It denke, äist juarge vyi mol füär det Ünneste. De Heerens sind den ganzen Dag imme Schnai laupen — hyi sind droige Strümpe, hyi sind Schluffen, hyi is nau ander Tuigwiärk — Ryikes, syi biu diän Heerens mol behülplik! it well us diärwyilen mol in der Küke nohsaihn, dat vyi ok en wennig te liäwen kryiget. Un vergiet us det Üäweken nit!"

Middlerwyile sengen vyi an luaßteböggen, un use Hiärte schutte sik füär Plasäier. Of use Mühler böggede luaß un worte sau kuiervull, dat me 'ne kium wier= kannte. Et durte en Tyitlank, do dampede de Kaffäi oppem Diske, Schwartbraud un Wittbraud, Buter un Hunig stont derbyi. „Niu, myine Heerens," jaggte de Frugge, „niu schnitt ug un kritt ug un iättet dertau! un biu, Ryikes, verwahrst det Inngaiten — it hewwe

nau dobiuten te fuargen!" Us was te Maue, afe imme
Himel, un ufe kalle Hiärte worte wier warme. Bui
griepen fau dapper tau, dat oyi antlefte fäggten: „Niu
konn o' et iuthallen bit moren Middag." Awer näi,
oyi harren nau keinen Fierowend. No 'ner Stunne
kam de Frugge, deckede den Difk un draug op, gefuahn
un gebrohn — en Trachtemänte, do härr 't wuall en
Landroth byi iuthallen können. Byi wollen nit un
faggten, oyi hädden vullkummen ufe Vergnaigen; awer
de Frugge faggte: „Yi konnt mol kuiern! Biu konnt
dann fau junge Luie met 'ner Schole Kaffäi te Bedde
gohn?" Na, oyi fätten us wier derbyi, un würklich,
oyi dohen naumol ufe richtige Schülligkeit, un dai hualle
Styie, dai oyi op ufer Wanderunge düär'n Schnai
imme Lyiwe follt hadden, was wier durawel iutfullt.
Niu feeten oyi nau 'n Stünneken tehaupe und schlaigen
'ne anmaidigen Diskurs an; do faggte de Frugge:
„Ik denke, ufe Heerens follt niu wual maie fyin,"
genk met der Lampe füär us hiär un brachte us te
Bedde. Un oyi briukern nit oppem harten Bühn
te schlopen, un nit oppem Strauh — näi, twäi un
twäi keemen oyi in en graut, ftödig Bedde, konnen ufe
maien Bäine ftrecken no Luften, un schlaipen afe de
Prinzen.

Des Muargens gafft' et wier Kaffäi met allem,
bat dertau hört; dann peck us de Frugge de Tornifters
vull Buterbraud un Wüäfte, un oyi frogeden no ufer
Schülligkeit. Do fengen je beide, Mann un Frugge,
harre an te lachen un fäggten: „Bai wöll dann wual
emme armen Stubänten fyine paar Mutterpännige af=
niämmen? Näi, wann yi mol Paftwiers oder Dokters
un Affekoten fyid un verlaupet ug mol wier in ufe
Mühle, dann foll yi betahlen; awer van Dage nit."
O, dat was us en fchoin Geluit! oyi wiährten us

tworens en Wenig, awer vyi gäfften us met Geduld in
uje Schickjal, jaggten diujend Dank un Guattslauhn,
jaggten Abjüs un wollen gohn. „Ryikes!" jaggte de
Frugge, „de Schnai hiät de ganze Bah tauwägget; goh
en Verrelftünneken met diän Heerens un wnis 'ne te=
rechte, dat je ben Wiäg nit verfehlt. No dann —
Abjüs! gubbe Reije!"

De Mühler genk met us, bit dat vyi byi twäi
Bryilske Wagen keemen, bai Holt iutem Biärge halen
wollen. „Niu, Frönd Mühler!" jaggt' it, „niu wiete
vyi bet Spuar no der Staat; niu gott ments terügge!
Doch ehr vyi us Abjüs jegget, hewm' it nau äine Froge.
Niämmet myi bet Woort nit füär üwel! Segget mol:
aje vyi giftern Owend an uger Poorte ftönnen, bo kriegen
vyi te äiste jau 'ne jchlechten Willkumm, jau 'ne ver=
braitliken Gurrn=Owend, un if bachte byi myi: „düje
Mann hiät en Hiärte jau hart aj' en Kiejerlink!" Un
op äinmol, grabe aje wann en Wunder gejchaihn wör,
bo wör' yi aje verwandelt, un wören de Fröndlikkeit
jelwer, un het us andohn mehr, aje uge besten Frönne
häbben verlangen können. Segget myi oprichtig: biu
verhält jik dat?"

„„Biu jik dat verhället?"" jaggte de Mühler un
gnäijebe; „„dat well if diän Heerens wual jeggen. Saiht:
aj' yi mit riutkloppet habben, un if hoorte ug kuiern,
bo bacht' it: bat is wier van diäm jriimeben Bolke, van
diäm wyisnajigen Tuige, van diän haubuitjken Spitz=
biuwen! Dat jind wier jau Darmjtädtjke Spioniers!
bai kummet, un jchnüffelt rümme, un jpickeläiert, un
jtiäcket iäre jpitze Naje rin in Alles, bat jai nix angäit;
un wann me 'ne bait, bat me kann, jai maket en myis
Gejichte bertau. Do bacht' it: marß met diäm Bolke! —
Aj' it awer op äinmol hoorte, dat yi **Plattduitjk**
konnen, bat yi Lanneskinner wören, bo genk myi bet

Hiärte uappen, do wußt' it, dat it et met ehrliken Luien
te daun harr'. Bai ehrlik Plattbuitst kuiert, met diäm
deil' it bet leste Stück Braud. — Doch niu Abjüs! gubbe
Reise!" " — —

Saiht, saggte de Kanzleiroth, sau is et mui gohn.
Myin Plattbuitst harr' us hulpen. Diärümme:

Plattbuitst in Ehren!

Glossar.

A, a.

acheln (judendeutsch), essen.
Achnile (judendeutsch), Speise, Mahlzeit.
aisig, graulich.
aist, häßlich, schlimm.
ajaisses, pfui!
all, schon.
altens, zuweilen.
alliärt, munter.
allinges (van), von Alters her.
amsen, antworten.
anbaiten, anfachen, Feuer anmachen.
angen, seufzen, sich sehnen.
anken, ächzen.
anmuilen, anmaulen, unzufrieden mit etwas sein.
anplatz, anstatt.
apatt (Betheuerungswort der Münsterländer), fürwahr.
Asse, Raum über dem Rauchmantel des Herdes.
Asker, Einwohner von Assinghausen (Dorf).
asrant, strenge.
Auland, ein Gau im Sauerlande, wo für ihr gesagt wird au.
Aulwer, Olsberg (Dorf).
Aulwerg, Olsberg (Berg).

Ä, ä.

ächter, hinter.
ächtereeß, rückwärts.
ä in daun („ein Thun", einerlei.
Äiwe, Eva.
ärtern, ärgern.

B, b.

Baike, Buche.
baiten, Feuer anlegen.
bäit (französisch), la bête.
Balken, Boden, Söller.
Balsmen, Krauseminze (Balsam).
bannehr, wann?
Banse, Hausen.
bat? was?
Bate, Hülfe, Beisteuer.
baten, helfen.
batt (von baten).
Batz, der ehemals übliche Katechismus von Batz.
bemempeln (judendeutsch), betrügen.
Bengel, Knüttel.
bensken (judendeutsch), beten.
beraien (bereiten), gerben.
besäiweln (judendeutsch), betrügen.
beschwauwen, ohnmächtig werden.

Biärg, Berg, auch Wald.
Bieke, Bach.
Biekmen, Beckum (Stadt im Münsterlande).
biesen, rennen (bes. vom Vieh gesagt).
biuß! bums, krach!
biusen, knallen.
Biuste, Garbe, Bündel.
biuten, draußen.
van biuten, auswendig.
biwern, beben.
Blage, Kind.
Blesse, Mal vor der Stirn: die Stirn selbst.
blinsterblo, blitzblau.
blinstrig, halbblind.
Blooren, Blattern.
Blose, Blase, Tabaksbeutel.
Bock. Beim Schafskopfspiele wird der Gegenpartei, wenn sie von den 12 Strichen des „Baumes" oder der „Harke" keinen hat wischen können, zum Aerger ein Schafbock auf den Tisch gemalt.
Blyif, ein „Bleib", Heimath.
Braken, Busch, Reisig.
Brauker, Einwohner von Bruchhausen (Dorf).
Britze, ein Gebäck.
brümme, warum?
Brhilen, Brilon (Stadt).
Buamm, Boden eines Fasses.
buawen, oben.
Bügel, das Waaren=Meß der Hausirer.
Bühn, Zimmerdecke, auch die Bedielung des Zimmers.
Buchäi, | großes Ruhm=
Buggäi, | Geschrei, Halloh.
buseln, wühlen.
Buterstücke, Butterstollen.

butt, grob.
butter, außerhalb.
büähren, heben.
Büsse, Büchse.
Büxe, Hose.
Byiker, Bienenkorb.
Byilaa (Beilade), Seitengefach im Koffer.

C, c.

Conduitten, Pfiffe.

D, d.

Däier, Dirne, Mädchen.
dal, tedal (zu Thal), nieder.
dask (von diäsken).
Delle, Vertiefung, Niederung.
denne, derdenne, fort, hinweg.
der (kurzgesprochen), da.
derbiuten, (da)draußen.
diäll (zu Thal), nieder, herab.
Diälle, Hausflur, Tenne.
diäsken, dreschen.
dippen (tuppen), Dreikarte spielen.
Dirk, Dietrich, Theodor; auch Rausch.
Döneken, Schnurre, Histörchen.
Doikes, Jodokus.
draigen (sik), sich trügen, d. i. freuen, vertrösten auf etwas.
Drengeldesheeren, der Engel des Herrn, das Ave=Läuten.
Driägelaten, Traglaken, Krautlaken.
drit (von driägen = tragen).

driewiif, hartnäckig (wer sich
treiben läßt).

droh, schnell, bald.

drolen, langweilig schwätzen.

Drüttainer, Fünf Groschen
(13 Stüber).

düärnäin, durcheinander.

düftig. tüchtig.

Duifer, Teufel.

dümpff, dämpfisch, kurz
athmig.

Düppen, Topf.

Düppendirt, verdreht aus
Deputirter.

dun, fest.

durtefn, schlendern.

Dür, Deutz bei Köln.

E, e.

Eere, Erde.

eeren, irden.

Eeren-Tuig, Irdenwaare.

F, f.

Faam, Faden.

feer, van feringes, fern,
von ferne.

Feeße, Ferie.

feige, zum Tode reif.

fiufeln, betrügen (bes. im
Kartenspiel).

fix, schnell.

flaim, trübe.

Fläißwyime, Fleischbalfen,
Räucherboden.

fleffen, flächfen, weich, ge-
schmeidig.

Flieren, Flirren, Narre-
theien.

Floofte, Brocke.

födder, ferner, weiter.

foilen, albern schwätzen.

foort, foortens, sofort.

fraifen, frieren.

Frälle, Forelle.

fräit, frech, scharf.

frasseln, ringen.

freuffen, wiehern.

Friäh, Friede.

friggen, freien, liebeln, hei
rathen.

Friggeroth, Freierei.

Frigget (Freiheit), der Flecken
Bödefeld.

Fuck (vielleicht vom ital. fuoco.
durch die Musikanten ins
Volk gebracht), Energie,
Erfolg.

fucken, raschen Erfolg haben.

G, g.

gailen, röcheln.

galmerig, gallig, bitter.

gamfen, stehlen.

Gamores (hebräisch), Esel.

Gante, Gänferich.

gau, klug, schlau.

Gaus, Gans.

Gefroßel, Gezwitscher.

Gelfter, Ginster.

genten, drüben, hinten.

ginne, jener; ginne Wiäcke,
nächste Woche; gint Johr,
nächstes Jahr.

Glitze, Mitze.

gnäifen, lächeln, lachen,
schmunzeln.

Gojim (hebr.), die Christen.

Gösseln, Gänslein.

Graite, Grete; groiße
Greite, „graue Grete",
Buttermilchsuppe.

Gräipe, Mistgabel.

Grund (im Plattd. Femini=
num), der „freie Grund"
Affinghaufen.
Grüs, Gries, Kaffeefatz.
gryinen, weinen.
Gryinens=Moote, dem
Weinen nahe.
günfeln, winfeln.

H, h.

Harremond, harter Monat,
Januar.
Hauert, Hürde, Latte, Hahn=
balken.
haujahnen, gähnen.
hauwen (Imperfekt: hofte),
brauchen. Davon „behufs,
zum Behufe".
Häimedryiwer, der Kehr=
aus; auch Stock.
häisl, heifer.
Häithaup, Haufen von
Heiderafen (zur Stallftreu).
Heereneuge, „beim Ende
(Tode) des Herrn", ein Aus=
ruf der Verwunderung.
Hiärweft, Herbft.
Hiäfel, Hafel.
Hiäwen, Himmel, Horizont.
Hille, Stübchen über dem
Rauchfang.
Hillgendracht, Heilig=
thumsfahrt, Feldproceffion.
Hitte, Ziege.
hinken, hocken, knieen.
Hiwelten, Weberkämme; „in
de H. fpringen", wild vor
Aerger werden.
Hoiern, Hürden.
Holfter, Ledertafche.
Huafe, Strumpf.
Hucke, Kröte.

Huckenftauhl, Pilz.
huckeln, rollen.
Hüre, Miethe.
Huzeln, trockene Apfel=
fchnitzel.

J, i, j.

jalpern, heulen.
japen, den Mund auffperren,
gähnen, verlangen.
japrig (eigentlich gähnend),
begierig.
jan, jo, joh — ja (doch fehr
verfchieden in der Anwen=
dung: joh ift ja auf eine
Frage — jo (kurz ge=
fprochen) begründet —
jau betheuert und fordert
auf oder warnt, z. B. „dau
dat jau nit!"
jauenthand, zuweilen.
jäiwen, gähnen.
Jällebuagen (fpr. iä . . .),
Ellebogen.
Jännebeck, (Gähnfchnabel),
Maulaffe, Fopper.
iärk, fich (Dativ und Accuf.
Pluralis).
iärwen, erben.
jiuchen, jauchzen.
Jomer, Jammer, Sehnfucht,
Heimweh.
Juffer, Jungfer.

K, k.

Kabnisten, Schlafzimmer=
chen.
Kajal, Kehle.
Kalle (judendeutfch), Frau.
Kalöhr, verdorben aus
Couleur.

Kapüttken, kurze Joppe.
karmen, klagen.
Kaßmänneken, 2½ Grosch.
Kattenkopp, Böller (kleine Kanone).
Kauer, Chor.
Kauert, Kurt, Konrad.
Kauhweide (Kuhweide), der Flurbezirk eines Dorfes
Kiäspel, Kirchspiel.
Kierel, Kittel.
kilohrum, fort.
keine Kitze, kein Bißchen.
kixtern, kichern.
kläggen, kratzen.
klandrig, klebrig.
Kliäppsterte, Klapper, Rassel.
Kloos, Nikolaus.
Knapp, Hügel.
Kninst, Knorren.
töggeln, kauen.
kölsk Land, das (ehemals kurkölnische) Sauerland.
Köppken, Obertasse; ¼ Schoppen.
Kraus, Krug.
kräitern, zanken.
krebällig, munter.
Krengel, Kringel (Gebäck).
krimeln, grauen, dämmern.
Krink, Ring.
krinpen, kriechen.
Kriwel, Krebs.
kröchen, stark husten.
kroßeln, zwitschern.
Krotz, Knirps.
krotzig, klein.
Kuall, Kohlenmeiler.
kuim, schlimm, schlecht, krank.
kuiern, küren, sprechen.
Kuiwen, Waschzuber.
Külle, Kälte.

Külter, Bretterverschlag in Bauernstuben für das Familienbett; Bett überhaupt.
Kumpier (compère), Gevatter, Kamerad.
Küssentaike, Kissenzug.
khiken, gucken, sehen.
khiwen, keifen, schelten.

L, l.

Land, Fremde.
Lachebeck, Lachschnabel.
laige (münsterländ.), schlecht.
late, spät.
läie, leid, wehe.
Lätter, Chorbank in der Kirche.
Läre, Lere, Lection.
Legge, Fels.
letten (fik), sich aufhalten; verletten (fik), sich verspäten.
Liähr, Leder.
lieg, ledig, leer.
Liet, Glied am Finger.
linter, lauter, immer.
Löchte, Laterne.
Lösse, Haarlocken.
Luah, Lohde, junger Zweig.
Lucht, Luft, Höhe; Licht.
lucht, luchter, links.
Luilink, Sperling.
lustern, lauschen.
Lyibören, Leichdorn, Hühnerauge.
lyik, gleich, eben.

M, m.

macholle (judendtsch.), matt, ohnmächtig.

Machollern, Wachholder-
schnaps.
Maite (in de Maite gohn),
entgegen(gehen).
mangest, manchmal.
Marizibill, Maria Sibylla.
Masematte (judendeutsch),
Handel.
Melm, Staub.
ment, ments, mer, nur.
Miäcken, Miäcksken,
Mädchen.
Mierräik, Mährrettig.
Mieweke, Medebach (Stadt).
Minnewäi, Menuett.
Miste, Düngerhaufen.
Möbber, Cousine.
Mogge, Aermel.
Möppel, Mops.
Moihne, Tante.
M'riefranz, Maria Fran-
ziska.
Müll, Staub.
Multhaup, Maulwurfs-
haufen.
mümeln, kauen.
myis, ironisch.

R, n.

Nachtmes, Nachtimbiß,
Abendessen.
Niäger, Niägede, Neger
(Nebenfluß der Ruhr).
Niestfelle, Niedersfeld
(Dorf).
nigge, neu.
niggelk, die Veränderung
liebend, wunderlich.
Niggenoht, neue Naht.
Noise, Schlinge, Schleife.
nölen, albern schwätzen.
nucken, nicken.

Nuff, Stoß.
nuren, knurren, weinen.
Nür, Nuier, Euter.
Nüsel, das Kerngehäuse des
Apfels; altes Weib.
nüsken, sich zu thun machen.
nuseln, näseln, brummen.
nutz, ordentlich.
nyipe, genau.

O, o.

ocker, Betheuerungswort der
Waldecker.
Ohm, Athem.
öhmen, athmen.
ohlhiwig, matt vor Hunger,
marode.
ohwyisig, verkehrt, wunderlich.
Oomes, Reisekost, Mund
vorrath (bes. der Hirten).
Oort (Ort), Schoppen (als
Maß), Quart.
Oort, Art.

P, p.

Paa, Pathe.
Palz, Auerhahnbalz.
Paut, Pfütze.
Paute, Pfote.
pehlen, schlagen.
piffen, trinken, zechen.
Pirch, Pferch, Schafdünger.
piusten, pusten, blasen.
Plaß (Platz), ein Gebäck,
platz, anstatt.
pleestern, stark regnen.
Plett, Tuch.
Plundermilk, saure Milch.
Poiseken, kleine Pause, kurze
Zeit.
Pohl, Pfahl.

Pollett, Billet.
Poost, Bube; gieriger Esser.
Pott, Topf.
prachen, prahlen, großthun.
priäcken, predigen.
priusten, niesen; stark lachen.
Prossiaune, Procession.
Prütt, Kaffeesatz, schlechter Kaffee.
vuatten, pflanzen, pfropfen.
Puister (Bläser), Orgelbalg: Flinte.
Püngel, Stück Wurst.
Pünsel, Bündel, Gepäck.
Pütt, Brunnen.
Purrier, Barrière.
Pussalm, verdorben aus „Psalm."

Q, q.

quell, frisch, gesund.
qued (eigentlich lebendig), frisch, drall.

R, r.

ratz, durchaus (z. B. mit „vergessen" verbunden).
raien, reinigen, zubereiten (z. B. den Salat).
raien (sik), sich aus dem Staube machen.
rantern, durchhecheln, kritisiren.
redäiern, discouriren.
Reggerk, Reiher (Vogel).
Reppermänte, Strafrede.
resten, ausruhen, Pause machen.
rett, rette von raien.
riänen, regnen; Riäne, Regen.

richt, steil, gerade.
richtopp, steil empor.
riepen (eigentl. vom Flachs), durchziehen, kritisiren.
Riute, Raute, Fensterscheibe.
roseln, rasen (besonders von Fieberkranken).
Roslerigge, Raserei.
Roots, Rathhaus.
Roth, Rath.
Ruie, Rüde, Hund.
ruimen, räumen, flink von statten gehen; gute Beihülfe liefern.
Rutz, Ruck.
rüseln, rütteln.
rhigas (Bauernlatein), der Reihe nach.
rhisen, rieseln.
rhisten (nur vom Flachse), in kleine Bündel schichten.

S, s.

sainig, sanft, süß.
Saiße, Genie.
Salvette, Serviette.
Schablünter, schlauer Kerl.
Schamäster, Manchester (Kleiderstoff).
Schanyi, Genie.
Schapp, Schrank.
Schemm, Holzriegel.
schennen, schimpfen.
Schiem, Schatten.
Schirmecke (Bach in Assing hausen).
Schiuwiut, Uhu, Schuhu.
Schlacht, Wehr zum Wässern der Wiesen.
schlackern, 1. schlottern, wanken. 2. heftig regnen und schneien.

Schlab, Mahde.
schläih, schlehensauer.
Schlaut, Pfütze.
Schleif, Löffel.
schlüären, schlendern, schlottern.
Schlüppe, Schürze.
Schmacht, Hunger.
Schmachtbarke, großer Rechen.
Schmantbuil, Wald bei Brunscappel.
schmengen, Milch zur Sahnebildung aufsetzen.
Schmoot, Schmach, Aerger.
Schnagel, Schnecke.
schnack, schlank, elegant.
Schnat, launige Geschichte.
Schniute, Schnauze.
schnöggelig, Leckermaul.
schnoi, schnöde, frech.
Schnoot, Schnade, Grenze.
Schnupp, Augenblick.
Schnurrjunge, Schnurrburtze, Bursch in den Flegeljahren.
Schnurren, Flausen.
Schöölken, Kaffeetasse.
Schooptopp, Schafskopf (ein Kartenspiel).
Schraiwen, ausgebratene Speckwürfel.
schraprig, mager, elend.
schrempen (sich), sich winden.
schriäf, mager.
schriuwen, schrauben, zechen.
schröggeln, anbrennen, sengen, verbrennen.
schroben, spotten, höhnen.
Schrüs, Rausch.
Schüätter, Schößling, junges Mädchen.
schüppen (sich), stolpern.

schnr, schauer, im Trockenen.
Schussäi, Chaussee.
Schwale, Schwalbe.
schwameln, albern schwätzen.
Schwäine, Sauhirt.
schwäiten, 1. schwitzen, 2. schweißen, zusammenschmieden.
schwant, schlank.
schweelen, 1. schwalchen, 2. sengen, 3. albern schwätzen.
Schwiepe, Peitsche.
Schwotel, Speckschwarte.
schniwes, fort, verloren.
Selmes, Anselm.
seltsen (seltsam), übel.
Sicketarges, Sekretarius, Secretär.
Sinren, Dorf bei Büren (wo damals eine „weiße Frau" wohnte).
Söcht, Seufzer.
söchten, seufzen.
Soterdag, Samstag.
späih, stolz, höhnisch.
Spänzer, Mieder.
Spann, Sparren.
Spargitzen, drollige Streiche und Histörchen.
Sparrwagen, Kinderwagen aus Haselruthen.
Spartelbrate, sparriger Busch; Querkopf.
Spier, Spirre, Halm.
Spliete, Holzscheit.
sprenzeln, spritzen.
Sprickeln, Reisig, Holzabfälle.
Sprink, Quelle.
Sprinten, Sprossen.
Spyit, Hohn.
Stanne, Tonne.
Steert, Sterz, Schwanz.

Stiuten, Weck.

ftöbig, staatsmäßig, prächtig.

Struatte, Schlund, Kehle.

ftrunzen, prunken.

Strunzerdal, das obere Ruhrthal (von Meschede an aufwärts).

Stücke, Butterstollen. „Die 6 Stücke", die wichtigsten Glaubensartikel.

ftump, kurz.

ftur, steif, straff.

ftyif, steif; 'ne styiwen, ein steifer (starker) Kaffee.

Styige (Stiege) 20 Stück.

Süggel, Schusterahle.

Sudräi, Cichorien.

Sültemaus, Sauerkraut.

ſyipen, triefen.

Syipen, Waldsumpf.

T, t.

Taierpohl, Pfahl, woran die Pferde auf der Weide gebunden werden.

Täiwe, Zehe.

Täx, Text.

tefriän, zufrieden.

tehaupe, zu Hauf, zusammen.

terhäime, zu Hause.

terjohr, terjohren, im vorigen Jahr.

Thauern, Thurm.

Thron, Thran; Rausch.

Tiähropp, Verzehrer.

tiärgen, zerren, necken.

tinne (jener), nächster, nächstfolgender.

Tipp hallen, Stand halten.

Tisek, Schwindsucht.

toh, zähe.

tränteln, hin und her trippeln.

trecken, ziehen.

Tuatt, Tort, Chikane.

Tuffel, Kartoffel.

Tulänten, Talente, Charakter.

tüsker, zwischen.

Tweren, Zwirn.

twiäß, quer.

Twiete, Gasse, Gartensteig.

Twillek, Zweig.

tworens, zwar.

U, u.

Uallig, Oel.

uawen, oben.

Uawen, Ofen.

Uiße, Kröte, Unke.

ümmetsüß, umsonst.

Unducht, Untugend; Taugenichts.

V, v.

Baar, Vater; Großvater.

vake, oft.

velieben, ehemals.

verbyistert, eingeschüchtert, verdutzt.

Verloff, Urlaub, Erlaubniß.

Vermak, Vergnügen, Unterhaltung.

vernattert, nattergiftig.

vernyinig, böse, ärgerlich.

Boots, Servatius.

W, w.

wachten, warten.

wahn, ungeheuer, sehr.

Wäihdage (Wehtage), Schmerzen.

Wand, Tuch.

wässig, wächsig, fruchtbar;
schnell wachsend.

(et) weeßelt, der Schnee wehet.

well (münsterländisch), wer?

Welter, Welle, Walze; Stück
Butter.

Wiägebräit, 1. Wegebreite,
freie Höhe, Scheideweg,
2. Wegerich (eine Pflanze).

Wiähr, Wetter.

Wiährpoorte, Wetterpforte
(der nördliche Himmel).

Wiärk, Werk; Vermögen.

Wilwert, Wildpret.

wingißt, verdreht.

Wister, Spitzname der
Medebacher.

Wispelte, Weipe.

wisse, fest.

wuatt, Nebenform zu wat,
etwas.

Würp (Wurf), 5 Kaffeebohnen.

Wulmerker, Einwohner von
Wulmeringhausen (Dorf).

Wyime, Fleischbalken.

Wyimerker, Einwohner von
Wiemeringhausen (Dorf).

Y, y.

yile (eitel), trocken, ohne
Butter.

Yiskiäckel, Eiszapfen.

Z, z.

Zikurgen, Cichorien.

Znipel, Zwiebel.

Inhalt.

Zweiter Theil.

www.ingramcontent.com/pod-product-compliance
Lightning Source LLC
Chambersburg PA
CBHW030120030726
47498CB00007B/2478